U0120563

Persuasion

简 · 奥 斯 汀 全 集

劝导

[英] 简 · 奥斯汀◎著
汪　燕◎译

华东师范大学出版社
· 上海 ·

图书在版编目（CIP）数据

劝导/（英）简·奥斯汀著；汪燕译．—上海：华东师范大学出版社，2023
（简·奥斯汀全集）
ISBN 978-7-5760-3708-1

Ⅰ.①劝…　Ⅱ.①简…②汪…　Ⅲ.①长篇小说—英国—近代　Ⅳ.①I561.44

中国国家版本馆 CIP 数据核字（2023）第 042879 号

劝导

著　　者　[英] 简·奥斯汀
译　　者　汪　燕
策划编辑　彭　伦
责任编辑　陈　斌　许　静
责任校对　姜　峰　时东明
装帧设计　卢晓红

出版发行　华东师范大学出版社
社　　址　上海市中山北路 3663 号　邮编 200062
网　　址　www.ecnupress.com.cn
电　　话　021-60821666　行政传真 021-62572105
客服电话　021-62865537　门市（邮购）电话 021-62869887
地　　址　上海市中山北路 3663 号华东师范大学校内先锋路口
网　　店　http://hdsdcbs.tmall.com

印 刷 者　上海颛辉印刷厂有限公司
开　　本　889 毫米×1194 毫米　1/32
印　　张　8.25
字　　数　182 千字
版　　次　2023 年 6 月第一版
印　　次　2024 年 6 月第二次
书　　号　ISBN 978-7-5760-3708-1
定　　价　58.00 元

出 版 人　王　焰

简·奥斯汀（Jane Austen, 1775—1817）

1804 年，卡桑德拉在莱姆为简·奥斯汀绘制的水彩画。

目　录

译者序　/ 1

第一卷　/ 1

第一章　/ 3
第二章　/ 11
第三章　/ 17
第四章　/ 25
第五章　/ 30
第六章　/ 39
第七章　/ 49
第八章　/ 58
第九章　/ 69
第十章　/ 77
第十一章　/ 88
第十二章　/ 97

第二卷 / 113

第一章 / 115
第二章 / 123
第三章 / 131
第四章 / 139
第五章 / 146
第六章 / 156
第七章 / 168
第八章 / 175
第九章 / 185
第十章 / 205
第十一章 / 221
第十二章 / 240

译者序

英国女作家简·奥斯汀出生于1775年12月16日。她的家乡史蒂文顿是位于英国南部汉普郡的小村庄，距离伦敦大约五十英里。这里经济繁荣，社会稳定，有着浓厚的乡绅文化氛围。

简·奥斯汀的父亲乔治·奥斯汀（1731—1805）曾就读于牛津的圣约翰学院。他在一位富有的亲戚托马斯·奈特的帮助下，从1761年开始担任史蒂文顿的教区牧师，直到1801年退休。1773年，他又在一个叔叔的帮助下得到了附近教区的另一个牧师职位。1764年，乔治·奥斯汀与卡桑德拉·利结婚（1739—1827）。卡桑德拉·利来自古老的英国世家，受过良好的教育，是个精力充沛、聪明睿智的女人。他们过着较为舒适的中产阶级乡绅生活，一共生下了八个孩子。

长子詹姆士（1765—1819）和父亲一样毕业于牛津，除继承父亲的财产外，也接替了父亲在史蒂文顿教区的牧师职位。次子乔治（1766—1818）因为身体残疾，几乎一直远离家庭生活。三子爱德华（1768—1852）被托马斯·奈特之子（逝于1794年）收养，继承了丰厚的财产。四子亨利（1771—1850）最受奥斯汀喜爱，他毕业于牛津大学，参过军，当过银行家，在34岁时成为了乡村牧师。亨利有很深的文学造诣，为奥斯汀的小说创作与发表提供了很多帮助。五子弗朗西斯（1774—1865）排行第六，曾在海军服役，1817 年升职为上将并加封骑士爵位。第六个儿子查尔斯（1779—1852）排行最末，他也成为了海军上将，在印度服役时死于海难。

长女卡桑德拉（1773—1845）在家中排行第五。1792 年，卡桑德拉与牧师托马斯·福勒相爱并订婚。1797 年，这位年轻人和他的叔叔随军去西印度群岛并死于热病。卡桑德拉非常伤心，从此终身未婚。她和妹妹简·奥斯汀相依相伴，亲密无间，在分开的日子始终以频繁的书信保持来往。

简·奥斯汀在二十五岁前几乎一直生活在史蒂文顿，只在十岁左右与卡桑德拉一起被父亲送到牛津和南安普顿学习阅读。这两段学习经历并不愉快，简甚至差点因伤寒而丧命。回家后简·奥斯汀喜欢在父亲的图书室中博览群书，十几岁便开始了文学创作。她在 1795 年完成小说《埃利诺与玛丽安》，1797 年修改并更名为《理智与情感》。同年简·奥斯汀完成《第一印象》并由她的父亲交给出版商，却遭到拒绝。1798　1799 年期间她完成了《苏珊》，即后来的《北怒庄园》。

1801 年，简·奥斯汀的父亲乔治·奥斯汀将史蒂文顿的牧师职位传给长子詹姆士，带着妻女搬到巴斯生活。这个决定让简非常难过，据说她听到消息后伤心得晕了过去。简·奥斯汀在巴斯的生活很不愉快，她不喜欢城里的生活，常常感到孤独；父母的年迈与病痛、亲友的变故等，这些都给她的生活蒙上了阴影。1805 年 1 月，简·奥斯汀的父亲乔治去世，他妻女的生活顿时陷入困窘。1806 年，简·奥斯汀和母亲离开巴斯，次年住在刚结婚的弗朗西斯家中。1808 年，爱德华的妻子在分娩第十一个孩子时去世，悲伤的爱德华终于在父亲去世三年后，决定将他的乔顿乡舍提供给母亲和妹妹居住，并给年收入只有大约 210 英镑的母亲和妹妹每年 100 英镑的补贴。因为爱德华的年收入将近一万五千英镑[①]，几乎为《傲慢与偏见》中达西与宾利的收入总和，许多评论家责备他对母亲和妹妹太不慷慨。

1809 年夏天，简・奥斯汀母女三人和一位名叫玛莎・劳埃德的亲戚搬入乔顿乡舍居住。乔顿乡舍宽敞舒适，弗朗西斯与爱德华常带着家人孩子过来玩耍。简・奥斯汀喜欢在早餐后弹琴和阅读，平静愉悦的生活再次唤起她的创作欲望，使她生命的最后八年成为她的创作巅峰。

1811 年 11 月，伦敦的托马斯・埃格顿出版社出版了《理智与情感》，作者署名"一位女士"。1813 年 1 月，埃格顿出版了由《第一印象》改写的《傲慢与偏见》，署名"《理智与情感》的作者"。《曼斯菲尔德庄园》创作于 1811 年 2 月到 1813 年夏天，1814 年 5 月再次由埃格顿出版，署名"《傲慢与偏见》的作者"。《爱玛》在 1814 年 1 月至 1815 年 3 月期间完成创作，1815 年 12 月改由约翰・默里出版社出版，署名依然是"《傲慢与偏见》的作者"。

1817 年 3 月 13 日，简・奥斯汀在给侄女范尼・奈特的信中提到她已经放弃对《北怒庄园》的修改，并说她"有一本能够出版的书，也许会在一年后出现。它很短——大约是《凯瑟琳》的长度。只是告诉你"。她在 3 月 23—25 日写给范尼的下一封信中

① Todd, Janet (ed.), *Jane Austen in Context*, Cambridge: Cambridge University Press, 2005.（第 5 页）

写道：“你不会喜欢，因此无需迫不及待。你**也许**会喜欢女主角，因为她对我而言几乎太好了。”7月18日，奥斯汀因病去世。在亨利的努力下，《北怒庄园》和《劝导》于同年12月由约翰·默里出版社出版，首次署名为简·奥斯汀。

《劝导》创作于1815年8月至1816年8月期间。奥斯汀通常不喜欢过多谈论自己的作品，她对《劝导》的写作显得尤为沉默。当时她已进入四十岁，开始以中年女人的视角看待世界。《劝导》与前五部小说有着截然不同的风格，从最初便流露出忧伤、遗憾与渴望。前五部小说的女主角都较为年轻，随着小说的发展走向成熟并获得爱情；然而《劝导》的女主角安妮已经二十七岁，她在八年前失去爱情，并随之失去了青春与美貌，却在伤心与孤独中养成了善良成熟的性情。八年后她与昔日的恋人再次相逢，最终演绎了一段破镜重圆的故事。

除女主角的年龄与性格外，《劝导》在很多方面都堪称奥斯汀最成熟的作品。小说突破了“一个乡村中的三四户人家”的小天地，将人物命运和时代变化紧密地联系在一起，对过去与现在、选择与得失、痛苦与重生、个人与他人、地位与品格、情感与理智等问题进行了深入的探索。相比几乎没离开过村子、从未见过大海、天真可爱的爱玛，安妮游历了许多地方，见识了形形色色的人，以她成熟睿智的性情赢得了普遍的尊重与喜爱，最终成为了海军的妻子。

1815年6月18日，拿破仑在比利时滑铁卢兵败于威灵顿将军。8月8日，英国的报纸纷纷报道诺森伯兰号战舰将拿破仑·波拿巴送往南大西洋圣赫勒拿小岛囚禁的消息，长达十二年的英法战争（又名拿破仑战争，1803—1815）彻底结束。在和她的同胞们共同得知消息的这一天，简·奥斯汀开始了《劝导》的创作。简对海军生活并不陌生，因为她的两位海军兄弟常常为她讲述海上的故事。她本人在过去的几年里，一定深深体会了战争带来的担忧与恐惧，以及家人平安归来的喜悦。

准男爵沃尔特·埃利奥特自私愚蠢，将美貌与爵位视为人生的头等大事，对自己崇拜无比。十三年前失去明智的妻子后，埃利奥特爵士和大女儿伊丽莎白挥霍无度，欠下巨额债务，只得在代理人谢泼德律师的劝告下出租凯林奇府邸，前往巴斯生活，以节约开销，偿还债务。埃利奥特爵士、伊丽莎白和年轻的寡妇克莱太太一同前往巴斯，安妮则在已婚的妹妹玛丽的要求下，留在附近的厄泼克劳斯乡舍陪伴她。

因战争结束而回到岸上的克罗夫特上将夫妇租下了凯林奇府邸，而克罗夫特太太的弟弟是安妮曾经的恋人温特沃斯。父母双亡的温特沃斯因为在圣多明戈海战中的英勇表现被提升为中校，1806 年在萨默赛特郡当牧师的哥哥家中住了半年，和安妮一见钟情并订下婚约。然而这桩不般配的婚事遭到安妮父亲的强烈反对。在教母拉塞尔夫人的劝导下，安妮取消了婚约，温特沃斯则愤然离去。

八年后归来的温特沃斯依然年轻英俊，他早已心想事成地当上舰长，并从战争中获得了大笔财富。虽然从未爱上过别人，但他无法原谅安妮，打算看看能否从两位马斯格罗夫小姐中挑选一位作为妻子。依然深爱着温特沃斯舰长的安妮默默承受着温特沃斯舰长不公正的对待，她始终认为温特沃斯舰长和亨丽埃塔、路易莎之间的交往根本不是爱情。

温特沃斯舰长的好友哈维尔舰长一家到相隔十七英里的海边小镇莱姆居住，得知消息的温特沃斯舰长立刻前去看望，很快又带着兴致盎然的一行人再次去往莱姆。哈维尔舰长的妹妹曾与本威克舰长订下婚约，却在几个月前不幸去世，让终于得到财产与升职的本威克舰长心碎不已，从此和哈维尔舰长夫妇一起生活。愉快的旅行即将结束前，活泼倔强的路易莎坚持要从海边的台阶上跳下，让温特沃斯舰长接住她，却因为跳得太快摔倒在地而不省人事。

路易莎被送到哈维尔舰长家，所幸没有生命危险。温特沃斯舰长刚松了一口气，又惊恐地发现在别人眼中，他已经属于路易莎了。心灰意冷的温特沃斯舰长在路易莎清醒后去了哥哥家。在那儿，他学会认清坚持原则和固执己见、鲁莽冒失和沉着冷静之间的区别。他在心里承认了对安妮的敬佩与爱慕，为自己的骄傲、怨恨和愚蠢悔恨不已，这时传来了路易莎与本威克舰长订婚的消息。

得到自由的温特沃斯舰长立即前往巴斯，寻找在她父亲那儿的安妮，不想初次见面便遇到对安妮大献殷勤的威廉·埃利奥特先生。威廉·埃利奥特先生是安妮的堂兄，也是她父亲的假定继承人，在莱姆初次偶遇时已经对安妮表示出强烈的爱慕。安妮虽然考虑过埃利奥特先生，却在交往后对他的人品产生怀疑，并从昔日的校友史密斯太太那儿得知了埃利奥特先生的真正面目和来访意图。温特沃斯舰长在嫉妒与自卑、希望与失望间犹豫挣扎。当听到安妮和哈维尔舰长关于男人女人谁更忠贞的对话后，他终于释然。激动不已的温特沃斯舰长提笔写下对安妮的爱慕并再次向她求婚，让幸福的安妮成为海军的妻子，并以此为荣。

与奥斯汀的其他作品类似，《劝导》也将时代背景隐藏在小说的情节之中，然而这部小说对英法战争的体现及关联超出了之前的任何一部作品。小说中提到的圣多明戈海战发生在1806年初，以英军的胜利告终，这也让温特沃斯有机会在哥哥家住了半年，并与安妮订了一场不成功的婚约。温特沃斯愤然离去后，正值拿破仑卷土重来。他回到部队，经过八年的奋战，终于等到和平的到来。获得两万五千英镑的温特沃斯舰长与安妮重逢，虽为再续前缘，却更是演绎了一段在不同时期、不同年龄，以不同心态，在不同状况下进入的全新爱情故事。

小说对于战争的描述看似轻松，温特沃斯舰长、哈维尔舰长和本威克舰长都从战争中获得财富与职位，哈维尔舰长甚至感叹和平来得太快，让年轻人失去了迅速致富的机会。然而，埃利奥特爵士认为当海军最容易让人衰老；温特沃斯舰长在马斯格罗夫太太家做客时讲述自己的海上经历，引得两位小姐惊叫不已，也让安妮独自颤栗；哈维尔舰长因受伤而跛了脚，身体一直不好。这些都透露了战争的凶险与可怕。奥斯汀更是以小说的结尾，显示了军人的职责以及对和平的向往。

在这部最成熟的小说中，奥斯汀的叙事风格更加直白清晰，爱憎分明。对于充满魅力的人格，比如几位出色的普通女性：克罗夫特太太、哈维尔太太、鲁克护士，尤其是豁达乐观的史密斯太太，奥斯汀用热情的语言加以赞美，如在小说结尾的这段描述：

> 史密斯太太的乐趣没有因为她收入的增加、身体的好转、拥有这样经常做伴的好朋友而受到破坏，因为她并未失去乐观的天性和敏捷的思维。当这些主要好处能继续保持时，她也许会更加蔑视尘世的繁华。她也许能既非常富有、完全健康，又幸福快乐。她的幸福源于她心灵的光芒，她朋友安妮的幸福则来自她的热情善良。
>
> （第二卷　第十二章）

细心的读者也不难发现，奥斯汀从不害怕嘲讽错误、自负、荒唐的人，无论其有怎样的地位与财富。在《劝导》中，埃利奥特爵士的愚蠢势利，伊丽莎白的傲慢空虚，埃利奥特先生的狡诈狠毒，都被奥斯汀淋漓尽致地展现在读者面前。即使是和蔼可亲的马斯格罗夫太太，当她为已故的儿子伤心落泪时，奥斯汀也毫不留情地讽刺了她曾经是多么不合格的母亲。

> 应该称赞温特沃斯舰长听她为儿子的命运长吁短叹时表现出的克制，因为他活着的时候谁也不在乎他。
>
> 人身材的大小与内心的悲伤当然没有必然联系。一个庞大的身躯完全有权深陷痛苦，正如最纤细的身体也有同样的权利。然而，无论是否公平，总有一些不相称的关联，不合情理——难以忍受——荒唐可笑。
>
> （第一卷　第八章）

在奥斯汀的最后两部小说发表后，《英国评论家》杂志中出现了这样一段评论：

> 她的长处完全在于她出色的观察力；没有荒唐的词句，没有矫揉造作的情感，任何愚蠢的装腔作势似乎都无法逃脱她的注意。读她的小说时，几乎总能在良心上发现自己的一些荒谬之处……①

作为奥斯汀的最后一部小说，《劝导》也是唯一出现过两个完整结尾的小说。最初的版本将第二卷的第十章与十一章合并为一个更简单的情节，大意是当时安妮身边的人都以为她要嫁给埃利奥特先生，而听到消息的史密斯太太赶紧告诉安妮埃利奥特先生的真实面目。回家的路上安妮遇见克罗夫特上将，他也听到风声，想知道自己是否需要搬出凯林奇府邸。他带安妮来到凯林奇，打算让温特沃斯舰长问问安妮他接下来该怎样做。温特沃斯舰长艰难地提出问题，听到安妮的断然否定后无比欣喜，充满希望。他和安妮四目相对，“她的神情没有让他气馁——这是一场无声却十分有力的对话——在他这方是恳求，在她那方是接受。”随后的情节大致相同，两人冰释前嫌，消弭误会，最终幸福地走到了一起。

原先的版本注重对情节发展的外在描述，以揭露埃利奥特先生的真实面目为关键，似乎接下来的一切便顺理成章。奥斯汀对这样的结尾很不满意，她又花几个星期改写了这对恋人重归于好

---

① Dickson，Rebecca，*Jane Austen*：*An Illustrated Treasury*，LLC：becker&mayer!，2008.（第150页）

的方式，更深入地探究他们内心的想法，也让安妮有机会与哈维尔舰长探讨，并说出了那番发自肺腑的感慨：

> 我绝不会低估任何同胞热烈忠贞的情感！要是我胆敢认为只有女人才会忠贞不渝，那我活该受人鄙视。不，我相信你们能在婚姻中做出任何高尚美好的事情。我相信你们同样能够全力以赴，为家人宽容隐忍，只要——如果我可以这么说——只要你们有一个目标。我的意思是只要你们深爱的女人活着，并且为你们而活。我认为我们女人的长处在于（这并不令人羡慕；你无须渴求），即使我们的爱人不在人世，或是失去希望，我们依然会爱得地久天长。
>
> （第二卷　第十一章）

事实上，在温特沃斯舰长来到巴斯不久，当安妮还在思考着与埃利奥特先生的可能性，对埃利奥特先生满怀善意、感激又尊重时，她已经下定决心，只可能和温特沃斯舰长在一起。

> 不管目前悬念的结果是好是坏，她的爱将永远属于他。她相信他们无论结合还是最终分手，她都不会亲近别的男人。
>
> 安妮从卡姆登到韦斯盖特时默想着热烈的爱情和永久的忠贞，在巴斯的街道上从未有过比这更美好的情思，几乎足以一路洒下纯净的芬芳。
>
> （第二卷　第九章）

虽然“有情人终成眷属”是简·奥斯汀每一部小说的最终结局，然而这虽令人感动，却几乎有些盲目的忠贞并非奥斯汀的寻常风格。之所以会有这样的改变，也许和奥斯汀的爱情经历以及当时的身体状况有关。

简·奥斯汀一生大约有三段爱情故事，最广为人知的是在1796年，20岁的她和同龄的汤姆·勒弗罗伊之间的一段短暂恋情。2007年，这段经历被导演朱里安·杰拉德改编为感人至深的电影《成为简·奥斯汀》。不过在现实生活中，两人没有计划私奔，从此也没有再相见。在奥斯汀的家人看来，这段短暂的恋情似乎并未对她产生很大的伤害。

另一段恋情发生在1802年11月，当时简·奥斯汀二十七岁，她的父亲已经年逾七十。她和姐姐卡桑德拉去朋友家做客，朋友的弟弟哈里斯·比格·威瑟二十一岁，是家中长子，将来可以继承丰厚的产业。哈里斯向简求婚，她答应了，却在第二天早上收回承诺，因为意识到自己不可能爱他。

在哈里斯·比格求婚之前，还有一段伤心的爱情故事。根据奥斯汀家族的后代所述：大约1801或1802年，简·奥斯汀同家人去莱姆游览，与海边遇见的一个年轻人深深相爱。年轻人打算前来拜访，奥斯汀一家却在不久后得到他死去的消息，这很可能让奥斯汀陷入了长久的痛苦之中（1801年5月26日至1804年9月4日期间没有留存任何书信）[1]。詹姆士·爱德华·奥斯汀·利（1798—1874，简·奥斯汀长兄之子）也根据卡桑德拉的口述，

---

① Bush, Douglas, *Jane Austen*, London: The Macmillan Press Limited, 1975.（第26—27页）

记录了这段失落的爱情故事。他相信，如果说简·奥斯汀爱过谁，那就是这个人。[①]

奥斯汀用一年的时间完成了《劝导》，在这期间她的身体日渐衰弱，最后五个月一直疾病缠身。四十岁的简·奥斯汀一定在思考、在回忆自己和姐姐逝去的爱情与无尽的思念。于是骄傲的温特沃斯舰长在莱姆重新爱上了安妮；于是温特沃斯舰长听到安妮与哈维尔舰长令他心动的对话，并毫不犹豫地请求安妮相信并接受他最炙热、最执着的爱情。

安妮与温特沃斯舰长的爱情并不盲目。八年前不成功的婚约令人痛苦，但草率的婚姻很难为他们带来幸福。然而时隔八年，他们历经思念、误解与痛苦的考验，跨越了阶层、财富，甚至生死的障碍，在煎熬与诱惑中读懂了自己的内心，经过再次勇敢的追求，终于又走到了一起。倘若温特沃斯舰长能从几个月后的滑铁卢战役平安归来，定能成就简·奥斯汀小说中最艰难，也最令人欣喜的美好爱情。

本人是华东师范大学外语学院教师，于 2017 年 9 月至 2018 年 9 月期间获国家留学基金委奖学金，在加拿大滑铁卢大学英语系作为访问学者，师从弗雷泽·伊斯顿教授（Fraser Easton）进行简·奥斯汀研究。访学期间，我遇见时任滑铁卢大学孔子学院中方院长周敏教授，在她的指引下走上了奥斯汀翻译之路。感谢群岛图书出版人彭伦老师，以及华东师范大学出版社许静和陈斌

---

① Dickson, Rebecca, *Jane Austen*: *An Illustrated Treasury*, LLC: becker&mayer!, 2008.（第 142 页）

老师的帮助、鼓励与认可。感谢华东师范大学出版社对我的信任，同时感谢给我帮助、支持与鼓励的师长、家人、同事和朋友们!

译文的章节、段落划分与黑体着重标记（原版为斜体）以“牛津世界经典丛书”的“Persuasion”（2004）为标准，破折号和注释也以此书为重要参考。希望此译本能够得到读者的喜爱与认可。

最后，愿《劝导》能让亲爱的读者们享受美好的奥斯汀世界!

汪燕

2021 年 10 月 15 日

第一卷

第一章

萨默赛特郡凯林奇府邸的沃尔特·埃利奥特爵士是如此之人，他在自娱自乐时从来不看别的书，只看那本《准爵录》。读着那本书，他能在闲来无事时得到消遣，从沮丧中得到安慰；读着那本书，想到最早加封的爵位所剩无几，会激起他的满心赞赏与崇敬；当他翻阅着上个世纪几乎无穷无尽的各种新头衔时，由家事带来的种种不快自然而然变成了怜悯与鄙夷——要是其他书页全都索然无味，他会永远兴致盎然地阅读他自己的家史——他最心爱的书卷总是最先翻到这一页：

凯林奇府邸的埃利奥特

“沃尔特·埃利奥特，生于1760年3月1日，1784年7月15日娶格洛斯特郡南方庄园詹姆斯·史蒂文森先生之女伊丽莎白为妻。该妻（逝于1800年）为其诞下伊丽莎白，生于1785年6月1日；安妮，生于1787年8月9日；一死胎男婴，产于1789年11月5日；玛丽，生于1791年11月20日。”

这段话是印刷时书中的确切原文，然而沃尔特爵士为自己和家人更新了内容，在玛丽的出生日期后加上——“1810年12月

16日与查尔斯成婚，为萨默赛特郡厄泼克劳斯的查尔斯·马斯格罗夫先生之子与继承人”，还添上他失去妻子的具体日期。

随后是用寻常文字记录的这个古老又尊贵的家族之历史与兴起；最初怎样在柴郡定居；如何被达格代尔记入准爵录——出任郡长，连续三届在国会中代表某区担任议员，忠心耿耿，在查尔斯二世登基之年加封爵位，家族共迎娶了哪些玛丽小姐与伊丽莎白小姐们；在漂亮的十二开页书中占据了整整两页，以族徽和徽文结束：“主宅第：萨默赛特郡凯林奇府邸。”结尾处又是沃尔特爵士的笔迹：

“假定继承人，威廉·沃尔特·埃利奥特先生，第二位沃尔特爵士之曾孙。”

沃尔特·埃利奥特爵士的性情十分自负，他的相貌和境遇都让他自负。他年轻时长相非常英俊，如今五十四岁，依然相貌出众。极少有女人会像他那样在意自己的外表，也没有哪位新晋勋爵的贴身男仆能有他那么满意自己的社会地位。他认为拥有美貌的幸福仅次于获得爵位，而那位沃尔特·埃利奥特爵士两者皆备，始终是他热烈崇拜与狂热喜爱的对象。

他对自己美貌和爵位的迷恋有个恰当的理由；正因为如此，他才能娶回一位在性情上远胜于他的妻子。埃利奥特夫人是个出色的女人，理智又和蔼；在见识与举止上，也许该原谅她因为年轻时的痴迷变成了埃利奥特夫人，而其他方面她无可挑剔——她或迁就，或缓解，或掩饰了他的不足，在十七年里实实在在地将他变得更加体面。虽然她本人并非世界上最幸福的人，她从自己的职责、朋友和孩子中足以得到生活的理由，也让她在必须离开人世时感到恋恋不舍——三个女儿，最大的两个十六岁和十四岁，让一个母亲把她们交给一位自负愚蠢的父亲照顾与管教，这真是一份巨大的遗产，或者说是可怕的负担。不过，她有一位非常亲密的朋友，一个明智又可敬的女人。因为对她本人的深厚情谊，她搬到凯林奇村住在她的附近。埃利奥特夫人主要依靠她的好意指点，期待女儿们继续保持她匆忙培养的良好品行，得到正确的教导。

这位朋友和沃尔特爵士**没有**结婚，不管他们的亲友对此或许有过怎样的期待——埃利奥特夫人已经去世十三年，他们依然是近邻和密友，一个还是鳏夫，另一个还是寡妇。

拉塞尔夫人已到中年，性格沉稳，财产丰厚，竟然根本不想进入第二段婚姻。这一点无须向公众道歉，因为她**真要**再结婚，倒比**不**结婚更可能让这些人毫无理由地感到不满。然而沃尔特爵士始终单身却需要一个解释——当时所知道的情况是，沃尔特爵士像个慈父那样（因为一两次荒唐的求婚被拒绝而暗自失望），为了亲爱的女儿们保持单身，并以此感到自豪。为了一个女儿，他的大女儿，他的确愿意放弃一切，不过迄今为止倒也无须这样做。伊丽莎白在十六岁时就全权接管了她母亲的权力与重要地位；她容貌美丽，和他本人十分相似，对他总有很大的影响力，他们一起相处得非常愉快。然而他的另外两个孩子却相去甚远。玛丽成为查尔斯·马斯格罗夫太太，得到了一些徒有虚名的地位；然而安妮思想高贵、性情甜美，必定会让真正有见识的人非常看重，却在她父亲和姐妹的眼中微不足道；她的话语无足轻重，她的舒适总要为别人让步——她只是安妮而已。

其实对于拉塞尔夫人来说，她才是自己最可亲、最看重、最喜爱的教女和朋友。拉塞尔夫人对三个女孩都喜欢，可只有在安妮身上她才能重新见到那位母亲的影子。

几年前，安妮·埃利奥特还是个很漂亮的女孩，然而她的青春早早消逝；即使在她最美丽的时候，她父亲也看不出她的美（她精致的五官和温柔的黑眼睛与他全然不同），认为她毫无可爱之处，如今她憔悴瘦弱，更不可能受他看重。他对她从未有过很大期待，如今则完全不抱希望，觉得不可能在他最喜爱的书之外见到她的名字。结一门地位相当的婚姻只能靠伊丽莎白，因为玛丽仅仅嫁入一户体面有钱的古老乡村人家，只是送出了所有荣耀却一无所获：总有一天，伊丽莎白会嫁得门当户对。

有时候，女人在二十九岁时会比十年前更漂亮；总的来说，倘若不受病痛或焦虑的影响，在这个年龄几乎不会失去任何魅力。伊丽莎白就是这样，依然是十三年前那个漂亮的埃利奥特小姐。因此，大可原谅沃尔特爵士会忘记她的年龄，或至少，当他觉得其他人全都失去美貌，唯有他和伊丽莎白容颜依旧时，只能当他是半个傻子。他能清楚地看出别的亲友变得多么衰老，安妮面容憔悴，玛丽形容粗糙，左邻右舍每个人的脸都苍老不已，拉塞尔夫人眼角迅速增长的鱼尾纹早就令他心烦。

伊丽莎白本人并不像她父亲那般心满意足。她在凯林奇府邸做了十三年的女主人，掌管家事、发号施令、沉着果断的样子绝不会让人觉得她比实际年龄更年轻。十三年来她负责制定家规，带头乘坐驷马马车[1]，紧随拉塞尔夫人的身后出入乡村的每一间客厅与餐厅。每个寒冷的冬季，在这儿能够举办的小型舞会上，总是由她来领舞。十三年中春暖花开的时节，她都要随父亲一起去伦敦几个星期，享受外面的精彩世界。所有这些她都记忆犹新，二十九岁的年龄让她清醒地感到一些遗憾和忧虑。她对自己始终不变的美丽容颜非常满意，但也感到逐渐变得危险的年龄，倘若能在今后的一两年里得到某位准男爵的体面求婚，定会让她欣喜不已。到那时，她也许能像在青春年少时那样，愉快地捧起那本尊贵的书卷，可是她现在并不喜欢。始终只能看到自己的生日，只有一个妹妹的婚事，让这本书变得令人讨厌。她的父亲不止一次把书打开放在她身旁的桌上，她会看向别处，合上书本，把它推开。

此外，她有过一段失意往事，而那本书，尤其是她本人家史的那部分，总能唤起她的回忆。正是那位假定继承人[2]威廉·沃尔特·埃利奥特先生，她的父亲极其慷慨地维护他的继承权，而他却令她大失所望。

当她还是个小女孩时，一听说如果她没有兄弟，他就是未来的准男爵，她就打算嫁给他，她的父亲也认为理当如此。他在小时候与他们并不相识，然而埃利奥特夫人去世不久后，沃尔特爵士就主动结识他。虽然他的好意并未得到热情回应，他依然坚持

---

① 原文为“the chaise and four”。这种马车由四匹马拉，却只能坐三个人，是较为奢侈的马车。

② 根据当时的限定继承法，女儿没有继承权，只能由儿子（通常为长子）或血缘关系最近的男性后代继承产业。在最终继承前，继承人可能因为情况的改变而发生变化。

不懈，将此视为年轻人的羞涩与退缩。在伊丽莎白刚刚进入妙龄之年的春季伦敦旅行中，埃利奥特先生不情不愿地和她见了面。

当时他非常年轻，正在学习法律。伊丽莎白觉得他特别和蔼可亲，更加坚定了与他有关的一切打算。他应邀来到凯林奇府邸，之后一整年都被谈论着期待着，可他始终没有来。第二年春天他们又在城里[①]遇见他，发现他还是那样亲切友好，于是再次鼓励他、邀请他、期待他，但他依然没来，随后就传来他结婚的消息。他没有以埃利奥特府邸继承人的身份追求财富，却和一个出身低微的有钱女人结了婚，赢得了他的独立自主。

沃尔特爵士很愤怒。作为一家之主，他认为此事应当与他商量，尤其在他带领这位年轻人公开露面后。"别人一定见到他们在一起了[②]，"他说，"一次在塔特索尔拍卖行，两次在下议院休息厅。"他表示反对，但显然未被理会。埃利奥特先生没打算道歉，显得不愿继续受到他们关注，而沃尔特爵士认为他不配得到关注：于是他们终止了一切来往。

和埃利奥特先生的这段尴尬往事，让伊丽莎白在几年后想起时依然感到气愤。她喜欢他这个人，因为他是她父亲的继承人而对他更加喜爱。她因为强烈的家族自豪感，觉得只有**他**才和沃尔特·埃利奥特爵士的大小姐最为般配。在天下所有的准男爵中，她从未如此心甘情愿地认为谁能和她这样门当户对。然而他的做法实在恶劣，所以虽然她此时（1814年夏天）正为他的妻子戴着黑纱，她也只能承认不值得再去想他。他的第一段婚姻虽不体

① 原文为"town"，指伦敦。

② 奥斯汀的小说有很强的戏剧性，此处为"说书人"的口吻。

面，却几乎不可能借着子孙延续下去，若不是因为他做了更不体面的事，本来可以不去在意。然而照例有些好心的朋友插手干预，他们听说他曾对他们全家出言不逊，用极其轻蔑、极其鄙夷的口吻，诋毁他所属的这个家族和将来归他所有的荣耀爵位。这一点不可饶恕。

这就是伊丽莎白·埃利奥特的思想与情感；这就是她面临的许多烦恼和各种忧愁，她的生活单调又优雅，富足而虚无——乡村小圈子的生活漫长又平淡，而她既不习惯在外面发挥作用，又没能力在家中有所作为，于是这些感情总能激起她的兴趣，填补她内心的空白。

如今除此之外，她逐渐又有了一桩烦心事。他的父亲越来越为钱而烦忧。她知道，当他现在捧起《准爵录》时，只是为了把商人的累累账单，或是他的代理人谢泼德先生的恼人暗示抛在脑后。凯林奇是一笔丰厚的资产，然而在沃尔特爵士看来依然配不上主人的身份。当埃利奥特夫人在世时，她有条有理、适度开销、节省花费，勉强达到收支平衡。在她去世后，所有这些理智消失殆尽，他从此始终入不敷出。他不可能花得更少，他只是做了身为沃尔特·埃利奥特爵士不得不做的事。虽然他本人无可指摘，然而他不仅日渐债台高筑，还时常听说这些情况，想要继续隐瞒，甚至向女儿隐瞒部分真相，只会徒劳无益。去年春天在城里时他给了她一些暗示，甚至说得非常明白："我们能节省一些开销吗？你能想到任何能够节约的事项吗？"——说句公道话，伊丽莎白感到了女人的惊慌，立刻认真严肃地思索着能做些什么，最终想出了两个省钱的办法：取消一些不必要的慈善活动，不再为客厅添置新家具。除这两项权宜之计外，她随后又愉快地想到可以打破每年的惯例，不再给安妮送礼物。然而这些办法虽说很好，却远不够填补实际的空缺。不久，沃尔特爵士只能向她说出全部实情。伊丽莎白找不到更有效的法子，她觉得自己和父亲一样时运不济，很不幸运。两人都想不出任何既减少开支又无损尊严的办法，或是在可以忍受的范围内放弃一些舒适生活。

沃尔特爵士只能处理一小部分产业，可就算每亩土地都能出售，那也毫无区别。他已经屈尊将能够抵押的土地抵押出去，但绝不愿纡尊降贵地出售地产。不，他永远不会将自己的名声辱没到那般地步。凯林奇的产业必须原封不动，完完整整地传下去。

他们的两位知心好友，住在相邻集镇上的谢泼德先生和拉塞尔夫人都被请来出谋划策，父女二人似乎都期待他们会想出一些办法，既可以让他们摆脱困窘、降低开支，又毫不影响他们对品位和尊严的纵情追求。

第二章

谢泼德先生是位文雅谨慎的律师。不管他对沃尔特先生有怎样的评价和看法，他却宁愿将**不悦耳的话**留给别人说。他没提出任何意见，只是含糊其词地以拉塞尔夫人最明事理作为推脱——说众所周知拉塞尔夫人为人理智，他希望被最终采纳的果断措施，一定能够由她提出。

拉塞尔夫人对此事焦急又热心，认认真真地考虑了很久。与其说她是个思维敏捷的女人，倒不如说她想法稳妥。此时，因为在两个重要原则上的冲突，她难以做出决定。她本人正直体面，可她既想维护沃尔特爵士的情感，维护这个家族的声誉，又考虑着在任何明白事理的人眼中，这种贵族家庭理应过上怎样的生活。她是个慈爱宽厚的好女人，感情强烈、品行端正、注重礼节、言行举止极有教养。她思想文雅，总的来说理智坚定——却对家庭出身有些偏见。她看重名门贵族，对这些人的缺点有些视而不见。她本人只是骑士的遗孀，所以对准男爵推崇备至。沃尔特爵士即使不是长久的朋友、热情的邻居、好心的房东、密友的丈夫、安妮姐妹的父亲，在她看来，就算他只是沃尔特爵士，在目前的困难处境下，他依然应该得到她的深切同情与关心。

他们必须节省开支，这一点毫无疑问，可是拉塞尔夫人满心希望既能做到，又不给他和伊丽莎白带来丝毫痛苦。她拟定节约方案，进行精确计算，还做了别人意想不到的事：她询问了安妮的意见，而别人都以为她对此毫无兴趣。拉塞尔夫人征询了意见，最终提交给沃尔特爵士的节约方案也受了安妮的影响。安妮的每一处修改都主张符合实际而非讲究排场。她想要更有力的措施和更彻底的改进，更快地摆脱债务，一切只要合情合理，对其他方面都不在乎。

“要是我们能说服你的父亲全部接受，”拉塞尔夫人看着她的方案说，“情况会大大改善。如果他能采纳这些方案，七年就能还清债务。我希望我们能说服他和伊丽莎白，凯林奇府邸本身的体面不会因为这些削减而受到影响。在理智的人眼中，如果沃尔特·埃利奥特爵士能按照原则办事，就一定不会伤害他本人的尊严。事实上，他要做的，不正是我们许多名门世家已经在做或是应该去做的事情吗？他的情况一点也不特殊，而特殊性总是最让我们痛苦的原因。我觉得大有希望说服他。我们一定要认真果断——因为无论如何，欠下的债务必须偿还。虽然我们应该照顾你父亲这样一位绅士和家主的情绪，但我们更应该维护他正直的人品。”

安妮正想让她父亲在朋友的催促下，遵循这个原则。她认为以最全面的节约方案，保证用最快的速度还清债务，这是不可推脱的责任，绝不损害任何尊严。她希望能把这一点规定下来，当作义务。她很看重拉塞尔夫人的影响。至于她在良心的促使下做出的严苛紧缩方案，她认为比起一半的改革，说服他们的难度并没有大多少。她看着拉塞尔夫人过于温和的节约清单，觉得凭她对父亲和伊丽莎白的了解，减少一对马匹和减少两对的痛苦几乎没有区别，在其他方面也一样。

安妮那份更严苛的方案会得到怎样的对待，这无关紧要。拉塞尔夫人的方案彻底失败了——决不可能——无法容忍。“什么！砍掉生活中的一切舒适条件！旅行、伦敦、仆人、马匹、用餐——处处都要缩减和限制！从今往后连普通绅士的体面都达不到！不，他宁愿立即搬出凯林奇府邸，也不愿如此屈辱地住在里面。”

“搬出凯林奇府邸。”谢泼德先生马上接住话头，他想让沃尔特爵士实实在在地节省开销，也完全相信要是不换个住处，终究会一事无成——“既然这个主意是由当家人提出，”他说，“他就能毫不顾忌地承认他完全赞成。在他看来，沃尔特爵士要是住在这热情好客的世家府邸中，就不可能真正改变生活方式——换到其他任何地方，沃尔特爵士也许能自己做主，随心所欲地安排家务，决定想要的生活方式，并且受人仰慕。”

沃尔特爵士即将搬出凯林奇府邸——又经过短短几天的怀疑和犹豫，关于去向的大问题得以解决，此次重要变革的初步方案定了下来。

有三个选择，伦敦、巴斯[①]，还有乡下的一座房子。安妮满心希望是后者。住在离自己家不远的小房子里，能继续和拉塞尔夫人做伴，依然离玛丽不远，还能不时欣赏凯林奇的草坪和树林，这是她的梦想。然而安妮的命运就是这样，事情的发展总会与她的心愿背道而驰。她不喜欢巴斯，觉得那儿不适合她——而

① 位于萨默赛特郡的时髦疗养社交胜地，以可饮用或沐浴的矿泉水而闻名。奥斯汀去过巴斯多次，1801—1805年和家人一起住在巴斯，所以对巴斯的描述非常真实。

巴斯即将成为她的家。

沃尔特爵士最先想到伦敦，但谢泼德先生并不放心让他去伦敦，于是花言巧语地劝他选择了巴斯。对于他这样身处困境的绅士，巴斯要安全得多——他能花较少的钱过上气派的日子——当然巴斯相比伦敦的两个实际好处也起了作用：离凯林奇更近，只有五十英里[①]，这样拉塞尔夫人每年冬天都能去那儿住些日子。拉塞尔夫人最先想到巴斯，对这个结果非常满意。沃尔特爵士和伊丽莎白经人劝说，相信在巴斯生活既不影响身份，也不会失去乐趣。

拉塞尔夫人知道亲爱的安妮怎么想，却只能反对她。让沃尔特爵士屈尊住进自家府邸附近的小房子里，的确太过分。安妮自己会发现这样做的屈辱超乎她的想象，也会让沃尔特爵士陷入痛苦。至于安妮不喜欢巴斯，拉塞尔夫人认为这源于偏见和误解。首先，因为安妮在母亲去世后，去巴斯读了三年书；其次，安妮后来陪她本人在那儿过了一个冬天，那时安妮的心情并不好。

简而言之，拉塞尔夫人喜欢巴斯，就觉得那儿一定适合每个人。至于她年轻朋友的健康问题，只要到她这儿来，和她一起在凯林奇小屋度过所有炎热的几个月，一切危险都能避免；事实上，这样的改变会对她的身心健康都有益处。安妮离家太少，几乎没人见得到她。她情绪不高。有了更大的社交圈，这些问题都会改变。拉塞尔夫人希望有更多的人认识安妮。

好在这个方案最初就包含了一个原因，一个很重要的因素，

---

① 原文为“mile”，1 英里约为 1.6 公里。

让沃尔特爵士住进附近其他房子的方案变得很不可取。他不仅要离开自己的家，还要看着它落入别人手中，即使比沃尔特爵士坚毅很多的人也会无法承受——凯林奇府邸即将出租。然而这是个天大的秘密，不可向外人透露。

让人知道他打算出租自己的房子，此番屈辱沃尔特爵士无法忍受。谢泼德先生有一次说起“登广告”——之后再也没敢重提。沃尔特爵士拒绝以任何方式主动出租房子的想法，决不允许显出他有丝毫这样的打算。只能由一位最无可挑剔的租客，按照他本人的条件，主动向他提出请求，他才会以施恩于人的姿态，把房子租出去。

想赞成我们喜欢的事情，理由来得真是快！——拉塞尔夫人还有另一个极好的理由，因此对沃尔特爵士和家人搬离乡下的决定感到特别高兴。伊丽莎白最近结识了一位密友，而她希望两人停止交往。那是谢泼德先生的女儿，她结束了一桩无利可图的婚姻，如今带着两个累赘的孩子回到父亲的家中[1]。她是个聪明的年轻女子，懂得讨好的艺术，至少懂得在凯林奇府邸讨好的诀窍。她赢得了埃利奥特小姐的欢心，甚至已经不止一次住在那儿。虽然拉塞尔夫人认为这份友谊很不相称，并暗示她要小心谨慎，却无济于事。

的确，拉塞尔夫人对伊丽莎白几乎没有影响力。她似乎喜爱伊丽莎白，但只因为她想要喜欢她，而不是伊丽莎白值得她喜爱。从她那儿，拉塞尔夫人只能得到表面的客气和口头的礼貌，

---

① 可理解为她因为丈夫去世而成了寡妇，因为当时除了极少数非常富有的人之外，几乎不存在离婚。

却从来不能说服她改变想法。一直以来，拉塞尔夫人总是热情地劝说他们带安妮一起去伦敦，她理智又真诚地表示将安妮排除在外有失公允也难免自私。有很多次，她试图凭自己的经验和判断单独劝说伊丽莎白——却总是徒劳无益。伊丽莎白一意孤行——在选择和克莱太太交往的问题上，她更加坚决地和拉塞尔夫人作对。她抛开如此值得看重的妹妹，却将喜爱与信任全都给了一个只配让人敬而远之的女人。

从境遇而言，拉塞尔夫人认为克莱太太和伊丽莎白很不般配；在人品上，也相信她是个危险的同伴——只要搬了家，就能离开克莱太太，把许多更适合交往的人带到埃利奥特小姐身边，这就成了目前的头等大事。

第三章

“沃尔特爵士，我不得不说，”一天早晨，谢泼德先生就在凯林奇府邸，他放下手中的报纸说，“目前的形势对我们很有利。如今的和平[①]会让有钱的海军军官全部上岸。他们都想要一个家。沃尔特爵士，时机再好不过了，有许多房客供我们挑选，有责任心的房客。很多人在战争中发了大财。要是来了一位有钱的海军将领，沃尔特爵士——”

“那他就是个特别走运的人，谢泼德，”沃尔特爵士答道，“我要说的只有这些。凯林奇府邸真要成了他的战利品[②]，不管他得过多少奖励，这都是对他的最大奖赏——你说呢，谢泼德?”

谢泼德先生笑了，他知道听了这番俏皮话必须大笑，接着说道：

“沃尔特爵士，我敢说，就做交易而言，海军军官们很好打交道。我多少了解一点他们的交易方式，坦率地说，他们的想法很大度，会是称心如意的房客，不亚于我们可能遇见的任何人。因此，沃尔特爵士，我冒昧地提出，也许会有一些传言泄露你的

---

① 指 1814 年 6 月 30 日英法签订的巴黎和平协议。面对兵临巴黎城的反法联盟军，拿破仑被迫于 4 月 6 日签署退让诏书。他保留了皇帝的称号，并于 5 月 4 日被放逐至地中海中的厄尔巴岛。1815 年 3 月拿破仑逃离厄尔巴岛，1815 年 6 月 18 日兵败于滑铁卢战役。

② 在拿破仑战争中，海军将士的报酬不高，得到战利品是他们获得财富与地位的重要途径。此处是沃尔特爵士的调侃。

打算——这完全有可能，因为我们知道，想让一方的行动和计划不引起另一方的关注与好奇，会有多么困难——地位自有其代价——我，约翰·谢泼德，也许能随心所欲地隐瞒任何家事，因为谁都会认为不值得关注我；然而沃尔特·埃利奥特爵士很难逃避对他的关注——因此，我得冒昧地说，尽管我们小心翼翼，如果一些真相还是传了出去，我不会过于惊讶——我还想说，假设情况如此，无疑会有人提出申请，我认为只要是有钱的海军军官，都值得特别关注——请允许我再说一句，无论何时，我都能在两个小时内赶到，省得让你费心回复信函。”

沃尔特爵士只是点点头。不过，他很快站起身来在屋里踱步，用讥讽的语气说：

“我想，海军里的先生们要是进入这样的房子，谁也无法不感到惊讶。”

“他们无疑会四处张望，深感庆幸。”克莱太太说，因为她也在场：是她的父亲叫她过来的，来凯林奇比做什么都更有利于她的健康：“但我同意我父亲的看法，相信海军会是称心的租客。我认识很多这一行的人，除了大度，他们全都整洁又细致！沃尔特爵士，你要是愿意把这些名贵的画作留在这儿，肯定会万无一失。屋里的一切都会得到悉心的照料！花园和灌木丛会被打理得几乎和现在一样好。埃利奥特小姐，你不必担心你可爱的花园被荒废掉。”

“至于那些，”沃尔特爵士冷冷地说，“假如我被你们说服，租出了房子，我绝不会附加任何特权。我没兴趣厚待一位租客。他当然可以使用庭院，无论海军军官还是别人，很少有谁能得到这么大的院子。但我会对狩猎场做出哪些限制，那是另外一回事。我不想让别人随意靠近我的灌木丛，我也会奉劝埃利奥特小姐留心她的花园。说实话，我根本不想给凯林奇府邸的租客任何特别优待，不管他是水手还是士兵。”

短暂的沉默后，谢泼德先生贸然说道：

“这些情况都有常规做法，简单明了地分清房主和租客的所有关系。沃尔特爵士，你的事情交在可靠的人手中。相信我，我不会让任何租客超越他应有的权利。我敢说，沃尔特·埃利奥特爵士对自己利益的关心程度，还不及约翰·谢泼德对此一半的在乎。”

这时安妮说话了：

“我想，海军为我们付出了太多，至少应该像其他所有人一样，能够享受任何家庭可以提供的一切舒适与特权。我们必须承认，水手们辛苦劳作，理应享受舒适条件。”

“非常正确，非常正确。安妮小姐说得很有道理。”谢泼德先生答道。“哦！当然。”是他女儿的回答。然而沃尔特爵士很快说道：

“这个职业有它的用处，可要是我的朋友从事这一行，我会觉得可惜。”

“真的吗？”回答伴随着惊讶的神情。

“是的。有两点令我讨厌，我有两个强烈反对的理由。首先，它会给出身低微的人带来过多的奖赏，让他们享受他们的父辈和祖父无法想象的荣耀。其次，它会可怕地缩短人的青春与活力，水手比任何人都老得更快。我这辈子都在观察。人要是当了海军，就更容易因为别人的升迁感到羞辱，因为那个人的父亲也许是他自己的父亲不屑搭理的人。当海军比任何职业更容易早早地令人嫌恶。去年春天我去镇上，遇到两个人，正好能说明我刚才的话。众所周知圣艾夫斯勋爵的父亲是个乡下的副牧师，连面包都吃不上，我却要给圣艾夫斯勋爵让路。还有一个鲍德温上将，你绝对想象不出他看上去有多糟糕。他的脸是赤褐色的，粗糙至极，满是皱纹，脑袋的一边挂着九根灰色的头发，顶上是扑了粉的大光头——'天啊，那个老家伙是谁？'我对身边的一个朋友（巴兹尔·莫利爵士）说。'老家伙！'巴兹尔爵士叫道，'是鲍德温上将。你以为他多大年纪？''六十岁，'我说，'也许六十二岁。''四十岁，'巴兹尔爵士说，'四十，只有四十岁。'你能想象我有多惊讶，我是不会轻易忘记鲍德温上将的。我从没见过被海上生活摧残成这样的人，但某种程度上来说，我知道他们全都是这样。他们东漂西泊，风吹雨打，承受各种气候和天气的考验，直到变得不成样子。在他们还没到鲍德温上将的年纪时，早点死掉倒更好。"

"别这么说，沃尔特爵士，"克莱太太叫道，"真是太刻薄了。对这些可怜人发发慈悲吧。并非每个人都生来貌美，大海当然也不是美容师。水手的确老得快，我看得出来，他们很快就不再年轻。可是，许多别的职业不也是这样吗？或许大部分都是这样。在役的士兵根本好不了多少：即使那些安稳的职业，即使不费力也伤神，很难让人的容貌只受到时间的自然影响。律师忙忙碌碌，疲惫不堪；医生随叫随到，风雨无阻；即使牧师——"她停顿一下，想想牧师会怎样——"即使是牧师，你知道他们也得走进污浊的房间，让自己的健康和容貌受到有毒环境的伤害。事实上，我一直相信虽然每份职业都既重要又高尚，然而只有那些不用从事任何工作，在乡下规律生活，能自己决定时间并选择爱好，住在自己的房子里，不用苦苦追逐更多的人最幸福。我想，只有**他们**才能有幸最大程度地保持健康与美貌：其他人一旦过了青春年华，总要失去一些姿色。”

谢泼德先生急于让沃尔特爵士对海军军官租房子的事产生好感，似乎有些先见之明，因为第一个申请租房子的人就是一位克罗夫特上将。谢泼德先生不久前参加汤顿市议会举行的季会，偶然遇见他。事实上，他在此之前已经从伦敦的来信中得知这位上将的消息。他急忙赶到凯林奇汇报，说克罗夫特上将是萨默赛特郡本地人，发了大财，想在本郡定居。他已经来过汤顿，看了附近登广告的几处房产，但都不满意。他意外听说——（谢泼德先生说正如他所料，沃尔特爵士的事情不可能保密）——他意外听说凯林奇府邸也许会出租，因为知道他（谢泼德先生）和房主的关系，便主动结识他，以便详细了解情况。他们谈了很久，上校在听完介绍后毫不意外地表达了强烈意愿，他给谢泼德先生明明白白地介绍自己的情况，想方设法证明他是最可靠、最合适的房客。

“克罗夫特上将是什么人?”沃尔特爵士冷淡又疑惑地问道。

谢泼德先生保证他出自绅士家庭，还说了个地名。安妮停顿片刻，补充道：

“他是白色中队的海军上校，参加过特拉法尔加战役[1]，之后

---

① 发生于 1805 年 10 月 21 日，英军获胜的重要战役。

一直在东印度群岛。他一定在那儿驻守了好几年。”

“那我敢说，”沃尔特爵士说，“他的脸色一定和我家仆人号衣的袖口和披肩一样，又赤又黄。”

谢泼德先生赶紧向他保证，说克罗夫特上将健壮热情又英俊，当然受了些风霜，但不太严重，思想和行为都很绅士——绝不会在租约上制造一丝麻烦——只想要个舒服的家赶紧住进去——他知道必须为舒适付出代价——知道这样一幢陈设齐全的豪华府邸需要多少租金——即使沃尔特爵士要价更高也不会惊讶——他了解府邸的情况——当然希望能使用狩猎场，但不强求——说他有时会拿枪，但从不射杀猎物——是个真正的绅士。

谢泼德先生在这个问题上滔滔不绝，说从上将的总体家庭状况看来，他会是非常称心如意的房客。他结了婚，没有孩子，正是理想的状态。谢泼德先生说要是缺了女主人，很难把房子照料好：他不知道没有女主人或是有一大群孩子，究竟哪种情况最会损坏家具。没有孩子的女主人是世界上最好的家具保管员。他也见过克罗夫特太太，她和上将一起去了汤顿，他们讨论时她几乎都在场。

“她看上去像是个伶牙俐齿、文雅精明的女人，”他又说道，“提了很多和房子、租约、税收有关的问题，比上校本人提的还要多，似乎对这件事更在行。沃尔特爵士，我还发现她不像她的丈夫那样，在这儿无亲无故，也就是说，她是曾经住在这儿的一位绅士的姐姐，是她亲口告诉我的：她是几年前住在蒙克福德的一位绅士的姐姐。天哪！他叫什么名字？现在我想不起他的名字了，可我最近还听说过。佩妮洛普，我亲爱的，你能帮我想想住在蒙克福德的那位绅士吗——克罗夫特太太的弟弟叫什么名字?”

然而克莱太太正和埃利奥特小姐热烈地交谈着，没听见他的求助。

“我完全想不出你指的是谁，谢泼德。从老特伦特总督上任到现在，我记不起有哪位绅士在蒙克福德住过。”

“天哪！真是奇怪！我想我可能很快连自己的名字都会忘掉。那个名字我很熟悉，对那位先生非常面熟，见过他一百次。我记得他曾经向我求教，因为他邻居的侵犯。一个农夫闯入他的果园——推倒了围墙——偷走了苹果——人赃俱获。我没想到他们后来竟然达成了和解。实在太奇怪了!”

又过了一会儿——

“你是指温特沃斯先生，我猜?”安妮说。

谢泼德先生满心感激。

“正是温特沃斯这个名字！就是温特沃斯先生。沃尔特爵士，你知道他曾在蒙克福德做过副牧师，有两三年时间。我想他是1805年来的。我肯定你记得他。”

“温特沃斯？哦！啊——温特沃斯，蒙克福德的副牧师。你说的**绅士**这个词误导我了。我以为你是指哪个有财产的人呢：我记得温特沃斯先生是个无名之辈，无亲无故，和斯特拉福德的家族毫无关联。真奇怪我们许多贵族的名字怎么变得这么普通。”

谢泼德先生发现克罗夫特家的这位亲戚对沃尔特爵士不起作用，就不再说了。他回到原先的话题，热情洋溢地谈着无疑对他们有利的情况，他们的年龄、人数和财产；他们对凯林奇府邸推崇备至，满心期待能有幸租下它。从他的口中，似乎他们把作为沃尔特·埃利奥特爵士的房客当成了最大的幸福：当然，要是他们能得知沃尔特爵士对房客权益的私下想法，这种渴望就显得太异乎寻常了。

无论如何，这件事还是做成了。虽然沃尔特爵士总得用邪恶的目光打量任何打算住进那幢房子的人，认为他们能以最苛刻的条件租下这幢房子，真是幸运至极，不过他最终还是被谢泼德先生说服了。他同意让谢泼德继续协商，允许他见见还在汤顿的克罗夫特上将，定个日期看房子。

沃尔特爵士算不上聪明人，不过以他的阅历他还能知道，在各种条件上都比克罗夫特上将更无可非议的租客，不大可能提出申请。他的理解力到此为止，而他的虚荣心又给他带来了一些额外的安慰，因为上将地位挺高，又不算太高。"我把房子租给了克罗夫特上将。"听上去好极了，比只是某位**先生**好得多。对一个**先生**（在这个国家，也许只有五六位先生除外）总要做些说明。上将自有其身份，又绝不会让一位准男爵相形见绌。在所有的交易和来往中，沃尔特·埃利奥特爵士凡事都得优先。

没有伊丽莎白的意见，什么都不能决定。然而她一心想搬家，很高兴能有个现成的房客把事情早点定下，所以根本没提出任何异议。

由谢泼德先生全权处理此事。决定后，一直全神贯注听他们说话的安妮马上离开了房间。她满脸通红，想出去吹点冷风好受一些。她沿着心爱的小树林走着，轻声叹息道："再过几个月，也许他就要在这儿散步了。"

第四章

无论看起来多么令人疑惑，**他**不是蒙克福德的前牧师温特沃斯先生，而是牧师的弟弟，一位弗雷德里克·温特沃斯舰长。他因为在圣多明戈海战[①]中的英勇表现被晋升为中校，之后没有别的任务，便在 1806 年夏天来到萨默赛特郡。由于父母双亡，他在蒙克福德住了半年。那时，他是个出类拔萃的年轻人，聪明过人、朝气蓬勃、才华横溢，而安妮是位极其美丽的少女，性情温柔、娴静端庄、品位高雅、感情充沛——其实两人只需拥有一半的魅力就已足够，因为他几乎无事可做，而她无人可爱。不过，既然双方都如此出众，这段感情没有不成功的理由。他们逐渐相识，一旦相识便迅速陷入热恋。很难说清谁眼中的对方更完美，或者谁是最幸福的那一位：是接受了倾心求爱的姑娘，还是得到了允诺的小伙子。

随后是短暂的美妙幸福时光，却转瞬即逝——不久便出现了麻烦。年轻人提出请求，沃尔特爵士没说不同意或绝不可能，只以满脸的惊讶、极度的冷淡和长久的沉默表示反对，并宣称绝不给女儿任何好处。他认为这门亲事极不体面；拉塞尔夫人虽不像

---

① 加勒比的圣多明戈海岛（如今的海地和多米尼加共和国）在 1793—1815 年间一直是英法争夺之地。此处应指 1806 年 1 月法国的海军中队破坏英国在西印度群岛的贸易，2 月 6 日遭英国海军驱逐的战事。

他那样傲气十足，不可一世，也认为这件事情很不得体。

安妮·埃利奥特，她出身高贵、容貌秀美、天资聪颖，却在十九岁时放弃自己；在十九岁时和一个年轻人订婚，他除了人品一无所有，毫无发家致富的希望，从事一项极不可靠的职业，也没有任何人能帮他继续高升，这真是自暴自弃，让拉塞尔夫人想起来就心痛！安妮·埃利奥特如此年轻，尚且不为人知，却要被一个既无家世又无财产的陌生人夺走；或是因为他而陷入困苦忧愁、扼杀青春的艰难生活！绝不能这样。她对安妮几乎怀有母亲般的爱怜，拥有母亲般的权利，倘若由她来进行朋友般的合理劝说，应该能够阻止此事。

温特沃斯上尉没有财产。他在海军干得不错，然而钱财来得轻松也花得痛快，因此毫无积蓄。他相信自己不久就能发迹——他充满活力、满怀激情，认为自己很快能当上舰长，很快一切都能心想事成。他总是很幸运，他知道自己会一直幸运下去——他信心十足、热情洋溢，让人很难不为之所动，足以让安妮信以为真；可是拉塞尔夫人的想法却截然不同——他生性乐观、无所畏惧，然而对拉塞尔夫人却影响迥异。她只觉得这让事情更加糟糕。这只能使他本人更加危险。他头脑聪明，他固执己见——拉塞尔夫人对才智无甚品位，对任何近乎轻率的行为都感到厌恶。她从各个方面都反对这桩亲事。

如此强烈激动的反对，安妮无力抵抗。她虽年纪轻轻、性情温和，却依然能够忍受父亲的嫌恶，而姐姐的一句好言安慰或一个温柔眼神也不能让她心软——可是她一直喜爱信赖的拉塞尔夫人，她矢志不移又言语温存的反复劝说，岂能徒劳无益？她最终相信他们的婚约是个错误——既轻率又不得体，几乎不可能成功，根本不值得。但她并非只因自私的谨慎而了断此事。若不是觉得为他的着想甚至超出了为自己的考虑[1]，她简直无法放弃他——想到自己的谨慎、无私和对**他**的好处，这成了她在分手的痛苦中主要的安慰——这是最后的分手。她非常需要安慰，因为他的不满令她格外痛苦。他不听解释、固执己见，觉得自己遭人轻慢，被强行抛弃——于是他离开了乡下。

他们的相识从开始到结束只有短短几个月，但几个月的时间根本无法消除安妮的痛苦。长久以来，爱恋与悔恨的阴云使她无法享受年轻人的快乐，最终让她早早失去了青春的美貌与活力。

这段令人悲伤的短暂经历已经过去了七年多。时间大大缓解了痛苦，也许几乎平复了对他所有的特别爱恋——可她却过于依赖时间的作用；她得不到别的帮助，比如换个地方（只在断绝关系后不久去了趟巴斯），或是增加社交、结识新朋友——任何来到凯林奇一带的人，都无法和她记忆中的弗雷德里克·温特沃斯相提并论。以她的年龄，唯一自然、愉悦又有效的治愈方式是开始第二段恋情，然而她心思细密、眼光挑剔，在她狭窄的社交圈里毫无可能。大约在她二十二岁时，一位年轻人向她求婚不成，很快便娶回她那更乐意嫁给他的妹妹。拉塞尔夫人为她的拒绝感到惋惜，因为查尔斯·马斯格罗夫是长子，他父亲在本郡的财产地位仅次于沃尔特爵士，而且他品行可靠、相貌端正。虽然拉塞尔夫人在安妮十九岁时也许要求更高一些，可到了她二十二岁

① 沃尔特爵士宣称绝不给女儿任何好处，即取消她作为女儿在结婚时应得的那部分财产，因此安妮觉得这门亲事对温特沃斯很不利。

时，便觉得她若能体面地搬出父亲的房子，摆脱所有的偏见与不公，在自己的身边安顿下来，将会令人欣喜。不过这一次，安妮根本不听劝告。虽然拉塞尔夫人始终对自己的谨慎感到满意，从未想要改变过去，可如今她却开始心焦。安妮感情热烈、乐于持家，特别适合家庭生活。然而期待出现某个才华横溢、独立自主的男人诱惑她进入婚姻，这几乎是不可能了。

对于安妮的行为，她们在一个主要问题上并不知道彼此的想法，不知道对方的观点有没有改变，因为这个话题从未提起——不过安妮在二十七岁时的想法，和她在十九岁时大不相同——她不责怪拉塞尔夫人，她不责备自己受她指引，可是她想，假如任何处境相似的年轻人向她求教，她绝不会让他们陷入眼前毋庸置疑的痛苦中，而长远的好处又不可捉摸——她相信即使家人强烈反对，为他的职业不安，即使他们会担心、拖延、感到失望，若是她保持婚约而非将其舍弃，还是会更幸福。她完全相信，即使他们有着寻常的担忧焦虑，甚至程度更高，她依然会更加幸福，就算不考虑实际情况也是如此。事实上，他发迹走运的时间比人们能合理预测的更早一些。他所有的乐观期待和信心都得以实现。他的天分与热情似乎给了他先见之明，引导他走上了成功之路。解除婚约后，他很快被任用：他说过的一切，全都得以实现。他表现出色，早就再次得到晋升——因为接连缴获战利品，如今必然攒下了大笔财富。她只能从海军名册和报纸上得到信息，但她毫不怀疑他成了有钱人——因为相信他忠贞不渝，她没理由认为他结了婚。

安妮·埃利奥特本该能说出多么有说服力的话语呀——至

少，她对早年炙热恋情的美好愿望，对未来的愉悦信心，都有充分的理由，而那些谨小慎微似乎成了对奋斗的侮慢和对上帝的怀疑！她年轻时被迫谨慎行事，随着年龄的增长学会了浪漫——这是不自然的开端带来的自然结果。

有了这些情况、记忆和感情，当听说温特沃斯舰长的姐姐可能住进凯林奇时，这必然会唤起她从前的痛苦回忆。她必须多次散步，反复叹息，才能驱散心中的忐忑不安。她常常告诫自己这样很愚蠢，直到终于能鼓起勇气，觉得人们不断谈论克罗夫特夫妇和他们租房的事情没什么大不了。有三个朋友知道她的这段秘密往事，但他们不是毫不在意，就是显然毫不知情，似乎已经全然忘记，这一点对她很有帮助。她能公正地断定拉塞尔夫人这样做的动机比她父亲和伊丽莎白高尚得多；她敬佩她体贴的冷静态度——然而不管出自什么原因，对于克罗夫特上将真要入住凯林奇府邸这件事，他们之间总的来说若无其事的氛围对她极为重要。她再次为她始终心怀感激的情况感到高兴，因为亲友中只有三个人知道这段过往，她相信谁也不曾透露出去。在他那边，她肯定只有当时和他同住的兄弟对他们短命的婚约有所了解——那位兄弟早就离开乡下——他通情达理，那时还是个单身汉。安妮愉快地相信谁也没有从他那儿听说过此事。

那位姐姐，克罗夫特太太，当时已经离开英国，陪同丈夫去国外驻军。事情发生时，安妮自己的妹妹玛丽还在上学——他们或因为骄傲，或出于体贴，之后没向她透露半点消息。

有了这些安慰，她希望虽然拉塞尔夫人还住在凯林奇，玛丽只在三英里以外，她还是会结识克罗夫特夫妇，不必感到特别尴尬。

第五章

在克罗夫特上将夫妇约好来看凯林奇府邸的那天早晨，安妮自然而然地按照几乎每天的习惯走到拉塞尔夫人那儿，准备待到一切结束。接着，她又自然而然地为错过与他们见面的机会感到遗憾。

双方的会面非常令人满意，整件事马上决定下来。两位女士先前就想达成协议，觉得对方优雅得体。至于两位先生，上将如此幽默开朗、诚挚慷慨，不可能不对沃尔特爵士产生影响。谢泼德先生告诉爵士，上将早已听说他极有教养、堪称楷模，沃尔特爵士心花怒放，于是非常和颜悦色、彬彬有礼。

房子、庭园、家具都得到认可，克罗夫特夫妇也得到了认可，条约、时间、每件事、每个人都合适。谢泼德先生的书记员着手工作，对那份草拟契约没做丝毫修改。

沃尔特爵士毫不犹豫地宣称上将是他见过最英俊的海军，甚至说要是自己的男仆能早点为他修剪个头发，他陪上将走到哪儿也不会感到羞愧。上将和妻子乘车穿过宅院时，真心诚意地对她说："亲爱的，不管在汤顿时他们对我们说过什么，我想我们很快就能达成协议。我想准男爵永远都做不成大事，可他似乎也没什么坏处。"——算是礼尚往来、旗鼓相当的恭维话了。

克罗夫特夫妇将于米迦勒节[1]入住。因为沃尔特爵士想在前一个月动身去巴斯，因此做好一切准备工作刻不容缓。

拉塞尔夫人相信在选择住所的问题上，安妮一定毫无用处，没有任何发言权，所以不想让她匆忙离开。她想让安妮待到圣诞节后，由自己送她去巴斯。可她本人有些事情，需要离开凯林奇几个星期，所以无法按照自己的心愿邀请安妮久留；而安妮虽说害怕九月巴斯的炎炎夏日，对乡下甜美忧伤的秋日景致恋恋不舍，然而考虑到所有的情况，她并不认为自己想留下。和别人一起走最正确也最明智，必然痛苦最少。

不料出现了一些状况，给了她新的任务。玛丽常常有些身体不适，又总会对此大惊小怪。不管何时感到不舒服，她总是习惯找安妮。她预感整个秋天没有一天会好过，便请求，或者说要求安妮来厄泼克劳斯乡舍和她做伴。让安妮不去巴斯来到她家，根据她的需要随时陪伴她，这的确很难称得上请求。

“我绝对不能没有安妮。”这是玛丽的理由。伊丽莎白答道：“那么我想安妮最好留下，因为在巴斯谁也用不着她。”

能被认为有些用处，虽然方式不妥，但至少比看作无用遭人嫌弃好一些。安妮很高兴能派上用场，很高兴得到一份任务，还能留在自己可爱的村子里；她毫不遗憾，欣然同意留下来。

玛丽的这番邀请消除了拉塞尔夫人的所有困难，于是很快决定安妮先不去巴斯，由拉塞尔夫人带她去。在此期间，安妮将轮流住在厄泼克劳斯乡舍和凯林奇小屋。

---

[1] 原文为“Michaelmas”，9 月 29 日，为基督教节日，是当时英国每年四次的收房租起始日之一。

至此一切顺利，可是拉塞尔夫人猛然听到凯林奇府邸的一个糟糕计划，几乎吓了一跳。事情是这样的，打算由克莱太太陪同沃尔特爵士和伊丽莎白前往巴斯，作为伊丽莎白最重要的得力助手，处理随后的一切事务。拉塞尔夫人很伤心竟然会发生这样的事——她惊讶、难过又担忧——这么做是对安妮的冒犯，让克莱太太受到如此重用，而安妮却无足轻重，真让人无比恼火。

安妮本人对这种冒犯已经变得麻木，但她和拉塞尔夫人一样敏锐地感到此番安排的不妥。她暗中做了不少观察，凭她对父亲性格的了解（她常常希望少了解一些），她知道如此亲近的结果很可能给他的家庭带来严重的麻烦。她认为父亲目前没有这样的想法。克莱太太长着雀斑，有颗龅牙，一只手还不灵活，他常为此在她背后挖苦她。不过她年轻，当然总的来说还算漂亮。她有聪明的头脑，举止又一味讨好，比起单纯的容貌吸引不知危险多少倍。安妮深知他们面临着多大的危险，要是不告诉姐姐她将无法原谅自己。她几乎不可能成功，可真要发生这样的事，伊丽莎白会比她本人可怜得多，也永远没理由责怪她事先不做提醒。

她说了，似乎只是惹人恼火。伊丽莎白无法想象她怎会有如此荒唐的猜疑，并愤怒地担保双方都完全明白事理。

“克莱太太，”她激动地说，“从未忘记自己的身份。因为我比你更了解她的感情，我能向你保证，在婚姻问题上他们都特别正统，她比大多数人都更强烈反对身份境遇不般配的婚姻。至于父亲，他为我们独身这么久，我真不认为需要在此时怀疑他。假如克莱太太是个美貌的女人，我承认也许不该总让她和我在一起；我相信，什么也不能诱使父亲结一门有辱身份的亲事，这只会让他不幸福。然而可怜的克莱太太即使有万般优点，但绝对算不上漂亮，我的确认为可怜的克莱太太待在这儿万无一失。别人会以为你从未听父亲说起她的相貌缺陷，虽然我知道你一定听了不下五十遍。她的那颗牙齿和那些雀斑。我对雀斑远没有他那么讨厌。我认识一个人，脸上的一点雀斑无伤大雅，可他却极其讨厌雀斑。你一定听他说过克莱太太的雀斑。”

“不管是怎样的相貌缺陷，”安妮答道，“只要举止愉悦，总能让人慢慢接受。”

“我的想法完全不同，”伊丽莎白简短地答道，“愉悦的举止也许能衬托漂亮的脸蛋，却永远无法改变平庸的相貌。不过，无论如何，既然在这个问题上我比任何人的风险都大得多，我认为大可不必由你来劝告我。”

安妮不说话了——很高兴就此结束，觉得自己并非完全没起作用。虽然伊丽莎白讨厌这样的怀疑，却可能因此更加留意。

那辆驷马马车的最后任务，是把沃尔特爵士、埃利奥特小姐和克莱太太拉到巴斯。一行人兴高采烈地出发了；沃尔特爵士做好准备，打算对听见风声出门送行的所有不安的佃户村民，纡尊降贵地鞠躬致意。与此同时，安妮怀着凄楚平静的心情走向凯林奇小屋，她将在那儿度过第一个星期。

她朋友的情绪并不比她好。拉塞尔夫人对这家人的离别感慨万千。她像珍惜自己的体面一样珍惜他们的体面，每天与他们的交往也随着习惯而变得可贵。看着他们空荡荡的庭园使她痛苦，想到宅子将落入他人之手，就更让她难过。为了逃离这面目全非、孤独忧伤的村子，在克罗夫特上将夫妇初次到来时避开此地，她决定在安妮临走时也离开家。于是她们一起出发，在拉塞尔夫人行程的第一段，安妮便在厄泼克劳斯乡舍下了车。

厄泼克劳斯是个不大不小的村庄，几年前还完全是古老的英式风格，只有两座外观上好于自耕农和雇农的房子——乡绅的宅邸有着高高的围墙、气派的大门和古老的树木，牢固却不现代——小巧紧凑的牧师住宅坐落于自己的整洁花园中央，窗外藤蔓掩映，还有一棵修剪整齐的梨树。不过年轻的乡绅结婚后，就把这座农庄提升为乡舍。修缮后的厄泼克劳斯乡舍有着走廊、落地窗和其他装饰，简直和四分之一英里以外更加宏伟气派的大宅一样，吸引行人的注目。

安妮以前常来此处。她对厄泼克劳斯的熟悉程度不亚于凯林奇。两家人常常见面，习惯随时相互串门，因此安妮见到玛丽独自在家着实有些惊讶。因为独自一人，她身体不适、情绪低落，几乎是理所当然的状况。虽说比姐姐境遇更好，玛丽却没有安妮的见识与性情。当身体健康、心情愉快、有人妥善照料时，她能兴致勃勃、幽默风趣，可但凡有一点不适，她便垂头丧气。她根本无法独处，又在很大程度上继承了埃利奥特家族的自以为是，所以很喜欢胡思乱想，觉得自己受人冷落，被人欺侮。她的相貌比不上两个姐姐，即使在青春妙龄时，也只勉强被称为“好看的女孩”。此时她躺在漂亮的小客厅里褪色的沙发上，经历四度春夏和两个孩子的影响，这件曾经优雅的家具已经逐渐变得破旧。一见到安妮，她就这样问候道：

“哦，你终于来了！我还以为永远见不到你了。我病得简直说不出话来。整个上午我一个人也没看见！”

“看见你身体不好我很难过，”安妮答道，“你星期四的信中可是说自己非常好呢！”

“是的，我尽量往好里说，我总是这样，但我当时一点都不好。我觉得自己这辈子也没像今天早上这么难受过——我肯定很不适合独自留在家中。想想要是我忽然病重，连铃都不能摇怎么办！就这样，拉塞尔夫人也不愿下车。我想她整个夏天还没来过三次。”

安妮说了些适宜的话，并问候她的丈夫。“哦！查尔斯出去打猎了。我从七点开始就没见到他。他非要去，虽然我告诉他我病得厉害。他说不会在外面待很久，可他一直都没回来，现在都快一点了。实话对你说，我整个上午一个人影也没见着。”

“孩子们和你在一起吧？”

“是的，只要我能忍受他们的吵闹声。可是他们太难管教了，对我的坏处远远大于好处。小查尔斯对我说的话一个字也听不进，沃尔特也快变得一样坏了。”

“嗯，你马上就会好起来的，”安妮愉快地答道，“你知道我一来你总能好。你们大宅里的邻居怎样啊？”

“我什么也无法对你说。我今天没见到他们一个人，除了马斯格罗夫先生，他只停下来隔着窗户说了几句话，连马都没下。虽然我告诉他我病得厉害，可谁也不肯接近我。我想这不符合马斯格罗夫小姐们的心意，她们从来不给自己添麻烦。”

“也许你还能见到她们，就在上午。还早呢。”

“说实话，我从来不想见她们。对我来说，她们又说又笑真让人受不了。哦！安妮，我真的太不舒服了！你星期四不来真不体谅人。”

“我亲爱的玛丽，想想你在信中把自己说得有多好！你写得那么轻松愉快，说自己非常好，我不用着急。既然如此，你一定知道我想和拉塞尔夫人待到最后：除了为她考虑，我真是太忙了，有很多事情，无法更早离开凯林奇。”

“天啊！你能有什么事呢？”

“说实话，太多的事情。多得我一时想不起来了，但我能告诉你一些。我抄了一份父亲书籍图画的目录。我和麦肯齐去了几次花园，试着弄清，也让他弄清伊丽莎白的哪些花草是给拉塞尔夫人的。我得安排自己的各种琐事，把书籍乐谱分类，所有的箱子得重新收拾，因为之前没弄清马车能装多少东西。玛丽，我还得做一件更难堪的事情：去教区的几乎每户人家，作为告别。我听说他们希望如此。不过这些事花了很多时间。”

“哦！好吧！”——停顿片刻，“可是我们昨天在普尔家吃了晚餐，你一个字还没问我呢。”

“那么你去了？我没有问，因为我想你肯定只能放弃晚餐了。”

“哦不！我去了。我昨天很好，直到今天早上才觉得不舒服。要是我不去就奇怪了。”

“我很高兴你的身体足够好，我希望你玩得开心。”

“没什么大不了。人们总能事先知道晚餐怎样，谁会参加；没有自己的马车真是太不舒服了。马斯格罗夫夫妇带我去的，简直挤死了！他们两人都块头很大，占了不少位置；马斯格罗夫先生总是坐在前面。这样一来，我只能和亨丽埃塔和路易莎挤在后座。我想我今天的病很可能就因为这个。”

安妮继续耐着性子强颜欢笑了一会儿，几乎把玛丽治好了。很快她就在沙发上坐直了身子，希望能在晚餐时离开沙发。接着她忘了这句话，走到房间的另一头摆弄起花束。随后她吃了冷肉，身体已经好得让她想出去散散步了。

“我们该去哪儿呢?”准备好后她说道，“我想在大宅的人来看望你之前，你不愿去拜访他们吧?”

“我对此毫无意见，”安妮答道，“对于像马斯格罗夫太太和小姐这么熟悉的人，我从不讲究礼节。”

“哦！不过他们应该尽快来拜访你。作为**我的**姐姐，他们该知道对你应有的礼貌。不过，我们也可以去，和他们坐一会儿，之后，我们就能愉快地去散步了。”

安妮一向认为这种交往方式过于冒失，但已不想费心阻止，因为她相信，虽然两家总有些矛盾，可谁也离不开彼此。于是她们去了大宅，在老式的方形客厅坐了足足半个小时。客厅铺着一小块地毯，地板闪闪发亮，如今的女孩们在四面八方放置了一架大钢琴、一个竖琴、一些花架和一些小桌子，显得有点乱糟糟的。哦！如果护壁板上画像里的人物可以现身，要是那位身着棕色丝绒的绅士和穿着蓝色绸缎的淑女们能够显灵，会觉得此处变得怎样毫无秩序、混乱不堪呀！那些画像本身似乎在惊讶地注视着。

马斯格罗夫一家和他们的房子一样，正处于变化之中，也许变得更好。父母亲是旧式的英国风格，年轻人是新派头。马斯格罗夫夫妇都是极好的人，殷勤好客，没受过多少教育，毫不优雅；孩子们的思想行为更加现代。这本来是个大家庭，可除了查尔斯，只有亨丽埃塔和路易莎两个长大了，两位小姐分别十九和二十岁，从埃克塞特的学校学到了所有非凡的才艺[①]，如今和其他数以千计的年轻小姐们一样，活着就为了追逐时尚、寻求幸福、得到快乐。她们衣着华丽、面容俊俏、生机勃勃、大方愉悦，在家很受重视，在外讨人喜欢。安妮总觉得她们是自己的熟人中最幸福的人儿。不过，正如我们每个人想到与人对调的可能性时，都会产生一些愉快的优越感，安妮不愿以自己更优雅更有教养的心灵，换取她们的所有享受。她唯一羡慕她们的一点，是她们彼此间的理解默契和姐妹情深，她和自己的两个姐妹间几乎没有过这样的感受。

她们得到了极为热情的招待。大宅的一家人礼节周到，安妮很清楚他们通常都无可指摘。半个小时的闲聊非常愉快，结束后玛丽特别邀请两位马斯格罗夫小姐同她们一起散步，安妮一点也不奇怪。

---

① 当时女性接受的教育以才艺为主，包括钢琴、竖琴、绘画、语言等，为了能进入更好的婚姻。

第六章

安妮无需通过厄泼克劳斯的这次拜访，就能知道从一群人来到另一群人中间，即使只隔三英里，也常常会带来截然不同的话题、观点和想法。她每次去那儿都深有感触，希望埃利奥特家的其他人能和她一样有幸得知，虽然他们总以为发生在凯林奇府邸的事情将众所周知、人人关注，然而在这儿却悄无声息、无人在意。但只需这一次拜访，她就知道必须老老实实地吸取另一个教训：当我们走出自己的小圈子后，一定要有自知之明——既然她来到此处，满心想着在凯林奇忙碌了好几个星期的事情，她当然期待有更多的好奇与同情心。不过马斯格罗夫先生和太太只先后说出了非常相似的话——“那么安妮小姐，沃尔特爵士和你的姐姐都走了，你觉得他们会在巴斯的什么地方安顿下来呢?”也并不期待怎样的回答——年轻的小姐们又说：“我希望**我们**冬天能去巴斯，可是爸爸，你得记得真要去的话，我们必须住在好地方：可别再让我们去你的皇后广场!”玛丽又焦灼不安地补充道：“说真的，当你们都去巴斯快活时，我会过得很好。”

安妮只能下定决心，将来绝不再这样自欺欺人。她怀着更深的感激之情，庆幸自己能有拉塞尔夫人这样一位真正富有同情心的朋友。

马斯格罗夫家的男士们要护猎、狩猎、照料马儿、猎狗和阅读报纸，女士们则忙着管理家务、拜访邻居、穿衣、跳舞和音乐等日常事务。安妮承认，每个小圈子都有权决定自己的交流话题，这一点合情合理。她希望不久后，自己能成为这个新团体中合格的一员——既然可能在厄泼克劳斯至少待两个月，她很有必要让自己的想象、回忆和所有念头都与厄泼克劳斯有关。

她一点都不担心这两个月。玛丽不像伊丽莎白那么令人厌烦，毫无姐妹之情，也不会那样完全不听她的劝说。乡舍里的其他人没有任何让她不快的地方——她和妹夫一向关系很好；孩子们几乎同样喜爱她，对她比对母亲尊重得多，让她有了关心和逗乐的对象，能做些令人愉快的事情。

查尔斯·马斯格罗夫文雅和蔼，在理智和性情上无疑胜过他的妻子，然而他缺少才华，不善言辞，没有风度，因此虽然他们曾经有些交往，但回想过去没有任何危险。安妮和拉塞尔夫人想法一样，认为一门更般配的婚姻能大大提升他，一个真正理智的女人也许能使他更加被人看重，让他的习性和爱好更有益、更理智、更文雅。可如今，他只热衷于娱乐运动，既不读书也不做别的事，其余时间都白白浪费了。他生性乐观，似乎从未被妻子偶尔的低落情绪影响过。对于妻子的不可理喻，他的忍耐有时让安妮都感到佩服。虽然常常有些小争执（她有时身不由己地卷入其中，因为双方都向她诉苦），但总的来说他们也许算得上幸福的一对。他们总是完全同意需要更多的钱，很想得到父亲的慷慨馈赠。不过在这件事情和在大部分问题上一样，他的想法更胜一筹。玛丽认为至今没有得到这份馈赠真是耻辱，而他总是争辩说，父亲的钱有许多别的用处，而且他有权想怎么花就怎么花。

对于孩子的管教，他的想法比妻子好得多，做法也不那么糟糕——“要是玛丽不干涉，我能把他们管得很好。”安妮常听他这么说，也很相信他的话。然而听到玛丽的责备：“查尔斯把孩子们宠坏了，让我无法管教”——她从来都不想说一声“非常正确”。

住在这儿最不愉快的情形，是所有人都对她过于信任，让她听到各方太多的抱怨和秘密。知道她对妹妹有些影响力，她便不断得到请求或暗示，让她做些不可能的事情。“我希望你能劝劝玛丽，让她别总想着自己病了。”这是查尔斯的话；玛丽很不高兴，这样说道：“我相信，要是查尔斯看着我快要死了，也会认为我什么问题都没有。安妮，我想要是你愿意，你能说服他我的确病得厉害——比我承认的厉害得多。”

玛丽宣称：“我讨厌送孩子们去大宅，虽然他们的奶奶总想见他们。她对他们又是迁就又是宠溺，给他们太多杂食和甜食，他们回来那天准会又吐又闹。”——马斯格罗夫太太一有机会和安妮独处，就说：“哦！安妮小姐，我真希望查尔斯太太能有一点你带孩子的办法。他们和你在一起简直判若两人啊！不过说实话，他们总的来说真被宠坏了！真遗憾你不能让你的妹妹好好管教他们。他们和别的孩子一样健康可爱，可怜的小家伙们！说真的，查尔斯太太根本不懂怎样管孩子！天啊！他们有时真烦人——说实话，安妮小姐，这都让我不大愿意在家里见到他们了。我相信查尔斯太太因为我不常邀请他们而不太高兴。可你知道，你总得随时拦着他们，说‘别做这个’‘别做那个’，真是讨厌——不然只能给他们多吃糕点，让他们勉强安稳些，虽然这样对他们不好。”

她又听玛丽说：“马斯格罗夫太太认为她的仆人都很可靠，谁要是怀疑他们，简直不像话。可毫不夸张地说，我相信她的上等女仆和洗衣女工根本不干活，整天在村里闲逛。我走到哪儿都能遇见她们，我敢说我只要去保育室两次，准能看到她们。杰米玛要不是世界上最老实最可靠的佣人，早就被她们带坏了；因为她告诉我，她们总是哄她一起去散步。”在马斯格罗夫太太这边，话是这样说的：“我的规矩是永远不干涉儿媳的事，因为我知道这样行不通。不过我能告诉你，安妮小姐，因为你也许能解决问题，我对查尔斯太太的保姆没什么好感：我听说了她的怪事；她总是到处闲逛；在我看来，我敢说她穿得太讲究，足以把任何靠近她的仆人带坏。我知道查尔斯太太很护着她，我只是提醒你，让你留意些；因为，要是你看到任何不妥的事情，你不必害怕说出来。”

接着又是玛丽的抱怨，说大宅请别人吃饭时，马斯格罗夫太太不愿给她应有的优先权；她不懂为何在家中这么不在乎她，让她失去应有的身份。有一天，当安妮只和马斯格罗夫小姐们散步时，她们谈到地位，有地位的人和对地位的嫉妒。其中一位小姐说：“我能毫不顾忌地告诉你，有些人对于自己的身份简直不可理喻，因为人人都知道你对此不拘礼节，毫不在意。可我真希望谁能提醒玛丽，要是她不那么固执己见，尤其别总是盛气凌人地抢妈妈的位置，那会好得多。谁也不怀疑她比妈妈有优先权[1]，

---

① 玛丽是准男爵的女儿，她的婆婆是乡绅的妻子。按照当时的等级制，玛丽在社交场合地位更高，因此享有优先权。

可她要是别那么一味抢先反而更加得体。倒不是妈妈对此有丝毫介意，可我知道很多人都在乎这个问题。”

安妮会怎么处理这些事情呢？她只能耐心地听着，安慰每个人的委屈，为另一方说说好话，暗示她们对于这样的近邻，宽容之心必不可少，并且尽量多为她的妹妹说些好话。

在其他一切方面，她的拜访开始和进展都很顺利。因为住所和话题的改变，又搬到了凯林奇三英里以外，她自己的情绪也随之好转。玛丽一直有人做伴，也没那么病恹恹了。他们与大宅的日常交往，因为在乡舍没有更崇高的感情、更多的知心话，也无事可做，倒也是件好事。当然，这种交往几乎到了竭尽所能的地步，因为他们每天早上聚在一起，几乎没有哪个晚上是分开过的。不过安妮相信，要不是总能在老地方见到马斯格罗夫夫妇可敬的身影，若没有他们女儿的谈笑与歌唱，他们的晚上也许不会一直这么愉快。

说到钢琴，她比两位马斯格罗夫小姐都弹得出色得多，但嗓音平平，也不会弹竖琴；没有慈爱的父母坐在身旁自得其乐，她很清楚自己的演奏无人在意，不过是出于礼貌，或是给别人提提神而已。她知道自己在弹奏时只能取悦自己，但这并非新鲜的感觉。除了生命中的一小段时光，自从十四岁失去母亲以来，她从未感受过被聆听的喜悦，也没有人因为欣赏或真正的品位而给她鼓励。弹奏乐曲时，她总会感到孤单寂寞。马斯格罗夫夫妇只偏爱自己女儿们的演奏，对别人毫不在意。这让安妮更为她们感到高兴，而不是为自己觉得屈辱。

大宅里有时还会增添别的客人。这一带规模不大，然而马斯格罗夫家几乎人人都来拜访，有更多的宴会，更多的客人，应邀或偶尔的来访者比谁家都多。他们实在太受欢迎了。

小姐们热衷于跳舞，偶尔晚上会以一场计划外的小型舞会结束。厄泼克劳斯近旁有一家不太富裕的表亲，他们全靠马斯格罗夫家得到一些乐趣：他们随时都会来，陪着弹弹琴或跳跳舞。安妮更愿安安静静地弹琴而不想热热闹闹地跳舞，便整小时地为他们弹奏乡村舞曲。她的好心最能让马斯格罗夫夫妇注意到她的音乐才华，常常会得到他们的赞赏："弹得真好，安妮小姐！实在太好了！天啊！瞧你的小手指飞得有多欢！"

前三个星期就这样过去了。米迦勒节到了，此时安妮的心必然再次回到了凯林奇。把心爱的家让给别人，所有宝贵的房间和家具，树林与景致，都交给别人欣赏，为别人所用！9月29日那天她没心思想别的事，晚上才从玛丽那儿听到一句略带同情的话。玛丽刚好想起今天的日子，她惊叫道："天啊！这不正是克罗夫特一家要来凯林奇的日子吗？我真高兴之前没想到。这真让我沮丧！"

克罗夫特夫妇以真正的海军作风雷厉风行地搬了家，等待客人光临。玛丽也该去拜访，她为此甚感懊恼。"谁也不知道她有多难过。她会尽量往后拖延。"她心神不宁，直到说服查尔斯早早派车送她过去，回来时兴高采烈，故作不安却怡然自得。安妮为自己无法去拜访感到由衷的高兴[1]，不过她想见到克罗夫特夫妇，所以很高兴他们回访时自己也在家。他们来了：主人不在

---

① 查尔斯的两轮敞篷马车只能舒适地坐下两个人。

家，然而两个姐妹都在。碰巧克罗夫特太太和安妮在一起，上将坐在玛丽身边，和颜悦色地逗着小男孩们，安妮便能好好观察姐弟二人有什么相似之处，即使在容貌上看不出，也能从声音、性情和谈吐中捕捉到。

克罗夫特太太既不高也不胖，她结实挺拔，充满活力，让人过目不忘。她有明亮的黑眼睛，牙齿洁白整齐，总之看起来令人愉悦。因为和丈夫待在海上的时间几乎一样长，她饱经风霜的红色面庞使她看上去比三十八岁的实际年龄大好几岁。她的举止大方随和又果断，看上去非常自信，也很有主见。她毫不粗俗，又不乏风趣。凡是与凯林奇有关的事情，她都非常照顾自己的情绪，安妮真心为此敬重她，也因此感到高兴：尤其在最初见面做自我介绍时，她满意地发现没有丝毫迹象表明克罗夫特太太对她有任何了解或怀疑，也不可能产生任何偏见。安妮在那一点上感到放心，于是充满了力量和勇气，直到有一会儿被克罗夫特太太忽然说出的话吓了一跳：

“我发现我的弟弟住在这一带时，他有幸结识了你，而不是你的姐姐。”

安妮希望自己已经过了脸红的年纪，但她一定还没过容易激动的年龄。

“也许你还没听说他已经结婚了吧。”克罗夫特太太又说道。

现在安妮能好好回答了。她高兴地发现，当克罗夫特太太接着解释她提到的温特沃斯先生时，她说的每一点对两个弟弟都适用。安妮立刻理所当然地认为，克罗夫特太太想的和说的应该是爱德华，而不是弗雷德里克。她为自己的健忘感到羞愧，带着得体的兴趣听着这位曾经的邻居如今的状况。

其余的时间过得安安静静。正当他们要起身离开时，她听见上将对玛丽说：

“我们很快将迎来克罗夫特太太的一位兄弟，我敢说你知道他的名字。”

此时他的话被急切的小男孩们打断了，他们像老朋友一样缠着他，宣称不让他走；而他专心致志地听着他们的各种提议，比如把他们放进口袋带走之类，没时间说完刚才的话，也忘记说了什么。安妮只好尽量说服自己这一定是指刚才提到的那位兄弟。可她没法那么确信，所以急于知道克罗夫特夫妇先前去大宅拜访时，有没有提过这个话题。

大宅的人们当晚要来乡舍做客，因为季节的变化步行已经不合适，人们等待着马车的声音，这时马斯格罗夫家的二小姐走了进来。他们首先沮丧地想到她是来道歉的，这个晚上他们只能独自度过了。玛丽刚要恼火，路易莎却令人释然地说道，她步行前来，只为在马车里给竖琴多留些位置。

“让我告诉你们为何这样做，”她又说道，“原原本本地对你们说。我来告诉你们，爸爸妈妈今晚心情不好，尤其是妈妈。她太想念可怜的理查德了！我们一致认为最好带上竖琴，因为竖琴似乎比钢琴更能让她开心。我告诉你们她为何心情不好。克罗夫特夫妇早上来拜访时（他们之后来这儿了，是吗?），他们碰巧说到他们的弟弟温特沃斯舰长刚回到英国，也许休役或是什么，很快要来看他们。很不幸的是，他们走后妈妈想起温特沃斯，或是与此相近的一个名字，正是可怜的理查德曾经某个舰长的名字。

我不知何时何地，不过是在他去世前很久，可怜的家伙！她查了他的信件物品，发现的确如此，毫无疑问就是那个人，现在她满脑子想着这件事，还有可怜的理查德！所以我们必须尽量高高兴兴，让她别总想着这些伤心事。”

这段悲惨家史的真实情况是，马斯格罗夫家不幸有个令人讨厌、无可救药的儿子，幸好在他不到二十岁时失去了他。他因为生性愚笨，无法管教，便被送到海上。家人对他漠不关心，这也是他理所应得的待遇。两年前他死去的消息传到厄泼克劳斯时，他几乎杳无音信，也没人为此伤心。

虽然如今他的姐妹们竭尽所能，叫他“可怜的理查德”，他其实只是个愚蠢、冷酷、无用的迪克[①]·马斯格罗夫。不管活着还是死了，他的所作所为顶多只能让他得到这样的昵称。

他在海上服役了几年，像所有的海军候补生那样，尤其是所有舰长都不想要的海军候补生那样被调来遣去，有六个月在弗雷德里克·温特沃斯舰长的护卫舰拉科尼亚号上服役。在舰长的影响下，他给父母写了两封信，这是他离家后写过仅有的两封信，也就是说，仅有的两封不图私利的信，其余的信件只为要钱而已。

他在每封信中都称赞他的舰长，但他们通常不在意那样的事情，对人名舰名既不关心也不好奇，当时几乎没给他们留下什么印象。而在今天，马斯格罗夫太太竟忽然想起温特沃斯的名字和她儿子有关，这似乎是有时的确会出现的特别灵感。

---

① “迪克”是较为粗俗、很有贬低意味的名字，体现了奥斯汀的幽默与调侃。奥斯汀擅长以人名地名传情达意。

她去看了信，发现完全如她所料。经过这么长时间，重读这些信件，儿子永远离去，他所有的缺点都被遗忘，这让她极为动情，简直比最初听到他的死讯时还要伤心。马斯格罗夫先生也在难过，只是程度更轻。他们来到乡舍时，一开始显然想让别人再听他们说说这个话题，接着想要兴高采烈的同伴们给他们一些安慰。

他们滔滔不绝地谈论着温特沃斯舰长，不断重复他的名字，苦苦回想着过去的岁月，最后认定这**可能**，或许**就是**他们记得的那个温特沃斯舰长。他们在他从克利夫顿回来后见过他一两次——很不错的年轻人——但他们记不清究竟是七年前还是八年前了。听着这些话，对安妮的神经无异于新的折磨。不过，她发现这是自己必须习惯的事。既然他真要来到乡下，她一定要让自己对这些毫不在意。看似不仅他很快要来，而且马斯格罗夫一家因为他对可怜的迪克的好心照料，对他满怀感激。因为可怜的迪克得到他六个月的关照，在语气热烈却有错别字的信中说他“是个英俊勇猛的家火，只是对大副过于挑蒂”，这些足以使他们敬重他的人品。他们决定一听说他来了，就要向他自我介绍，并与他结识。

这样的决心帮他们度过了一个舒适的夜晚。

第七章

又过了几天，听说温特沃斯舰长来到了凯林奇，马斯格罗夫先生去拜访他，回来对他赞不绝口。他和克罗夫特一家约好，请他们下周末来厄泼克劳斯吃晚餐。马斯格罗夫先生很失望不能定个早点的日子，他迫不及待地想在自家屋檐下迎接温特沃斯舰长，用酒窖里最浓烈最上等的美酒款待他，以示他的感激之情。可是必须再等一个星期；安妮心想，那么，再过一个星期，他们就必须见面了；很快她又开始希望至少能有一个星期的安全感。

温特沃斯舰长早早回访了马斯格罗夫先生，她差点也在那半个小时去了那儿——她和玛丽事实上已经动身去大宅，后来她才知道，要是去了一定会遇见他。就在那时大孩子因为严重摔伤被带回家，把她们拦了下来。孩子的状况彻底打消了拜访的计划，可是她听说这次逃脱后却不能无动于衷，即使在为孩子担惊受怕时依然感到庆幸。

他的锁骨脱臼了，肩上受了这么重的伤，让人惊恐万分。这是个忧心忡忡的下午，安妮要同时处理许多事——派人请医生——叫人寻找和通知孩子的父亲——让孩子的母亲别歇斯底里——吩咐仆人——打发小孩子出去，照顾和安慰受伤的那一个——除此之外，她刚想起来就让人给大宅送去消息，结果招来一群惊慌失措、问长问短的人，也帮不上什么忙。

她的第一个安慰是妹夫回来了，他能好好照看他的妻子；第二个福音是医生的到来。在他给孩子做检查前，他们因为不明情况吓得要命——他们猜想伤得很重，却又不知伤在哪里。现在锁骨很快归位了，虽然罗宾逊医生反复触摸不停按摩，脸色严肃，语气低沉地对孩子的父亲、姑妈说着话，不过他们都能满怀希望，分手后较为安心地吃了晚饭。事实上就在分手前，两位年轻的姑妈已经抛开侄子的病情，说起了温特沃斯舰长的来访——她们在父母离开后又待了五分钟，竭力说起她们特别喜欢他，认为在她们的熟人中，他比她们喜欢的任何男子都英俊得多，也更讨人喜欢——她们听到爸爸邀请他留下吃饭时多高兴啊——他说实在不行时她们多么遗憾——在爸爸妈妈的再三邀请下，他答应明天来吃晚餐，就在明天，她们再次感到无比开心——他答应时那么和蔼可亲，仿佛理所当然地感受到他们盛情之后的所有动机——简而言之，他的神情话语温文尔雅，所以她们能向大家保证，她俩都对他倾心不已！她们跑开了，心中充满爱的喜悦，显然更多想着温特沃斯舰长，没把小查尔斯放在心上。

黄昏时，两位小姐和父亲过来探望，又兴高采烈地重复了同样的故事。马斯格罗夫先生不再像先前那样担心他的孙子，不仅附和着她们的话，自己也盛赞了温特沃斯舰长，希望如今不必推迟对温特沃斯舰长的邀请，只是遗憾乡舍里的人也许不想离开孩子去见他。“哦，不，决不能离开孩子。”父亲母亲最近受了太大惊吓，岂能忍受这样的想法。安妮很高兴逃脱了晚宴，忍不住加入他们，强烈表示一定要在家陪孩子。

事实上，查尔斯·马斯格罗夫后来有些动心，“孩子恢复得这么好，他特别想结识温特沃斯舰长，所以，也许，他晚上能去他们那儿；他不会回去吃晚饭，但他可以去待半个小时。”可是他马上遭到妻子的强烈反对，“哦！不，天啊，查尔斯，我绝不能让你走。想想吧，出了事该怎么办?”

孩子夜里很安稳，第二天情况也不错。必须过一段时间才能确定没伤到脊柱，不过罗宾逊先生没有发现引起进一步惊恐的症状。于是查尔斯·马斯格罗夫觉得没必要继续困在家里。孩子待在床上，顶多只能静静地逗他玩，可是一个父亲能做什么？这是女人的事，把他这个根本帮不上忙的人关在家里，真是太荒唐了。他的父亲特别想见温特沃斯舰长，也没有充分的理由让他别去。最终他打猎回家后大胆地公开宣称准备立刻换装，去大宅赴宴。

“孩子的情况好得不得了，”他说，“所以我刚才告诉父亲我会来，他认为我做得对。亲爱的，有你的姐姐陪你，我一点都不担心。你自己不想离开他，可你看我什么也做不了。要是有情况安妮会派人去叫我的。”

夫妻之间通常都会明白，什么时候的反对毫无用处。玛丽从查尔斯说话的语气上，看得出他已经打定主意要走，再和他纠缠也没有用。于是她闭口不言，直到他离开房间，可一旦只有安妮能听她说话时：

“瞧，只有你我二人被撇开，轮流照看这个可怜的小病人——整个晚上没有人会接近我们！我就知道会这样。我的命总是如此。只要出现不顺心的事，男人都会溜之大吉，查尔斯和他们一样坏。真是冷酷无情！我必须说他从可怜的孩子身边逃走实在太无情了。还说他好得不得了！他怎么就知道他很好，半个小时后会不会忽然变化呢？我没想过查尔斯会如此冷酷无情。你瞧他倒是溜出去享受了，只因为我是可怜的母亲，我哪儿也不能去——可是，我肯定自己最不适合照看这孩子。正是母亲这个角色让我的感情经受不住折磨。我根本受不了。你看到我昨天有多歇斯底里了吧。”

“可那只是你忽然受惊的结果——受了惊吓。你不会再歇斯底里了。我敢说不会发生让我们苦恼的事。我完全明白罗宾逊先生的意思，一点都不担心。说真的，玛丽，我对你丈夫的做法毫不惊奇。照看孩子不是男人的事情，不是他的职责。生病的孩子永远属于母亲：她自己的感情常会带来这样的结果。”

“我希望我能像别的母亲一样喜爱自己的孩子——可我看不出我在病房里能比查尔斯派更大的用场。当这可怜的孩子生病时，我总不能老是骂他逗他吧。你看，今天早上我要是让他安静些，他肯定会开始到处乱踢。这种事情我真受不了。”

“可是，如果一整个晚上都离开这个可怜的孩子，你自己能舒服吗？”

“能。你瞧他的爸爸可以，我为什么不行呢？——杰米玛那么细心，她每个小时都能向我们汇报孩子的情况。我真觉得查尔斯也该告诉他的父亲我们都会来。现在我一点都不比他更担心小查尔斯。我昨天吓坏了，可是今天的情况大不一样。”

“好吧——如果你觉得还来得及通知，要是你想和你的丈夫一起去，把小查尔斯留给我照顾吧。只要我和他在一起，马斯格罗夫夫妇不会觉得有问题。”

“你当真吗?”玛丽眼睛一亮，叫道，“天啊！这个主意真好，真是太好了。说实话，我去不去都一样，因为我在家里也没用——是吗？只会让我受折磨。你，因为没有母亲的感情，比我合适得多。你让小查尔斯做什么都可以，他总是听你的话。比把他单独留给杰米玛好得多。哦！我当然应该去，我相信要是能去，我和查尔斯一样应该去，因为他们特别想让我结识温特沃斯舰长，而且我知道你不介意独自留下。你的主意真是太好了，安妮。我要去告诉查尔斯，马上准备好。要是出现状况，你可以立刻派人通知我们，但我敢说不会有事让你受惊吓的。你尽管相信，要不是完全放心我亲爱的孩子，我就不会去了。”

紧接着她去敲丈夫更衣室的门。因为安妮跟着她一起上楼，正好听见了全部对话，起初是玛丽用欣喜若狂的语气说道：

“我要和你去，查尔斯，因为我在家里和你一样没用。就算一直把我和这孩子关在家里，我也没法让他做他不愿做的事。安妮会留下；安妮同意待在家里照顾他。这是安妮自己提出的，所以我要和你一起去，这样好得多。从星期二到现在，我还没在那边吃过饭呢。”

“安妮真是太好了，”是她丈夫的回答，“我很乐意让你去，可是竟然把她独自留在家中照顾我们生病的孩子，似乎太无情了。”

此时安妮就在旁边，能自己进行解释。很快她诚恳的态度就足以说服他，而说服本身至少也令人愉快。他不再对她独自留在家中吃饭感到良心不安，不过他仍然想让她晚上过去，那时孩子也许睡觉了。他恳请让他来接她，可她怎么也说不通。就这样，很快她就愉快地看着他们一起兴高采烈地出发了。他们走了，她希望他们开心，虽然这样的开心看起来有多么不可思议。至于她自己，或许留在家里比什么都更让她舒心。她知道孩子最需要自己，即使温特沃斯只在半英里以外，正在取悦别人，对她来说又怎样呢?

她倒想知道他对见面是什么感觉。也许是冷漠，如果在这种情形下可以冷漠的话。他一定不是冷漠就是不情愿。如果他真想再次见到她，不用等到现在。他本来能够做到一件事，这虽然让她无能为力，但她觉得要是自己处于他的位置，早就做到了，因为他早已得到当初唯一缺少的独立收入。

她的妹妹和妹夫回来了，总的来说对他们的新朋友和这次拜访感到很满意。他们弹琴、唱歌、聊天、欢笑，一切都特别令人愉快。温特沃斯舰长风度迷人，毫不羞涩或矜持；他们似乎一见如故，而且他第二天早晨要来和查尔斯一道打猎。他会来吃早餐，但不在乡舍，虽然开始是这么提议的；然而接着他又被强烈要求去大宅，因为孩子的事情，他似乎害怕妨碍查尔斯·马斯格罗夫太太，于是就这样，他们几乎弄不清是怎么回事，最后决定让查尔斯到他父亲家吃早餐，在那儿和他碰面。

安妮明白为什么。他想避免见到她。她发现他简单问候了她，就像问候一个不太熟悉的旧日之交。他似乎明白她的所想所为，或许，也想在即将见面时避免主动出现。

乡舍早晨的作息时间总是比大宅晚一些，而第二天的差别格外大。玛丽和安妮刚开始吃早餐，查尔斯就进门说他们要出发了，他来领猎犬，他的妹妹们和温特沃斯舰长跟在后面；他的妹妹想看看玛丽和孩子，温特沃斯舰长说要是没什么不方便，他也待上几分钟，见见女主人；虽然查尔斯说孩子情况很好不会有麻烦，温特沃斯舰长坚持让他先跑来通知一下。

玛丽对这样的关注非常满意，准备高兴地迎接他，然而安妮却思绪万千。最让她感到安慰的是，事情很快就会结束。很快就结束了。查尔斯准备了两分钟后，其他人都来了，他们在客厅里。她的目光勉强和温特沃斯舰长相遇，一个鞠躬，另一个行了屈膝礼；她听见他的声音——他对玛丽说话，说的话都很得体，又对马斯格罗夫小姐们说了些什么，足以显示他们之间无拘无束的关系。屋里似乎满满当当——济济一堂，欢声笑语——不过几分钟后就结束了。查尔斯出现在窗外，一切准备就绪，客人鞠了一躬告辞了，马斯格罗夫小姐们也离开了，并且忽然决定要和猎手们一起走到村子尽头。屋子里清净下来，安妮要是愿意，可以接着吃早餐了。

"结束了！结束了！"她紧张又感激地一遍遍对自己说，"最糟糕的已经过去了！"

玛丽在说话，可她听不进去。她见到他了。他们相遇了。他们再一次待在同一间屋子里。

不过，她马上就开导自己，试着别那么百感交集。八年，自从她放弃一切后，几乎八年过去了。曾经的焦虑不安，经过这么长的间隔已经变得遥远模糊，再次回到这样的感觉是多么荒唐！八年的时间有什么做不到呢？各种各样的事情、变化、疏远、消失——一切，一切都包含在其中，还要忘却过去——多么自然而然，确定无疑啊！这几乎包含了她本人生命的三分之一。

哎呀！尽管这样开导自己，她还是发现，对于难忘的感情而言，八年的时间不值一提。

那么，该如何理解他的感情呢？这像是想要躲避她吗？下一刻她就恨自己傻到竟然问这样的问题。

还有一个问题就算她再明智也无法不想，但她很快就不用纠结了。马斯格罗夫小姐们再次回到乡舍，她们结束拜访后，玛丽主动对她说：

“安妮，温特沃斯舰长对你不太殷勤，虽然他对我非常关注。她们走后亨丽埃塔问他对你的看法，他说：‘你变化太大，简直让他认不出来了。’”

玛丽缺乏感情，不能像平常人那样尊重自己的姐姐，可她完全没想到给姐姐带来了怎样的特别伤害。

“变得让他认不出来了。”安妮完全认可，她默默忍受这深深的屈辱。毫无疑问的确如此，她无法报复，因为他没有改变，或者没有变差。她已经对自己承认了这一点，不会有别的想法，他爱怎么想就怎么想吧。不，让她失去青春与美貌的那些岁月，却使他变得更加容光焕发、气度不凡、落落大方，没在任何方面减少他的魅力。她见到了那个同样的弗雷德里克·温特沃斯。

“变得让他认不出来了！”这句话萦绕在她的心头。不过她很快又因为听到这句话感到高兴。这句话能让人清醒，缓解不安，使她平静，结果一定会让她更加高兴。

弗雷德里克·温特沃斯说了那句话，或类似的话语，但完全没想到会传到她的耳朵里。他觉得她变得太厉害，最初被人问起时，就说出了心里的想法。他还没有原谅安妮·埃利奥特。她亏待了他，抛弃了他，令他失望；更糟糕的是，她的做法显示了她懦弱的性情，他本人果断自信的性格无法容忍。她放弃了他去取悦别人。这是过度劝导的结果。这是软弱和胆怯。

他对她情深意切，后来再也没见过能与她相比的女人。然而，除去一些自然而然的好奇感，他根本不想再见到她。她对他的影响已经完全消失。

如今结婚是他的目标。他有钱，又上了岸，一心打算只要得到适当的诱惑就安顿下来；实际上他已经开始物色，随时准备在他清醒的头脑和挑剔的眼光允许的范围内，迅速陷入爱河。他有心挑选一位马斯格罗夫小姐，只要她们抓得住机会；简而言之，遇到任何一位讨人喜欢的年轻小姐，他都会动心，除了安妮·埃利奥特。这是他私下唯一的排除。在回答他姐姐的猜测时，他这样对她说：

"是的，索菲亚。我来这儿，随时准备结一门愚蠢的亲事。十五岁到三十岁之间的任何女人，只要开口就能得到我。几分姿色，几个微笑，对海军说几句恭维话，我就迷失了。难道这样对一个水手还不够吗，我又不认识女人，哪有什么魅力？"

她知道，他说这些话是等着被反驳的。他明亮骄傲的眼神显示出他相信自己的魅力。当他更加认真地描述他想遇见的女人时，安妮·埃利奥特没被他忘记。"头脑坚定，举止温柔"是他最重要的描述。

"那就是我想要的女人，"他说，"当然稍微差一点我也能容忍，只要别差得太多。如果我是个傻瓜，那我就是真的傻，因为在这个问题上，我比大多数男人考虑得更多。"

第八章

从此，温特沃斯舰长和安妮·埃利奥特经常出入同一个圈子。很快，他们就要一起去马斯格罗夫先生家用餐，因为小男孩的状况再也不能给他的姨妈提供缺席的理由，而这只是其他宴会和聚会的开始。

旧日的感情能否复燃，这必须经过检验。毫无疑问，两人一定会想起过去的时光，**那些**总会被想起的。他们订婚的年份肯定会被他提起，就在话语间不经意的讲述与描绘中。他的职业给了他谈论的机会，他的性格也会让他说起，“**那**是在 1806 年”，“**那**发生在我出海前的 1806 年”，他们一起度过的第一个晚上他就说了那些话。虽然他的声音没有颤抖，虽然她没理由认为他在说话时眼睛瞥向了她，安妮觉得凭她对他的了解，他对过去的回忆不可能少于她本人。这一定会让他们立刻产生同样的联想，虽然她认为绝不会带来同等的痛苦。

除了最基本的礼貌寒暄，他们从不谈话，从不交流。曾经他们彼此有着说不完的话！现在却无话可说！曾**有**一段时间，在厄泼克劳斯客厅里的这样一大群人中，他们都觉得没法不开口说话。也许，除了看似非常恩爱幸福的克罗夫特上将夫妇，（安妮认为即使在已婚的夫妇中也绝无其他例外），没有哪两个人能这样推心置腹、趣味相投、心心相印，彼此怎么也看不够。如今他们成了陌生人，不，比陌生人更糟糕，因为他们永远不会结交了。这是永远的疏离。

当他说话时，她听见了同样的声音，觉察到同样的头脑。这些人大多对海军的情况一无所知，向他提了许多问题，尤其是两位马斯格罗夫小姐，她们的目光几乎离不开他。她们询问关于船上生活、日常规章、饮食作息等各种问题。听他讲述膳食起居和其他安排能够达到怎样的地步，她们惊讶不已，让他不免愉快地嘲讽她们几句。这使安妮想起自己早先也这样无知，她也认为船上的水手没东西可吃，或者即使有吃的，也没厨师做饭，没仆人伺候，甚至连刀叉也没有，少不了因此受他批评。

她这样听着想着，却被马斯格罗夫太太的耳语惊醒了。原来她悲痛难当，忍不住说道：

"啊！安妮小姐，要是当初上帝能够饶恕我那可怜的儿子，我敢说此时的他就是这个样子。"

安妮忍住笑意，好心地听着马斯格罗夫太太继续倾诉。于是几分钟后，她就跟不上别人的谈话节奏了——等她的注意力回到正轨后，她发现马斯格罗夫小姐们刚刚取来海军名册（她们自己的海军名册，厄泼克劳斯拥有的第一份名册），坐在一起仔细阅读，声称要找出温特沃斯舰长指挥过的那些军舰。

"你的第一艘舰是阿斯普号，我记得。我们找找阿斯普号。"

"你们在这儿找不到它——已经破旧不堪无法使用了。我是最后一个指挥它的——当时就几乎无法服役——据说还能在国内用上一两年——于是我被派到了西印度群岛[①]。"

---

① 位于大西洋及其属海墨西哥湾、加勒比海之间的北美洲岛群。

小姐们满脸惊讶。

“海军部，”他继续说道，“时常会给自己找些乐子，派几百个士兵乘一艘破烂不堪的舰艇去出海。不过他们有太多人要供养；在那几千个葬身海底也无妨的人当中，他们也无法判断哪些人最不被怀念。”

“嗬！嗬！”上将叫道，“这些年轻人说什么呢！没有哪艘船比得上年轻的阿斯普号——作为旧军舰，它也无与伦比。得到它算你的运气！——他知道当初一定有二十个比他强的人同时想得到它。就凭他那点资历，什么都能来得那么快真是幸运。”

“我知道我运气好，上将，我向你保证，”温特沃斯严肃地答道，“我对自己的任职正如你希望的那样满意。那时我的重大目标是出海——一个很重大的目标，我想做点事情。”

“你当然想——像你这样的年轻人在岸上待整整半年能做些什么呢？——要是男人没有妻子，他很快就想再次出海。”

“可是温特沃斯舰长，”路易莎叫道，“当你来到阿斯普号，看见他们给了你这样的旧家伙时，该有多气恼呀。”

“那天之前我就很清楚她[①]的状况，”他笑着说，“无需再做更多发现，就像你不会在意一件旧皮衣的款式和牢度那样。你记得她被你一半的熟人借用过，最后在某个大雨天又借回你自己的手中——啊！她是我亲爱的老阿斯普号。她做到了我想要的一切。我知道她会的——我知道不是我们一同葬身海底，就是她会成全我。我和她一同出海的日子，连两个坏天气都没碰上。在愉快地

---

① 原文为“she”。简·奥斯汀小说中通常以“她”指代军舰。

俘获了许多私掠船后，第二年秋天回去的路上，我幸运地遇上了我梦寐以求的法国护卫舰——我把她开进普利茅斯[1]，这又是一个幸运。我们在海湾[2]待了还不到六个小时就刮起一阵狂风，刮了四天四夜，否则用不了一半的时间就能结束可怜的老阿斯普号，我们和这个伟大国家[3]打的交道并没有太多改善我们的状况。本来二十四小时后，我就会成为报纸角落里一小段话中‘勇敢的温特沃斯舰长’，因为只在一艘小舰中丧生，谁也不会想到我。”

安妮只能独自颤抖，然而两位马斯格罗夫小姐却用同情和恐惧的惊叫，坦率真诚地表达着她们的感受。

“我想，”马斯格罗夫太太低声说，仿佛在自言自语，“于是他接着去了拉科尼亚号，在那儿遇到我们可怜的孩子——查尔斯，我亲爱的，”（招呼他来到跟前），“一定要问问温特沃斯舰长，当初在哪儿遇上了你可怜的弟弟。我总是忘记。”

“是在直布罗陀[4]，母亲，我知道。迪克生了病被留在直布罗陀，由他之前的舰长推荐，去了温特沃斯舰长那儿。”

“哦！——可是查尔斯，告诉温特沃斯舰长不必担心在我面前提到可怜的迪克，因为能听见这样一位好朋友谈起他，那会很让人愉快的。”

查尔斯多少比她更清楚这件事的可能性，只点点头就走开了。

---

① 英国南部海港，重要海军和军事基地。

② 原文为“the Sound”，连接英吉利海峡和普利茅斯海港的水湾。

③ 指法国。这是讽刺的表达。

④ 西班牙南端的直布罗陀岩山 1713 年后成为英国领地，皇家海军在此驻扎，掌控了大西洋至地中海的战略海峡要塞。

小姐们此时在查找拉科尼亚号，温特沃斯舰长忍不住愉快地把这珍贵的名册拿到自己手中，免去她们的麻烦，又再次大声读出关于它的名称、等级、如今不在役状态的一小段文字，说它也是人们能够得到的最好的朋友。

“啊！拥有拉科尼亚号的那些日子我多开心啊！我靠她赚钱赚得真是快——我和一位朋友一起在西部群岛[1]做了那么愉快的航行——可怜的哈维尔，姐妹们！你们不知道他多想赚钱——比我本人想要得多。他有个妻子——是个非常好的人。我永远忘不了他的幸福。他感到所有的幸福主要是为了她——第二年夏天我在地中海又碰上好运时，希望他也能在场。”

“我敢说，先生，”马斯格罗夫太太说道，“当你被任命为那艘船的舰长时，是**我们**的幸运日。**我们**永远忘不了你做的一切。”

她因为情绪激动而声音低沉；温特沃斯舰长只听见部分话语，也许根本想不起迪克·马斯格罗夫这个人，显得很茫然，似乎在等她说下去。

“我的哥哥，”一位小姐低声说，“妈妈在想可怜的理查德。”

“可怜的好孩子！”马斯格罗夫太太又说道，“他在受你关照时变得多么稳重，写了多好的信呀！啊！要是他始终没有离开你，该是多么幸运。说实话，温特沃斯舰长，我们非常遗憾他离开了你。”

听到这番话，温特沃斯舰长的脸上掠过一丝神情，他明亮的眼睛瞟了瞟，又撇了撇漂亮的嘴唇，这使安妮相信，对于马斯格

① 指西印度群岛。

罗夫太太为儿子的美好心愿，他没有感同身受，也许反而费了些心思才摆脱了他。不过这种自得其乐的神情转瞬即逝，要是不像她本人这么了解他，谁也无法察觉。他马上镇定下来，神情严肃，几乎立即走到马斯格罗夫太太坐着的沙发前，在她身旁坐下，用低沉的声音同她谈起了她的儿子。他满心同情、从容文雅，显出他对这位母亲真实且并不荒谬的感情最善意的体谅。

他们其实坐在同一张沙发上，因为马斯格罗夫太太马上给他让了位置——他们中间只隔着马斯格罗夫太太。当然，这个障碍不可小觑。马斯格罗夫太太心宽体胖、身材高大，天生就更适合开开心心、说说笑笑，而不是一副多愁善感的模样。安妮瘦弱的身材和忧郁的神情透出的焦虑不安，几乎完全被马斯格罗夫太太遮挡。应该称赞温特沃斯舰长听她为儿子的命运长吁短叹时表现出的克制，因为他活着的时候谁也不在乎他。

人身材的大小与内心的悲伤当然没有必然联系。一个庞大的身躯完全有权深陷痛苦，正如最纤细的身体也有同样的权利。然而，无论是否公平，总有一些不相称的关联，不合情理——难以忍受——荒唐可笑。

上将双手背在身后，在屋子里踱了两三圈提提神，他的妻子让他别乱走动。于是他走到温特沃斯舰长旁边，没注意可能打断了怎样的谈话，心里只想着自己的事，便开口说道：

“去年春天你要是晚一个星期去里斯本，弗雷德里克，有人会让你带上玛丽·格里尔森夫人和她的女儿们。”

“是吗？我很高兴我没有晚一个星期。”

上将责备他太不殷勤。他为自己辩护，尽管依然承认他永远不乐意让任何女士上他的舰艇，除非参加舞会或拜访，几个小时还差不多。

“不过，如果我了解我自己，”他说，“这绝不是因为我对她们不够殷勤，而是我觉得即使付出再大的努力、再多的代价，也不可能在舰上为女人提供应有的条件。上将，把女人对各种舒适条件的要求看得高一些，绝非不够殷勤——这就是我的做法。我讨厌听说女人在舰上，或是在舰上看到她们。除非万不得已，我指挥的舰艇绝不会把一家子太太小姐送到任何地方。”

这下他的姐姐忍不住了。

“哦！弗雷德里克！——我简直不敢相信你会这样——都是无聊的故作文雅！——女人可以舒服地待在舰上，就像住在英国最好的房子里一样。我相信我比大多数女人在舰上待得更久，我觉得舰上士兵的膳食条件再好不过了。说实话，即使在凯林奇府邸，”（善意地向安妮鞠了一躬），“我享受的舒适安逸条件，也不比我在大部分军舰上更好，我一共在五艘军舰上待过呢。”

“这绝不说明问题，”她的弟弟答道，“你当时和你的丈夫住在一起，是舰上唯一的女人。”

“可你亲自把哈维尔太太、她的妹妹和表妹，还有三个孩子从朴茨茅斯带到普利茅斯，你这种无微不至、异乎寻常的殷勤该怎么解释呢？”

“全都是出于友情，索菲亚。只要做得到，我愿意帮助任何一位军官兄弟的妻子。要是哈维尔愿意，我可以把他家中的一切从天涯海角带给他。但别以为我不讨厌这件事本身。”

“放心吧，他们都过得很舒适。”

“也许我并不因此更喜欢他们。那么多的女人和孩子没有**权利**在舰上过得舒适[1]。”

“我亲爱的弗雷德里克，你说得太轻巧。我们这些可怜的海军妻子常常得从一个港口赶到另一个港口，追随我们的丈夫。请问，要是人人都像你这么想，我们该怎么办呢?”

“你瞧，我的想法并没有阻止我把哈维尔太太和她全家送到普利茅斯。”

“可我讨厌你像个上等的绅士那样说话，好像女人都是上等的淑女，而不是理智的人。我们不指望所有的日子都顺风顺水。”

“啊！我亲爱的，”上将说，“等他有了妻子，他就会变调子的。等他结婚后，如果我们有幸活到另一场战争，就会看到他像你和我，还有别的许多人一样，做着同样的事情。我们会看见他对任何一个愿意把他妻子带来的人感激不尽。”

“对，那是会的。”

“现在我无话可说，”温特沃斯舰长叫道，“一旦结了婚的人攻击我说——‘哦！当你结婚后，想法就完全不同了。’我只能说：‘不，我不会的。’接着他们又说：‘不，你会的。’那就是结束。”

他起身离开了。

“你是个多么了不起的旅行家呀，太太!”马斯格罗夫太太对克罗夫特太太说。

“太太，我结婚十五年走了不少地方，虽然有些女人比我去

---

① 当时的海军规章制度禁止任何船长带女性出海，但从温特沃斯舰长姐姐的经历看来，这个制度并未得到严格实施。

的地方更多。我四次横渡大西洋，去了一次东印度群岛，再返回，但只有一次；我还去了英国周边的不同地方——科克、里斯本[①]，还有直布罗陀。但我从未到过海峡以外的地方[②]——从来没去过西印度群岛。你知道，我们不把百慕大或巴哈马称为西印度群岛。”

马斯格罗夫太太提不出任何异议，她不能责怪自己这辈子从未以任何名称说起过这样的地方。

“实话对你说，太太，”克罗夫特太太继续说道，“哪儿也比不上战舰上的食宿条件，你知道，我是指最高级别的战舰。当然，要是在护卫舰上，你会更受限制——虽然任何理智的女人也会住得很开心。我完全可以说，我有生以来最幸福的时光是在船上度过的。你知道，当我们在一起时，没什么值得害怕。感谢上帝！我总是身体特别棒，什么气候都不会让我生病。出海的最初二十四小时会有点不适应，但之后就再也不会难受了。我只有一次真正感到了身心的折磨，只有一次我想着自己身体不好，或是想到了危险，当时我独自一人穿过迪尔，而上将（那时是克罗夫特舰长）在北海。那段时间我一直提心吊胆，因为不知道自己该如何是好，也不知什么时候能得到他的消息，便想象出了各种病痛。但只要我们在一起，什么都不会让我生病，我从未遇见过一点麻烦。”

“啊，那当然——是的，的确如此！我完全同意你的想法，克罗夫特太太，”马斯格罗夫太太真心诚意地答道，“没有比夫妻

---

① 分别为海军爱尔兰中队和地中海舰队的基地。

② 指从未超过直布罗陀海峡，没有到过东部的地中海。

分离更糟糕的事了。我完全同意你的想法。我知道这种感觉，因为马斯格罗夫先生经常参加郡司法会议，等会议结束他平安回来后，我总是特别高兴。”

晚宴以跳舞结束。这个建议刚提出，安妮就像往常一样主动效劳。虽然她坐在钢琴前有时会眼泪汪汪，但她还是很高兴有事可做。除了想不被人注意外，她别无所求。

这是一场欢快的聚会，似乎谁也不及温特沃斯舰长那么兴致勃勃。她觉得一切都能让他振奋，因为他得到了大家的赏识与尊重，尤其是所有年轻小姐的关注。前面提过的这家表亲中的海特小姐们，显然承认有幸爱上了他。至于亨丽埃塔和路易莎，两人似乎都完全为他着迷，只有二人之间不断的亲热表现才会让人相信她们不是彻底的情敌。如果他有点被这般广泛热切的爱慕宠坏了，谁会觉得奇怪呢？

这是安妮脑海中想到的一些问题。她的手指机械地弹奏着，弹了半个小时，既准确无误，又浑然不知。一次她觉得他在看着自己——也许在观察她改变了的容颜，试着从这张憔悴的脸上找到曾经吸引他的痕迹；一次她知道他肯定说起了她——她几乎没注意，直到听见了回答；随后她能肯定他问了同伴埃利奥特小姐是否从不跳舞，回答是：“哦，不；从来不；她几乎放弃跳舞了。她宁愿弹琴。她从不厌倦弹琴。”一次，他还对她说话了。跳舞结束后她离开钢琴，他坐了下来，试着弹奏一段想让马斯格罗夫小姐们了解的旋律。她无意中回到屋子的那一边；他见到她便立即起身，彬彬有礼地说：

“抱歉，小姐，这是你的位置。”虽然她明确否认并立即后退，他却再也不肯坐下去。

安妮不想再有这样的神情和话语。他冷淡的礼貌、故作的优雅，比什么都更让人伤心。

第九章

温特沃斯舰长来到凯林奇就像回了家，想待多久就待多久，享受着上校和妻子对他的手足深情。他刚来时打算很快去什罗普郡，拜访住在那儿的哥哥，可是厄泼克劳斯太有诱惑力，让他推延了行程。这儿的人们待他非常友好、特别殷勤，一切都让他心醉神迷。年长者那么热情好客，年轻人那么讨人欢喜，他只能决定待在这儿，稍晚一些再去领受爱德华妻子完美的迷人魅力。

不久他就几乎每天都去厄泼克劳斯。马斯格罗夫一家热情邀请，他更是乐意登门，尤其当他上午在家无人做伴时。克罗夫特上校和太太总是一起出门，兴致勃勃地欣赏他们的新领地、他们的草坪和羊群，以第三个人难以忍受的方式闲逛着，或乘着他们新添置的轻便双轮马车[①]兜风去。

到目前为止，马斯格罗夫一家及亲友们对温特沃斯上尉只有一个评价，到处是始终如一的热情赞美。不过这种亲密关系刚刚建立，那个查尔斯·海特就回到他们中间，对此深感不安，认为温特沃斯舰长是很大的妨碍。

查尔斯·海特是所有表亲中年龄最大的一位，是个和蔼可亲、讨人喜欢的年轻人。在温特沃斯舰长到来前，他和亨丽埃塔

① 原文为“gig”，是当时造型最简单，价格最便宜，由一匹马拉的马车。因为条件简陋，车上的人很容易因为地面不平之类的原因被甩出车外。

之间似乎很有好感。他身负圣职，在附近当副牧师。他不用住在那边，而是住在他父亲的家中，离厄泼克劳斯只有两英里。他离开家一阵子，让他的美人儿在这段关键时刻少了他的殷勤关照。他回来时伤心地发现她的态度大不相同，并痛苦地见到了温特沃斯舰长。

马斯格罗夫太太和海特太太是姐妹。她们各自有些财产，然而她们的婚姻却给她们的地位带来了天壤之别。海特先生自己有些产业，但和马斯格罗夫先生相比就微不足道了。马斯格罗夫一家是郡里的上等人，而海特家的孩子们因为父母低劣、隐退、粗俗的生活方式，自身又受教育不足，要不是因为和厄泼克劳斯的关系，几乎成了下等人。当然这位长子除外，他努力成为了学者和绅士，在教养和举止上比其他孩子强得多。

两家的关系一直非常好，一方绝不傲慢，另一方绝不嫉妒，只是马斯格罗夫小姐们有些优越感，这让她们很乐意帮助她们的表兄妹们做些改进——查尔斯对亨丽埃塔的殷勤她的父母都注意到了，也完全不反对。“对她来说算不上很好的亲事，但只要亨丽埃塔喜欢他就行。”——亨丽埃塔的确像是喜欢他。

在温特沃斯舰长到来前，亨丽埃塔本人也完全这么想，但从那以后，查尔斯表哥就几乎被遗忘了。

根据安妮的观察，温特沃斯舰长更喜欢哪个姐妹还很难说。亨丽埃塔也许更加漂亮，而路易莎更有活力。她到现在也不知道，究竟更温柔还是更活泼的性格更能吸引他。

马斯格罗夫夫妇可能见得太少，或是完全信任两个女儿的审慎，虽然有那么多小伙子接近她们，似乎对一切听之任之。在大宅里对他们没有一丝担心或评价，在乡舍却并非如此：那儿的年轻夫妻更喜欢猜测和怀疑。温特沃斯舰长和马斯格罗夫小姐们在一起不过四五次，查尔斯·海特刚刚再次出现，安妮便听见她的妹妹和妹夫关于他最喜欢**哪一个**的讨论。查尔斯说是路易莎，玛丽说亨丽埃塔，不过他们都赞成无论他娶哪一位，都会非常令人高兴。

查尔斯这辈子从没见过比他更让人喜欢的人；从他一次听温特沃斯舰长本人说过的话中，他很肯定他从战争中挣得不下两万英镑。转眼就发了这么一大笔财。除此之外，要是以后再有战争，他还可能挣这么多。他相信温特沃斯舰长比海军的任何军官更有可能出人头地。哦！无论对他的哪个妹妹来说，都将是一门极好的亲事。

"我敢说是这样，"玛丽答道，"天啊！要是他能加封头衔该多好！要是他能当上准男爵该多好呀！'温特沃斯夫人'听上去很不错。对亨丽埃塔来说真是极好的事！她会取代我的位置，亨丽埃塔不会不喜欢的。弗雷德里克爵士和温特沃斯夫人！不过，这只是新加的爵位，我从不在乎你的新爵位。"

玛丽希望亨丽埃塔是被选中的那个，完全因为查尔斯·海特，她希望这样就能让他不再装腔作势。她根本瞧不起海特一家，觉得要是两家再结起亲来，真是很大的不幸——对她自己和她的孩子们都很不幸。

"你知道，"她说，"我觉得他一点也配不上亨丽埃塔。想想马斯格罗夫家已有的联姻，她没权利随意把自己嫁出去。我觉得任何年轻小姐都无权做出让家中**主要**成员感到不愉快和不方便的选择，给不习惯他们的家人带来糟糕的亲戚。请问，查尔斯·海特算什么人？只不过是个乡村副牧师。对厄泼克劳斯的马斯格罗夫小姐来说是最不般配的亲事。”

然而她的丈夫在这一点上并不同意她，因为除了对他表兄的尊重之外，查尔斯·海特是个长子，他本人也从长子的角度看待问题。

“你真是胡说八道，”他接着说，“这对亨丽埃塔算不上**了不起**的亲事，但查尔斯很有机会通过斯派塞夫妇，这一两年从主教那儿得到一些好处。另外请你记住，他是个长子。我姨夫一去世，他就能得到一大笔财产。温斯洛普的地产足有二百五十英亩[1]，还有汤顿附近的农场，算得上郡里最好的产业。我告诉你，除了查尔斯，谁和亨丽埃塔结亲都糟糕透顶，说真的不会那样，他是唯一可能的那个人。他是个性情温和的好小伙，一旦温斯洛普传到他的手中，他会让那儿焕然一新，变成截然不同的生活方式。有了那样的财产，他永远不会是个可怜人——上好的完全保有地产[2]呢。不，不，亨丽埃塔要是不嫁给查尔斯·海特，也许会更糟；要是她嫁给他，路易莎可以得到温特沃斯，我就心满意足了。”

“查尔斯想怎么说就怎么说，”他一走出屋子玛丽就对安妮叫道，“可要是亨丽埃塔嫁给查尔斯·海特那就太糟了，对**她**很不好，对我更糟糕；所以我真希望温特沃斯舰长能很快把他赶出她的脑子，我毫不怀疑他已经做到了。她昨天几乎没注意过查尔

---

① 原文为“acre”，1 英亩等于 4047 平方米。

② 指永久、完全不受限制的地产权，主人及子嗣可永远拥有。

斯·海特。我希望你能在场看看她的表现。至于温特沃斯舰长对路易莎和亨丽埃塔一样喜欢，简直是胡说，他**当然**对亨丽埃塔喜欢得多。可是查尔斯那么自信！我希望你昨天能和我们在一起，那样你就知道我们谁说的更正确。我肯定你会和我一样想，除非你打定主意跟我作对。”

假如参加了马斯格罗夫先生家的晚宴，安妮本来能够看到这一切。可是她待在家里，说自己头痛，小查尔斯又有些不舒服。她只想避开温特沃斯舰长，不过这个安安静静的晚上给她带来了另一个好处，不用为他们作仲裁。

关于温特沃斯舰长的态度，安妮认为他应该早些明确自己的想法，免得伤害某位小姐的幸福，或破坏自己的名誉，这比他喜欢亨丽埃塔而不是路易莎，或喜欢路易莎而不是亨丽埃塔更重要。很可能哪一个都能成为他温柔多情的妻子。至于查尔斯·海特，她敏感的心性一定会使她对一个好姑娘的轻佻行为感到痛心，她的善良也让她对任何一个遭受痛苦的人感到同情。可要是亨丽埃塔发觉她弄错了自己的感情，她应该尽快让人明白她的改变。

查尔斯·海特因为他表妹的行为而心神不宁，屈辱不堪。她对他的情意由来已久，因此不会对他完全疏离，让他在两次见面后就把所有的希望都化成泡影；也不会让他别无选择，只能避开厄泼克劳斯：然而变化还是大得令人惊恐，当温特沃斯舰长这样的人被视为引起变化的可能缘由。他只离开了两个星期天。在他们分手时，她还对他的前途很感兴趣，希望他能很快离开自己的教区，在厄泼克劳斯做副牧师。那似乎是她当时最关心的事情，因为教区长谢利博士四十年来一直满腔热情地履行自己的所有职责，如今年老体弱力不从心，应该想找个副牧师；应该会尽力给副牧师提供最好的薪水；应该会答应把这个职位给查尔斯·海特。他只需来厄泼克劳斯，而不是跑到六英里以外；从各方面来看，他都有了个更好的副牧师职位；他将成为他们亲爱的谢利博士的助手，为亲爱的谢利博士分担事务，因为他已经虚弱得无法完成这些工作；这些好处甚至对路易莎都极为重要，对亨丽埃塔几乎意味着一切。等他回来后，哎呀！对这件事的热情已经烟消云散。路易莎根本听不进他和谢利博士谈话的内容；即使亨丽埃塔也心不在焉，似乎忘记了之前对这次商谈所有的疑虑和担心。

“嗯，我真的很高兴，我一直认为你会得到它；我一直认为非你莫属。对我来说似乎并不——简而言之，你知道，谢利博士**必须**有个副牧师，而你已经得到他的承诺。他来了吗，路易莎?”

离安妮没去参加的在马斯格罗夫家举行的那次晚宴没过多久，温特沃斯舰长一天上午走进乡舍的客厅，里面只有安妮本人，受了伤的小查尔斯正躺在沙发上。

他惊讶地发现自己几乎独自和安妮·埃利奥特在一起，这让他失去了平日的镇定。他吃了一惊，只能说道：“我以为马斯格罗夫小姐们在这里——马斯格罗夫小姐们告诉我，我可以在这儿找到她们。”便立即走到窗前冷静一下，想想自己该怎么办。

“她们和我妹妹在楼上——我想她们很快会下来。”安妮答道。她自然也很慌张，要不是孩子叫她过去为他做些事，她一定会立刻走出屋子，把温特沃斯舰长和她本人都解脱出来。

他依然待在窗边，平静礼貌地说了声“我希望孩子好些了”，便沉默无语。

她只能跪在沙发旁，待在那儿尽心照顾她的病人。他们就这样过了几分钟，随后她特别高兴地听见有人穿过小门厅。她转过头时希望看见房子的主人，谁料来人却并不能把事情变得简单——是查尔斯·海特，也许他见到温特沃斯舰长，不比温特沃斯舰长见到安妮更高兴。

她只勉强说道："你好。请坐吧。其他人马上就来。"

可是温特沃斯舰长从窗边走来，显然不反对说说话；不过查尔斯·海特立即阻止了他的尝试，他坐在桌旁拿起一份报纸，温特沃斯舰长又回到了窗边。

下一刻又来了一个人。玛丽的小儿子两岁，是个结结实实、冒冒失失的小男孩，因为有人不经意帮他打开了门，便果断地出现在他们面前。他径直走向沙发看看那儿的情况，见到什么好东西都想要。

没什么好吃的，他只能闹着玩。他的姨妈不让他招惹生病的哥哥，于是他就趁她跪着时爬到她的背上。安妮忙着照顾查尔斯，怎么也甩不掉他。她责备他——命令他，请求他，怎么说都无济于事。有一次她的确设法把他推开了，可这孩子马上又高高兴兴地爬回她的背上。

"沃尔特，"她说，"给我下来。你真是太讨厌了。我很生气。"

"沃尔特，"查尔斯·海特叫道，"你怎么不听话？没听见你的姨妈说什么吗？到我这儿来，沃尔特，来查尔斯表舅这儿。"

沃尔特却一动不动。

然而转眼间她感到自己在摆脱他，有人正把他抱开。虽然孩子把她的头压得很低，壮实的小手紧紧环住她的脖子，他还是被果断地抱走了，随后她发现是温特沃斯舰长做的。

这个发现让她激动得说不出话来。她甚至无法感谢他，只能心乱如麻地俯在小查尔斯身旁。他竟然好心地前来解救她——这番举动——始终沉默不语——过程中的那些小细节——接着他故意和孩子一起吵吵闹闹，她只能相信他有意不听她的感谢，故意表明他最不想和她说话，这使她无比困惑、痛苦不已、激动不安，无法恢复平静。这时玛丽和马斯格罗夫小姐们走了进来，她才能把孩子交给她们照看，离开了屋子。她无法待在那儿。这也许是观看四个情人争风吃醋的机会——此时他们全都在一起，但她不可能留下来。显然查尔斯·海特不喜欢温特沃斯舰长。在温特沃斯舰长的干预后，他用恼火的声音说出的话，令她印象深刻："你应该听**我**的话，沃尔特；我让你别和姨妈捣乱。"她知道他的遗憾，温特沃斯舰长竟然做了他本人应该做的事。然而在她稍稍镇定下来之前，不管是查尔斯·海特的感情，还是任何人的感情，都引不起她的兴趣。她为自己感到羞愧，她很惭愧自己竟然那么紧张，那样一件小事都会让她受不了。尽管如此，她还是需要长久的独处与思考才能平静下来。

第十章

总有别的机会让她进行观察。很快安妮就常常和这四个人在一起，足以形成自己的观点。她明智地不在家中承认自己的看法，因为她知道丈夫和妻子都不会对此满意。虽然安妮认为路易莎更受喜欢，但从她敢凭回忆和经验做出的判断，她只能觉得温特沃斯舰长谁都不爱。她们更爱他，但那不是爱情，只不过有些迷恋；但是有可能，或者一定会以爱上某人为结局。查尔斯·海特似乎感到受了怠慢，而亨丽埃塔有时好像在两人之间摇摆不定。安妮希望能让他们明白自己的处境，指出他们也许正在犯的错误。她不认为有谁在欺骗。她最满意的是能够相信温特沃斯舰长完全没意识到他引起的痛苦。他的举止中绝没有得意，没有令人讨厌的扬扬得意。也许他从未听说，甚至从不知道查尔斯·海特的权利。他唯一的错误在于接受了殷勤（因为“接受”正是恰当的字眼）——同时接受两位年轻小姐的殷勤。

不过在短暂的斗争后，查尔斯·海特似乎退出了竞争。三天过去了，他一次也没来厄泼克劳斯，这是最明确的变化。他甚至拒绝了一次常规的宴会邀请。当时马斯格罗夫先生见他的面前放着几本厚厚的书，夫妇二人便能肯定出了问题。他们满脸严肃地谈论着，说他学得太认真，会把自己累死的。玛丽希望亨丽埃塔已经拒绝了查尔斯，也相信如此，她的丈夫却总是指望着第二天能见到他。安妮只觉得查尔斯·海特很明智。

一天早上，大约在查尔斯·马斯格罗夫和温特沃斯舰长一同去打猎时，乡舍的两位姐妹正安静地做着活计，这时大宅的姐妹来到了她们的窗前。

那是十一月里阳光明媚的一天，马斯格罗夫小姐们穿过小园子，停下来没有别的目的，只为说声她们准备进行一次**长距离**散步，所以断定玛丽不会和她们一起去。玛丽听别人说她不擅长走路，有些妒意，马上答道："哦，不，我很想和你们一起去，我特别喜欢走远路。"这时，安妮从两个女孩的神情中看出这正是她们不希望的。她再次对这个家庭的习惯感到羡慕，他们似乎觉得一切都必须沟通，什么都要一起做，不管有多不情愿或多不方便。她想劝玛丽别去，但无济于事。既然如此，她觉得最好接受马斯格罗夫小姐们对她本人更诚恳的邀请，和她们一起去。也许她还能陪着妹妹一起走回来，减少对两位小姐计划的干扰。

"我不明白她们为何觉得我不喜欢走远路，"她们上楼时玛丽说，"人人都认为我不擅长走路，可我们要是不肯陪她们一起，她们就会不高兴。当别人故意用这种方式问我们时，我们怎么能说不呢？"

正当她们要出发时，先生们回来了。他们带的一只小狗破坏了他们打猎的兴致，所以他们早早返回了。他们时间充裕、体力充沛、兴致勃勃，正适合这次散步，于是他们愉快地加入进来。要是安妮能预料到这样的会合，她本来会待在家里；不过她有些兴趣又感到好奇，想着如今也来不及退缩，于是六人一起沿着马斯格罗夫小姐们选择的道路前行，显然她们认为应当领路。

安妮只想不妨碍任何人；当狭窄的田间小路让他们只能分成几组时，她始终和妹妹、妹夫走在一起。她散步的**快乐**必然源于在这种好天气里的活动，观赏一年中最后的明媚景致，那些黄叶和枯树篱。她默念着几首那成千上万描绘秋色的诗词，秋天对文雅善感的心灵有着无穷无尽的特殊感染力；秋天让每位出色的诗人想要吟诵，写下动人心弦的诗篇。她尽量专心致志地沉思着默想着，可是当听得见温特沃斯舰长和某位马斯格罗夫小姐说话时，她却无法充耳不闻。不过她没听见什么特别的内容。只是轻松愉快的闲聊——任何关系亲密的年轻人都可能这样。他和路易莎的交谈比亨丽埃塔更多。路易莎显然比姐姐更加主动引起他的注意。这种差别似乎变得明显，路易莎的某句话也打动了她。他们滔滔不绝地说着赞美天气的话，在一次赞美后，温特沃斯又说道：

"这对上将和我姐姐来说是多好的天气啊！他们今天早晨打算乘车出远门，也许我们还能在这些小山坡上和他们打招呼。他们说过要来这一带。我不知道他们会在哪儿翻车。哦！说真的，这的确经常发生——可我的姐姐毫不在乎——她似乎觉得被甩出车外也一样开心。"

"啊！我想你太夸张了，"路易莎叫道，"但假设真的如此，我处在她的位置也会这样。要是我像她爱上将那样爱上一个人，就会永远和他在一起，什么也不能把我们分开。我宁愿从他的车上翻下来，也不愿稳稳地坐在别人的车里。"

她说得激动不已。

"真的吗？"他以同样的语气叫道，"你让我敬佩！"两人沉默了一会儿。

安妮一时再也想不出诗句了。秋天的美景被暂时搁置——除非她能想起一首动人的十四行诗，诗中充满萧瑟的岁月和消逝的幸福之间恰当的类比，年轻、希望与春天的景致消失殆尽。当他们奉命走上另一条道时，她振作起来说："这不是去温斯洛普的路吗?"不过谁也没听见，或至少没有人回答她。

然而温斯洛普一带正是他们的目的地——因为有时候年轻人在家门口闲逛，只为被人遇见。他们穿过一大片圈地，又慢慢往上走了半英里路。犁地的农夫、新开的一条小径表明农夫们不喜欢诗人伤感的乐趣，想要再次拥有春天。最大一座山丘将厄泼克劳斯与温斯洛普隔开，他们登上山顶，很快将另一边山脚下的温斯洛普尽收眼底。

既不美丽也不庄严的温斯洛普展现在他们眼前。房子平平常常、低低矮矮，被谷仓和农场的房屋包围着。

玛丽惊叫道："天啊！这是温斯洛普——我真没想到！我想我们现在最好返回，我累坏了。"

亨丽埃塔羞愧难当。她没看见查尔斯表兄走在哪条路上，或是靠在哪扇门上，便准备照着玛丽的想法去做。然而查尔斯·马斯格罗夫叫道："不!"路易莎更加急切地叫道："不，不!"她把姐姐拉到一边，似乎和她激烈地争论着。

这时，查尔斯断然宣布既然离得这么近，一定要去拜访他的姨妈。显然他很想劝妻子一起去，可他更担心自己做不到。然而此时这位女士异常坚决。他说既然她感到这么累，能在温斯洛普休息一刻钟也好，她果断答道："哦！不，说真的！——还要再次爬上那个山坡太麻烦了，再怎么坐着休息，也抵不上走那么多的路。”简而言之，她的神情和态度都表明她绝对不去。

经过一段不长的争执与协商，查尔斯与他的两个妹妹决定，他和亨丽埃塔应该下去几分钟，看看他们的姨妈和表兄妹，而其他人在山顶上等他们。路易莎似乎是主要策划者，她陪他们走了一小段下山路，一直和亨丽埃塔说着话。玛丽趁此机会鄙夷地环顾四周，对温特沃斯舰长说：

“有这样的亲戚真讨厌！可实话对你说，我这辈子去那家的次数不超过两回。”

除了一个勉强表示赞同的笑容外，她没得到别的回答。他转身时轻蔑地一瞥，安妮完全清楚是什么意思。

他们待在山顶上，那是个令人愉快的地方：路易莎回来了；玛丽在树篱旁的台阶上给自己找了个舒服的座位，见别人都站在她的周围，感到得意洋洋。可是路易莎却把温特沃斯舰长拉走，打算去旁边的树篱拾坚果，他们渐渐走得无影无声，玛丽再也高兴不起来了。她怪自己的座位不好——肯定路易莎在哪儿找了个好得多的座位——她想去找个更好的地方，什么都拦不住她。她穿过同一扇门——但看不见他们——安妮在树篱下干燥向阳的土埂上给自己找了个舒服的座位，相信他们一定还在树篱旁的某个地方。玛丽坐了一会儿还是不满意，她肯定路易莎已经在别处找了个更好的位置。她要继续往前，直到赶上她。

安妮真的累坏了，便高兴地坐了下来；很快她听见温特沃斯舰长和路易莎在她身后的树篱中，似乎沿着树篱中央崎岖荒芜的小径往回走。他们走近时说着话，首先听到路易莎的声音。她似乎正热情洋溢地说着什么。安妮最初听见的是：

“于是我让她去了。我不能容忍她会因为那样的胡言乱语就吓得不敢去。什么！——我会放弃我一心想做又明知正确的事情，只因为这样一个人的装腔作势和干涉？——或是任何人的干涉？不——我绝不会那么轻易被说服。当我下定决心，就已经决定了。亨丽埃塔似乎已经打定主意今天拜访温斯洛普——可她差点放弃，只因为那些无聊的顾虑。”

“要不是因为你，她可能就回去了？”

“她一定会回去的。我说起来真有些惭愧。”

“我真为她高兴，身边能有你这么明智的人！你刚才给我的提示只不过证实了我自己的观察。回想上次和他在一起的情景，我不用假装不明白怎么回事。我看得出你们上午去拜访姨妈不仅出于责任——当遇到重要的事情，当他们的处境需要坚毅强大的内心，而她却没有足够的决心抵抗这种无聊的干涉时，他和她都将陷入痛苦。你姐姐是个温柔可亲的人，但我能看出**你的**性格果断坚定。如果你看重她的行为和幸福，尽量多给她注入你自己的个性。不过这一点，你无疑一直在做。优柔寡断的性格是最糟糕的，不可能指望能对它产生什么影响——你永远无法相信好印象能持久，谁都可以动摇它。让想要得到幸福的人都坚定起来吧——这儿有颗坚果，”他说着从树枝上摘下一颗，“来举个例子——一颗漂亮光滑的坚果，凭借内在的力量，承受了秋天的狂风暴雨。浑身没有一处伤痕，没有一丝弱点——这颗坚果，”他有些戏谑，又很严肃地继续说道，“虽然它的许多兄弟都掉到地上任人践踏，它依然能拥有一颗榛子应该得到的全部幸福。”他又回到原先的认真语气："对于我在乎的人，我的第一个愿望就是他们应该坚定。如果路易莎·马斯格罗夫将在年老时美丽幸福，她应该珍惜如今拥有的强大心灵。"

他说完了——没有得到回答。假如路易莎能轻松答复这样一席话，会让安妮感到惊讶的——如此趣味盎然的话语，说得那么激情澎湃！她能想象路易莎的感受。至于她本人——她一动不敢动，唯恐被他们发现。她待在那儿，一丛矮冬青遮住了她，这时他们往前走去。不过还没走到她听不见的地方，路易莎又开口了。

"玛丽在很多方面都脾气温和，"她说，"可有时她的愚蠢和傲慢真让我非常恼火；埃利奥特家的傲慢。她浑身透着埃利奥特家的傲慢——我们真希望查尔斯当初娶了安妮——我猜你知道他那时想娶安妮吧？"

停了一会儿，温特沃斯舰长说：

"你是说她拒绝了他？"

"哦！是的，当然。"

"那是什么时候的事情？"

"我不太清楚，因为我和亨丽埃塔当时在上学，不过我相信大约是在他娶玛丽的前一年。我希望她接受了他。我们都更喜欢她；爸爸妈妈总觉得这是她的好朋友拉塞尔夫人从中作梗，她倒不反对——他们认为查尔斯也许不够博学儒雅，不能讨拉塞尔夫人的喜欢，于是她劝安妮拒绝了他。"

话音渐行渐远，安妮再也听不清了。她情绪激动得无法动弹。她需要好好平复心情才能动得了。听话者众所周知的命运[1]不完全真实；她没有听见她本人的坏话——不过她听到了许多令她痛苦的重要信息。她知道温特沃斯舰长会怎样看待她的性格，他态度中对她的关切与好奇的程度，必然会令她极度不安。

她刚冷静下来就去找玛丽，找到后就和她一起走回树篱旁的台阶那儿。很快所有人都聚齐了，一块儿走动起来，这让她感到安慰。她从精神上需要独处和安宁，只有人多才能做得到。

查尔斯和亨丽埃塔回来了，可想而知带来了查尔斯·海特。这件事的具体细节安妮无法理解，即使温特沃斯舰长似乎对此也不明白；不过先生有些退让，小姐有些心软，如今二人很高兴又回到一起，这一点毋庸置疑。亨丽埃塔看似有些羞愧，但很开心——查尔斯·海特非常高兴：几乎从大家动身去厄泼克劳斯的那一刻起，他们就彼此情意绵绵。

现在一切都表明路易莎属于温特沃斯舰长，这再清楚不过了。当需要分开走，甚至不需要分开时，他们都像另外两人一样几乎始终并肩走在一起。走上一段狭长的草地时，虽然路面够宽，他们还是这样分开了——形成了三组；安妮必然属于最了无生气、最缺少殷勤的三人组。她加入了查尔斯和玛丽，因为实在太累，便很高兴地挽住了查尔斯的另一只胳膊——可是查尔斯虽然对她态度温和，却对他的妻子很恼火。玛丽刚才令他失望，现在只能自食其果。结果就是他一再甩掉她的胳膊，用手中的小木棍敲打着树篱中的荨麻头。玛丽照例开始抱怨，哀叹自己被欺侮，说自己在树篱这边，安妮在另一边就没有任何麻烦。查尔斯

---

① 源自谚语“听话者从来听不见自己的好话”。

索性抛开两人的胳膊，去追一只他不经意瞥见的鼬鼠，她们根本追不上他。

这块狭长的草地和一条车道并排，他们的步道会在尽头和车道相交。当一群人都到达出口的大门时，他们已经听见很久，朝着同一个方向行驶的马车来到了跟前，正是克罗夫特上将的双轮轻便马车——他和妻子已经按照计划兜了风，正要回家。一听说这些年轻人已经走了多少路，他们便好心提出请哪位特别劳累的年轻小姐搭个车，可以让她少走整整一英里路，而且他们也要路过厄泼克劳斯。他们向众人发出邀请，又被众人拒绝了。马斯格罗夫小姐们根本不累，玛丽也许因为没有最先询问她而气愤，或是因为路易莎所说的埃利奥特的傲慢，无法忍受成为单马马车中的第三个人。

步行的一群人已经穿过车道，正登上对面树篱旁的阶梯。上将也准备策马上路，这时温特沃斯舰长立即穿过树篱对他的姐姐说了些什么——谈话的内容也许能从效果中猜出来。

"埃利奥特小姐，我想你一定累了，"克罗夫特太太叫道，"一定要让我们荣幸地送你回家。你放心，这儿坐三个人绰绰有余。要是我们都和你一样，我想也许能坐得下四个人呢——来吧，真的，一定要来。"

安妮还在车道上，她虽然本能地开始拒绝，却无法继续下去。上校好心地帮着妻子一同催促她；他们不听拒绝；他们尽量挤在一起，给她留了个角落，而温特沃斯舰长一言不发地转向她，悄悄扶她上了马车。

是的——他这样做了。她坐在马车里，感觉是他把她抱进去的，是他心甘情愿地伸手把她抱了进去。她得感谢他看出她的疲惫，并决定让她休息一下。所有这些举动表明了他对自己的关心，让她深受感动。这件小事似乎结束了从前发生的一切。她理解他。他无法原谅她——可他不能无情无义。虽然为了过去而责备她，怀着极不公正的怨恨，虽然对她毫不在乎，虽然他爱上了另一个人，但他依然不能看着她受苦而不想给她帮助。这是昔日感情的痕迹；这是不被承认的纯洁友谊带来的冲动；这证明了他本人热情善良的心灵。她怀着快乐与痛苦交织的感情沉思着，不知道哪种感情占了上风。

起初她只是下意识地答复着同伴的关照与评价。沿着崎岖的小路走了一半时，她才听清他们说了什么，随后发现他们在谈论"弗雷德里克"。

"他当然打算娶那两位姑娘中的一个，索菲亚，"上将说，"但说不清是哪一个。他追求她们两个太久了，久得都让人觉得他下不了决心。唉，这是和平的结果。要是还在战争，他应该早就决定了——埃利奥特小姐，我们水手在战争时期可没法花那么长时间求爱。亲爱的，我们从第一次见面到一起坐在我们的北雅茅斯寓所，隔了多少天?"

"我们最好别说这个，亲爱的，"克罗夫特太太愉快地答道，"要是埃利奥特小姐听说我们多快就定下婚事，她永远不会相信我们能幸福地在一起。不过，我很久以前就知道你的性格。"

"嗯，我也听说你是个非常漂亮的姑娘，那我们还有什么好等呢？——我不喜欢把这样的事情拖延很久。我希望弗雷德里克积极一点，把某位年轻小姐带回凯林奇。那样他们就能一直做伴了——她们两位都是很可爱的年轻小姐，我几乎看不出她们有什么区别。”

“的确是性情温和、毫不做作的姑娘们，”克罗夫特太太用平静的语气称赞着，这让安妮怀疑她更敏锐的心性也许感到两人都不大配得上她的弟弟，“还有个很体面的家庭。简直没有比这更好的亲事了——我亲爱的上将，那根柱子！——我们准会撞上那根柱子。”

她本人冷静地调整了缰绳的方向，使他们愉快地脱了险；随后一次她明智地伸出手，让他们既没陷入车辙，也没撞上粪车。安妮饶有兴致地看着他们的驾车风格，心想这一定很能代表他们平日的相处方式。不知不觉中，她被他们平安送到了乡舍。

第十一章

现在已经临近拉塞尔夫人回来的时间：甚至连日期也定了下来。安妮和她约好，等她安顿下来就住过去。于是她等着早日搬到凯林奇，也开始思考这件事情会怎样影响自己的安适。

这将使她和温特沃斯舰长住在同一个村子，离他不到半英里。他们必须经常出入同一座教堂，两家人必然会有来往。她不想这样。不过另一方面，他有那么多时间待在厄泼克劳斯，所以她搬过去也许更像在离开他而不是接近他。总而言之，她相信在这个有趣的问题上自己一定能得到好处。她能离开可怜的玛丽，在家中与拉塞尔夫人做伴，在这一点上的好处毋庸置疑。

她希望绝不要在凯林奇府邸见到温特沃斯舰长——那些屋子见证了他们曾经的相识，会令她无比痛苦；不过她更急切地期望拉塞尔夫人和温特沃斯舰长永远别在任何地方相遇。他们不喜欢彼此，如今重新结交没有任何好处；要是拉塞尔夫人看到他们在一起，也许会觉得他太过冷静，而她太不冷静。

安妮觉得已经在厄泼克劳斯待得够久了，在她期盼离开的日子里，这些是她考虑的主要问题。她在这儿已经住了两个月，这段时间对小查尔斯的照料总能带给她一些美好的回忆。不过他已经逐渐恢复健康，她没理由再待下去。

然而安妮的来访却以完全出乎意料的特别方式结束。温特沃斯舰长已经整整两天在厄泼克劳斯不见踪影，如今再次出现在他们面前，还解释了为何不来的原因。

他的朋友哈维尔舰长给他写了信，这封信费尽周折来到他的手中，让他得知哈维尔舰长和家人都搬到莱姆过冬了。这样一来，他们不经意间只相隔了二十英里。自从两年前受重伤后，哈维尔舰长的身体一直不好。温特沃斯舰长急着见他，于是决定立刻动身去莱姆。他在那儿待了二十四小时，圆满地完成了拜访，感受到热烈的友情。他激起了听众们对他朋友的强烈兴趣，他对莱姆周边美丽村庄的描述令他们向往不已，让他们渴望亲眼见见莱姆的样子，于是他们制订了去那儿游玩的计划。

年轻人全都迫不及待地想去看看莱姆。温特沃斯舰长说他自己想再去一趟，那儿离厄泼克劳斯只有十七英里。虽然是十一月，天气一点也不坏。简而言之，路易莎是所有人中最急不可耐的那一位。她已经打定主意要去，除了自行其是的乐趣外，现在又觉得人就应该为所欲为，于是对父母让她夏天再去的想法置之不理。他们要去莱姆了——查尔斯、玛丽、安妮、亨丽埃塔、路易莎和温特沃斯舰长。

他们最初的草率计划是早晨出发晚上回来，然而马斯格罗夫先生为他的马儿考虑，不同意这么做。随后他们又理智地想了想，在十一月的一天做这样的安排，因为乡下的路况，得花七个小时往返，那就没多少时间参观一个新地方了。于是他们决定在那儿过夜，第二天午后返回。这个方案似乎有了很大的改进。他们一早来到大宅吃早餐，非常准时地出发了。马斯格罗夫先生的四轮大马车[1]载着四位女士，查尔斯的两轮敞篷马车[2]上坐着温特沃斯舰长。可当两辆马车走下长长的山坡到达莱姆，进入小镇更陡峭的街道时，已经早就过了中午。显然在太阳下山、天气变冷之前，没多少时间四处转转了。

他们在一家旅馆安排好住宿，预定了晚餐，接着无疑直奔海滨而去。他们到的时节太晚，莱姆这样的旅游胜地能提供的各种娱乐都没有了。旅店关门了，房客几乎都走了，除了当地居民，没留下几家游客——这儿的建筑、小镇的奇特位置、几乎直通海滨的主大街、去码头的步道环绕着可爱的小海湾，这些本身没什么可称道的，到了旺季时，会因为随处可见的更衣车和成群结队的游人而充满生机。码头有着古迹奇观和新式修缮，壮丽的悬崖一直延伸到小镇的东面，这才是游人想要追寻的地方。谁要是看不出莱姆近郊的迷人之处，不想更多了解此地，那他一定是个非常奇怪的异乡人。附近的查茅斯景致宜人，拥有开阔的高地和大片的乡村美景。这儿还有个幽美的海湾，背靠着黑魆魆的峭壁，沙滩上散落着低矮的岩石，成了观赏潮汐、遐思冥想的绝妙去处——上莱姆是个生机盎然的村落，草木茂盛，种类繁多。尤其是平尼，在浪漫的岩石间夹杂着一条条翠谷，遍布着郁郁葱葱的林木和果树，表明自从悬崖第一次部分坍塌，为这儿奠定了变化的基础以来，人类已经在此传承了许多代。如今此处的风景极其壮观秀丽，甚至可能比负有盛名的怀特岛那样的景观更加美妙：这些地方一定要去，要反复欣赏，才能充分领略莱姆的奥妙。

---

① 原文为“coach”，是当时较为富有的人才能买得起的马车，最多可容纳六个人。

② 原文为“curricle”，只能由两人乘坐，价格为四轮大马车的三分之一。

来自厄泼克劳斯的一群人沿着如今看上去空空荡荡、凄凄凉凉的寓所往下走，很快就不知不觉到了海边。他们逗留了一会儿，只因为但凡有幸看到大海的人，刚到之时必然会逗留凝视一番。接着他们走向码头，既是他们自己的目标，也为了温特沃斯舰长：因为在一个年代不明的旧码头附近有套小房子，哈维尔一家就住在那儿。温特沃斯舰长进去拜访自己的朋友，其他人继续前行，他将在码头和他们碰面。

他们兴致勃勃，惊叹不已，丝毫不觉得厌倦。当温特沃斯舰长走过来时，就连路易莎也没感到和他分别了太久。他带来三个同伴，他们因为之前的介绍早已被大家熟悉，是哈维尔舰长夫妇，还有和他们同住的本威克舰长。

本威克舰长曾是拉科尼亚号的舰务官，温特沃斯舰长刚从莱姆回来后说起过他，热情称赞他是个出色的年轻人和优秀的军官，说自己一直很看重他，这必然给每位听众留下了深刻的好印象。随后又说了些他私生活的情况，让所有女士都对他很感兴趣。他曾和哈维尔舰长的妹妹订了婚，如今正在为她哀悼。他们有一两年的时间都在等待财富与升职。财富来了，他作为舰务官得了一大笔奖金——也终于得到了升职；然而范尼·哈维尔却没有活到这一天。今年夏天，在他出海时她去世了。温特沃斯舰长相信，没有哪个男人能像可怜的本威克对待范尼那样深爱着一个女人，或是会在发生这样的可怕变化时更加痛苦不堪。他认为以他的性格，他必然承受着巨大的痛苦，把强烈的感情融入安静、庄重和腼腆的行为中，并且显然喜欢读书和安静的事情。让故事更加有趣的是，他和哈维尔夫妇的友情似乎有可能因为这件终结他们联姻的事而得到提升，本威克舰长如今完全和他们住在一起。哈维尔舰长租了这套房子半年；他的品位、身体与财富状况都让他决定租一套坐落于海边、不太昂贵的房子。乡下风景壮丽，莱姆的冬天与世隔绝，似乎正适合本威克舰长的心境。这些话激起了对本威克舰长强烈的同情与祝愿。

此时他们前去迎接那群人，安妮心想："可是，也许他的心情反而不如我忧伤。我不相信他就这样永远没有了未来。他比我年轻，即使年龄不比我小，也有着比我更年轻的心灵。他会振作起来，幸福地和另一个人生活在一起。"

他们都见了面，做了介绍。哈维尔舰长身材高大、皮肤黝黑，一副通情达理、和蔼可亲的样子。他的腿有点跛，因为面容粗糙、身体欠佳，看上去比温特沃斯舰长老得多。本威克舰长在年龄和相貌上都是三个人中最年轻的一位，和另外两人比起来，身材也小得多。他有一张讨人喜欢的脸和他应有的忧郁神情，不大跟人说话。

哈维尔舰长虽然在举止上无法和温特沃斯舰长相提并论，却也是真正的绅士，毫不做作、热情洋溢、乐于助人。哈维尔太太在文雅上比她丈夫稍有欠缺，但似乎同样是个好人。他们希望把所有人都当成自己的朋友，因为这些是温特沃斯舰长的朋友，真的令人非常愉快。他们还热情好客地请求大家答应和他们一起吃晚餐。因为已经在旅店预定了晚餐，他们最后才不情不愿地接受了这个理由。不过温特沃斯舰长竟然带着这样一群人到莱姆，却没有理所当然地认为应该和他们一起吃晚餐，这似乎让他们受到了伤害。

由此可见，他们对温特沃斯舰长怀有无比深厚的感情，他们热情好客的程度实在罕见，令人心驰神往。这完全不像平常那种礼尚往来的邀请，那种讲究礼节、炫耀自己的宴会，安妮觉得要是和他的军官兄弟继续交往，自己的情绪不会得到提升。“这些本来都应该是我的朋友。”她想。她必须竭尽全力，才能不让自己的心情低落下去。

离开码头后，他们都随着新朋友们去了家里，发现屋子实在太小，只有真心邀请的人才会觉得能够容纳那么多人。这个问题一时让安妮感到吃惊，不过这种情绪很快消失在更加愉悦的感觉里。她看到哈维尔舰长所有的新颖设计与巧妙安排，最大程度地利用了空间，添置了屋子里原本缺少的家具，加固了门窗以抵御冬日暴风雨的侵袭。屋子里的各种陈设中，由房主提供了一些毫不起眼的普通物件，与之形成鲜明对比的是几件做工精美的木质珍品，还有哈维尔舰长从他去过的遥远国度带回来的珍奇宝贝，让安妮觉得趣味盎然。这些都与他的职业相关，是他的职业带来的结果，也影响了他的习性，构成了这幅宁静温馨的幸福家庭的画面，让她产生了一种似喜非喜的感觉。

哈维尔舰长不会读书，但他设法腾出了不少地方，设计出非常漂亮的书架，让本威克舰长收藏的众多精美书卷有了安身之处。他因为跛脚不能多运动，可他聪明能干的头脑似乎让他有着做不完的事情。他绘图、上漆、做木工、粘胶水，不仅为孩子们做玩具，还改进了新的织网梭针。当别的事都做完后，他就坐在屋子的角落里编织他的大渔网。

离开屋子时，安妮觉得她把巨大的幸福抛在了身后。路易莎走在她的身边，欣喜若狂地对海军的品格大加赞赏——他们亲切友好，情同手足，坦率开朗，为人正直。她坚称自己相信水手们比英国的其他任何男人更可贵，更热情；只有他们才知道应该怎样生活，只有他们值得尊重与爱慕。

他们回去更衣用餐；这个计划非常成功，毫无遗憾。尽管如此，诸如“来得完全不是时候”“莱姆绝不是交通要道”“根本遇不上旅伴”这样的话，还是让旅店老板连声道歉。

安妮发现自己如今坚强了很多，和温特沃斯舰长待在一起时已经能够不在意，她当初觉得这毫无可能。现在和他坐在同一张桌子旁，与他说些寻常的客气话——（他们从未越界），已经变得无关紧要。

天色太黑，女士们只能明天再聚，不过哈维尔舰长答应晚上来看望他们。他来了，还带来了他的朋友，有些出乎众人的意料，因为大家一致认为本威克舰长看似在这么多的陌生人中间很不自在。但他勇敢地来了，虽然他的情绪自然与总体的欢乐气氛不太相配。

温特沃斯舰长和哈维尔舰长在屋子的一边带头说着话，回忆过去的日子，说了很多奇闻异事，大家听得很开心。此时安妮恰好和本威克舰长一同坐在离众人较远的地方，她生性善良，便与他交谈起来。他有些腼腆，还常常心不在焉；不过她温柔的面容和文雅的举止很快产生了效果，安妮最初的努力得到了很好的回报。显然他是个阅读品位不错的年轻人，但他主要读诗歌。除了相信这样至少能让他有个夜晚尽情谈论文学的话题，也许他平日的同伴都对此毫无兴趣，她也希望能真正对他有所帮助，给他一些关于和痛苦做斗争的责任与益处的建议，这些又自然而然地淡出了他们的话题。他虽然腼腆，似乎并不拘谨，好像他的情感很高兴能冲破平日的束缚。他们谈论诗歌，现代诗歌的多样性，简单地比较了一流的诗词，试着明确《玛密安》与《湖上夫人》哪一篇更可取，对《异教徒》和《阿比多斯的新娘》的评价如何，以及《异教徒》的英文怎样念[①]。看来，他对一位诗人充满柔情的诗句和另一位诗人悲痛欲绝的深情描述谙熟于心。他怀着颤栗的感情，背诵了几行描述肝肠寸断、痛不欲生的诗词，似乎想完全得到理解。安妮不禁希望他不要只读诗歌，说她认为真正喜爱诗歌的人很难安全地欣赏诗歌，这真是不幸；还说只有具备强烈的感情才能真正理解诗歌，然而正是这样的感情需要适度控制。

他的神情显示他并不痛苦，却对有关他处境的隐喻感到高兴，于是她勇敢地说了下去。她觉得自己忍受的痛苦更多因此更加成熟，便大胆地建议他多以散文作为日常阅读。他请求她说得详细些，她便提起最优秀的道德家的作品、最卓越的文学集、那些杰出的人物遭受痛苦的回忆录。她当时想到这些作品，是有意通过最高的典范，以这些经历了最强烈的道德与宗教考验的人物，唤醒他的内心，使他变得坚强起来。

本威克舰长专心致志地听着，似乎对这些话中暗含的关心很感激。虽然他摇摇头叹了口气，表示他对任何书籍能够治愈他的痛苦表示怀疑，但还是记下了她推荐的书名，答应找来读一读。

---

① 前两篇是沃尔特·斯科特爵士（1771—1832）发表于 1808 年和 1810 年的关于中世纪浪漫爱情故事的长诗；后两篇选自拜伦爵士（1788—1824）发表于 1813 年的诗集《土耳其故事》，书中的武士英雄在战争时期很受欢迎。

夜晚结束了，安妮想着自己来到莱姆，竟然教导一位素昧平生的年轻人要忍耐和接受命运，不禁感到好笑。经过更加认真的思考后，她像许多伟大的道德家和传道者那样，忍不住担心自己虽然在某个问题上滔滔不绝，她的行为却经不起检验。

第十二章

第二天早晨，安妮和亨丽埃塔发觉她们在所有人中起得最早，便商量在早餐前去海边走走——她们到了沙滩，看着海潮涌起，一阵轻柔的东南风将阵阵潮水刮入浅浅的海滩，带来这壮观的景致。她们赞美了早晨，颂扬了大海，感受着徐徐清风带来的喜悦——然后沉默了，直到亨丽埃塔忽然又说道：

“哦！是的——我完全相信，除了极少数情况外，海边的空气总会对人有好处。毫无疑问，谢利博士从去年春天开始病了一年，海边的空气给了他极大的帮助。他宣称到莱姆一个月的好处，比他吃过的所有药品更管用，还说在海边总让他觉得更年轻。此时，我不禁感到他没有一直住在海边真可惜。我真觉得他最好完全离开厄泼克劳斯，在莱姆定居下来——你不这样想吗，安妮？——你不同意我的看法，认为他最好这么做，对他本人和谢利太太都有好处吗？——她在这儿有亲戚，还有很多熟人，会让她感到高兴的——因为我相信她会乐意去一个随时能找到医生的地方，以免她丈夫的病情再次发作。说真的，想到像谢利博士夫妇那样的好人，他们一生都在做好事，却在厄泼克劳斯这样的地方消耗着晚年，除了有我的家人以外，他们似乎与世隔绝，这真让人伤感。我希望他的朋友能向他提提建议。我的确认为他们应该这样做。至于得到外住的特许，以他的年纪和人品，这毫无困难。我唯一的困惑是有没有办法能够说服他离开教区。他的想法非常谨慎细致；我必须说过于谨小慎微了。安妮，你难道不认为这太过谨慎了吗？你难道不认为，一个牧师为了完全可以交给别人的职责而牺牲健康，这样的想法要不得吗？——而且是在莱姆——只有十七英里远——要是人们会有什么不满，他在这么近的地方也能听得见。”

听着这番话，安妮不止一次暗自发笑。她加入这个话题时，既考虑小姐的感受，也体谅先生的想法，准备说些好话——虽然这是降低标准的好，但除了大致默许外，还能说些什么呢？——她说的都是对这件事情恰当得体的话，同意谢利博士应该休息，觉得他要是找个活泼体面的年轻人当留守牧师该多好，甚至非常礼貌地暗示说，这样的留守牧师结了婚会更好。

“我希望，”亨丽埃塔对她的同伴非常满意，说道，“我希望拉塞尔夫人能住在厄泼克劳斯，和谢利博士关系亲近。我总是听说拉塞尔夫人对每个人都有很大的影响力！我一直认为她能说服任何人做任何事！我以前和你说过我怕她，很害怕她，因为她太聪明了；但我特别尊重她，希望我们在厄泼克劳斯也有这样一个邻居。”

安妮被亨丽埃塔感激的样子逗乐了，同样令她感到有趣的是，由于事情的发展和亨丽埃塔产生的新兴趣，竟然能让她的朋友得到马斯格罗夫家某个成员的喜爱。不过她只有时间含糊作答，说希望能有这样一个女人住在厄泼克劳斯，这时她们看见路易莎和温特沃斯舰长朝她们走来，于是所有的话题忽然打住。他们也想在早餐准备好之前出来散个步，不过路易莎立刻想到要去某个商店买东西，便邀请他们都和她一起去镇上。大家全都听她吩咐。

他们来到通往海滩的台阶时，一位绅士正要下来。他彬彬有礼地后退，停下来给他们让路。他们往上走，从他身边经过。这时安妮引起了他的注意，他带着一种热切的爱慕之情望着她，她不可能对此毫无察觉。她看上去极其动人；她的容貌端庄秀美，微风轻拂在她的脸上，使她重新焕发出青春的娇艳与朝气，也让她的眼睛明亮有神。显而易见，这位绅士（完全是绅士的举止）对她非常仰慕。温特沃斯舰长立即扭头看着她，表明他注意到这一点。他迅速瞥了她一眼——愉快的一瞥，似乎在说："那个人被你迷住了——即使是我，此时此刻，似乎也再次见到了曾经的安妮·埃利奥特。"

他们陪路易莎办完事，又闲逛了一会儿，便回到旅馆。后来，安妮从自己的房间快步去餐厅时，几乎撞上刚才那位绅士，他正从隔壁房间走出来。她之前猜想他也是个外乡人，回来时他们遇见在两个旅馆外面闲逛的漂亮马夫，她觉得这应该是他的仆人。之所以这么想是因为主仆二人都戴着孝。现在证明他和他们住在同一家旅馆。第二次会面虽然和上次一样短暂，然而先生的神情再次证明他认为她很可爱；从他恳切得体的道歉看来，他是个非常文雅的人。他看似三十岁左右，虽然相貌不算英俊，却也讨人喜欢。安妮觉得自己倒是乐意与他相识。

他们快吃完早餐时，马车的声音（几乎是他们到莱姆后听见的第一辆马车声）把一半的人都吸引到窗口。这是一位绅士的马车——一辆两轮敞篷马车——但只是从马厩绕到前门而已——肯定有人要走了——驾车的是个戴孝的仆人。

两轮敞篷马车这个词让查尔斯·马斯格罗夫跳了起来，也许想和自己的马车比较一下，戴孝的仆人则激起了安妮的好奇心。等马车的主人从门前走出，侍者向他鞠躬行礼，他接着坐上马车离开时，六个人全都凑过来看着。

“啊!”温特沃斯舰长扫了安妮一眼，立刻叫道，“这正是我们碰到的那个人。”

马斯格罗夫小姐们表示赞同。大家都友好地望着他一直到了山坡远处消失不见，这才回到餐桌。不久，那位侍者回到屋里。

“请问，”温特沃斯舰长马上说道，“你能否告诉我们，刚才离开的那位先生叫什么名字?”

“好的，先生。是埃利奥特先生，一位非常有钱的绅士——他昨晚从西德茅斯过来——先生，我敢说你们吃饭时听见了马车的声音；他现在正要去克鲁克恩，接着去巴斯和伦敦。”

“埃利奥特!”——虽然侍者伶牙俐齿，但他还没说完，大家就面面相觑，重复着这个名字。

“天啊!”玛丽叫道，“这一定是我们的堂兄——这一定是我们的埃利奥特先生，一定是，真的！——查尔斯、安妮，难道不是吗？你们看他戴着孝，我们的埃利奥特先生一定也在戴孝。这太令人惊奇了！和我们住在同一家旅馆！安妮，这难道不是我们的埃利奥特先生，父亲的下一个继承人吗？请问，”她转向侍者，“你有没有听说——他的仆人有没有说起他是凯林奇家族的人?”

“没有，夫人——他没提起哪个家族，不过他说他的主人是个很有钱的绅士，将来要做准男爵。”

“啊！你们瞧!”玛丽欣喜若狂地叫道，“和我说的一样！沃尔特·埃利奥特爵士的继承人！——真是这样的话，我肯定会传开的。相信我，他的仆人无论走到哪里，都会对此大肆宣扬。可是安妮，想想这件事多么离奇！我要是能多看他几眼就好了。我希望我们能早点知道他是谁，那样也许就能认识他了。真可惜我们没能互相结识！——你觉得他长得像埃利奥特家的人吗？我几乎没看他，我在看着马儿。不过我想他有几分埃利奥特家人的模样，我很奇怪怎么没看到族徽！哦！——那件大衣正好挂在镶板上，遮住了族徽，一定是这样。否则，我相信我会注意到的，还有号衣。要是仆人没有戴孝，应该能从号衣上看出来。”

“把所有这些不可思议的情形联系在一起，”温特沃斯舰长说，“我们必须把你们没能结识你们的堂兄这件事，当成上天的安排。”

安妮在能够让玛丽听她说话时，试着悄声告诉她，她们的父亲和埃利奥特先生关系不好已经有很多年了，所以与他结识完全不合适。

但与此同时，安妮因为见到她的堂兄，知道凯林奇的未来继承人无疑是个绅士，看上去很有见识而暗自感到高兴。她无论如何也不会提起和他的第二次会面。幸亏玛丽没太注意早晨散步时他们的擦肩而过，可她要是知道安妮竟然在走道里和他撞见，他还彬彬有礼地道了歉，而玛丽自己从来没有靠近过他，她一定会觉得受了欺侮。不，这场堂兄妹间的小小会面必须绝对保密。

“当然，”玛丽说，“你下次写信到巴斯时，会提起我们见到了埃利奥特先生。我想父亲当然应该听到这件事，一定要全都告诉他。”

安妮避免直接回答，但她认为这样的事情不仅没必要说，而且应当隐瞒。她知道她的父亲当年受到的冒犯；她怀疑伊丽莎白也受了冒犯；一想起埃利奥特先生，两人都会极其恼火，这一点毫无疑问。玛丽自己从来不往巴斯写信；和伊丽莎白保持缓慢无趣的通信这种苦差事，就落到了安妮身上。

早餐没过多久，哈维尔舰长夫妇和本威克舰长就过来了，他们约好要在莱姆最后散个步。他们应该在一点前出发回厄泼克劳斯，这段时间他们都应该待在一起，尽量多在外面走走。

他们刚走到街上，安妮就发现本威克舰长来到她的身旁。他们昨晚的谈话没让他不想再来找她，于是他们一起散着步，和之前那样谈论着斯科特先生和拜伦勋爵。他们像昨天一样，像任何两位读者一样，无法以完全相同的方式欣赏两位诗人。随后发生了些什么，让大家几乎都换了位置，安妮身边的人从本威克舰长变成了哈维尔舰长。

“埃利奥特小姐，”他压低声音说道，“你让那个可怜的家伙说了那么多话，真是件大好事。我希望他能经常有这样的人做伴。我知道，让他像这样被困在这儿对他不好，可我们能怎么办呢？我们又不能分开。”

“是的，”安妮说，“我相信那样做不太可能；不过随着时间的推移，也许——我们都知道对于每个痛苦，时间能够做些什么。而且哈维尔舰长，你必须记住你的朋友也算刚刚开始悼念——我想，这还是夏天发生的事情吧？”

“啊，一点不错，”（深深叹了口气），“只是六月发生的事。”

“也许，他并没有很快得知？”

“直到八月的第一个星期，他从好望角回家后才得知消息——当时他刚刚接管格斗者号。我在普利茅斯，生怕得到他的消息；他写了信，可是格斗者号又奉命去了朴茨茅斯。当然应该让他知道这件事，可是谁来告诉他呢？肯定不是我。我宁愿被吊死在桅杆上也不愿意。除了那个好心人，谁也不愿做，”（他指指温特沃斯舰长），“拉科尼亚号一个星期前到了普利茅斯，不会再次奉命出海。他有机会做点别的事——写了请假报告，没等回复就日夜兼程赶到朴茨茅斯，一刻不停地划船到格斗者号上，整整一个星期没离开这个可怜的家伙。这就是他做的事情，除了他谁也救不了可怜的詹姆士。你可以想想，埃利奥特小姐，他对我们来说是不是可亲可敬！”

安妮的确想了这个问题，也有了明确答案。她在自己感情允许的范围内，或者说他似乎能够承受的范围内尽量多说了一些话。哈维尔舰长仿佛太过激动而无法继续这个话题——当他再次开口时，说的是完全不同的事情。

哈维尔太太提了个想法，说她的丈夫从这儿走到家够远了，于是决定了所有人最后一次的散步方向。大家将陪着他们走到家，返回后再出发。他们左右盘算，发现时间刚好够。不过当靠近码头时，人人都想再走一趟，个个都心生向往。路易莎很快就坚定不移，于是一刻钟的差别变得无关紧要。他们把哈维尔舰长夫妇送到家门口，不难想象他们的深情道别，彼此间的热情邀请和郑重承诺。离开时，本威克舰长依然陪着他们，他似乎决心陪到最后，一起向码头好好告个别。

安妮发现本威克舰长又来到她的身边。此时眼前的景致必然会让人想起拜伦勋爵的《深蓝色的海洋》。安妮很乐意尽量聚精会神地听他说话。不过她的注意力很快被吸引到别处。

风实在太大，女士们在新码头的上方感到很不舒服，都同意沿着台阶走到下面。大家都乐于安安静静、小心翼翼地走下陡峭的台阶，除了路易莎；她一定要由温特沃斯舰长接着往下跳。他们之前散步时，他总得在她跳下台阶时接住她，她喜欢这种感觉。不过这次人行道太硬，他不太想让她跳，但他还是照做了。她安全着地，为了表示喜悦，她立刻又跑上台阶准备再跳一次。他让她别跳了，觉得震动太大，可是没有用，他怎么说都无济于事，她笑着说："我一定要跳。"他伸出双手，而她急不可耐地早跳了半秒钟，摔倒在下码头的人行道上，不省人事。

没有伤口，没有血迹，没有明显的淤青；可是她双眼紧闭，没有呼吸，面无人色——此时站在旁边的所有人都惊恐不已！

温特沃斯舰长把她抱起来，跪在地上把她抱在怀里。他望着她，脸色和她一样惨白，痛苦得说不出话来。"她死了！她死了！"玛丽一把抓住她的丈夫尖叫道。他本来就惊恐万状，现在更是动弹不得。亨丽埃塔信以为真，吓得晕倒在地，也没了知觉。要不是本威克舰长和安妮一起把她扶住，她差点摔倒在台阶上。

"没人能帮帮我了吗？"这是温特沃斯舰长冒出的第一句话，语气充满绝望，仿佛他已经耗尽所有的力气。

"去他那儿，去他那儿，"安妮叫道，"看在上帝的分上，到他那儿去。我自己能扶住她。离开我，去帮帮他吧。揉揉她的手，揉她的太阳穴；这是嗅盐——带上，带过去。"

本威克舰长听从了，与此同时查尔斯从妻子那儿脱开身，两人都赶去帮忙。路易莎被抬高一些紧紧抱住，安妮说的一切方法他们都尝试了，但毫无用处。温特沃斯舰长跌跌撞撞地扶住墙壁，痛苦不堪地叫道：

“哦，天啊！她的父母该怎么办！”

“叫医生！”安妮说。

他听见了。这句话似乎立刻让他清醒过来，他说道：“是的，是的，立刻叫医生。”便要冲出去，安妮急忙说：

“本威克舰长，让本威克舰长去不是更好吗？他知道去哪儿找医生。”

所有能思考的人都觉得这个主意好，转眼间（一切都在瞬间发生）本威克舰长已经把这个死尸般的可怜人完全交给她的哥哥照料，以最快的速度冲向镇上。

至于被留下来的几个可怜人，很难说在那三个完全清醒的人当中谁最痛苦：是温特沃斯舰长、安妮，还是查尔斯。查尔斯的确是个挚爱的兄长，他伏在路易莎的身旁泣不成声，只能把目光从一个妹妹身上，转到另一个同样不省人事的妹妹身上，或是看着焦躁不安、歇斯底里的妻子大声叫他帮忙，他却无能为力。

安妮本能地竭尽全力、一心一意地照料亨丽埃塔，却仍然不时地设法安慰其他人，劝玛丽安静些，让查尔斯振作起来，同时安慰温特沃斯舰长别太难过。两人似乎都在等待她的指令。

“安妮，安妮，”查尔斯叫道，“下一步该做什么？天哪！下一步该做什么呢？”

温特沃斯舰长的目光也转向她。

“是不是最好把她带回旅馆？是的，一定如此：轻轻地把她带回旅馆。”

“是的，是的，回到旅馆。”温特沃斯舰长重复道。他稍稍镇定下来，急于做些什么。“我来抱着她。马斯格罗夫，你照顾其他人。”

此时，出事的消息已经在码头周围的工人和船工间传开了，许多人围过来，看看能否帮帮忙；或者无论如何，能瞧瞧一位昏死的年轻小姐，不，是两位昏死的年轻小姐，因为他们听到最初的传闻后，发现有双倍的好戏可看。亨丽埃塔被交给几位看上去最体面的人照料，她虽然有些清醒，但还是无法行走。就这样，安妮走在她的身边，查尔斯照顾着妻子，他们怀着无法言喻的心情缓缓往前走。就在不久前，他们走过这片土地时，心情是那么轻松愉快。

他们还没离开码头，哈维尔夫妇就过来了。他们看见本威克舰长从门口飞奔而过，脸色看上去像是出事了。于是他们立即出发，一路上听人描述，被指点着来到这里。哈维尔舰长虽然很震惊，但他的冷静与理智立刻发挥了作用；他和妻子交换了眼色，马上决定了该怎么做。路易莎必须被送到他们家里——所有人必须去他们家——在那儿等待医生的到来。他们绝不愿听任何顾虑：大家听了他的话，所有人都来到他的家里；在哈维尔太太的指示下，路易莎被抱上楼梯，放在她自己的床上。她的丈夫也在帮忙，又是清醒剂，又是恢复剂，谁需要就给谁。

路易莎睁开眼睛，很快又合上了，看不出清醒的样子。不过，这证明她还活着，对她的姐姐很有帮助。虽然亨丽埃塔完全无法和路易莎共处一室，然而希望与恐惧使她激动不已，没有再次晕过去。玛丽也平静了一些。

医生以几乎不可能的速度赶到了。当他检查时，他们全都吓得要命，然而他并非不抱希望。病人的头部受了重创，但他见过更重的伤也治好了：他丝毫不感到绝望，他的话语轻松愉快。

医生没有认为情形令人绝望——他没有说再过几个小时就结束了——这在最初超出了大多数人的期望。暂时的释然带来一阵狂喜，在几声热切的感谢上帝后，是深沉热切的喜悦，这一切可想而知。

温特沃斯舰长在说“感谢上帝!”时的语气和神情，安妮相信自己永远都不会忘记；她也不会忘记之后见到他坐在桌旁，抱起双臂靠在桌上，把脸埋进去的样子，似乎内心的百感交集使他无法承受，让他想通过祈祷和沉思得到平静。

路易莎没伤着四肢。她只有头部受了伤。

现在，大家必须考虑最好该怎样应对他们的大致处境。他们此时可以互相说话商讨了。路易莎必须待在原处，虽然她的朋友们想着给哈维尔夫妇带来的麻烦，感到沮丧不已，但这一点毫无疑问。让她离开绝不可能。哈维尔夫妇打消了所有的顾虑，也尽量拒绝了所有的感激。在别人开始思考之前，他们已经提前安排好了一切。本威克舰长必须把自己的房间让出来，到别处找个地方住——这样整件事就能定下来了。他们只担心屋子里住不下更多的人；但也许，要是“把孩子放到女仆的房间里，或是在哪儿拉个吊床”，他们几乎不相信会无法给两三个人腾个住处，假如有人想待在这儿的话。不过，说起照顾马斯格罗夫小姐，把她完全交给哈维尔太太一点都不用担心。哈维尔太太是个经验丰富的看护，她的女仆长期和她一起生活，同她四处奔走，也是个好看护。有了这两个人，病人日夜都不会缺人照料。这话说得真诚实在，让人无法抗拒。

查尔斯、亨丽埃塔和温特沃斯舰长三个人一起商量着，有一阵子只在说他们的困惑与恐惧。“厄泼克劳斯——必须有人去厄泼克劳斯——把消息送到——如何向马斯格罗夫夫妇告知这个消息——上午快结束了——离他们该出发的时间已经过了一个小时——不可能到得很早。”起初，他们除了这样的感叹以外没有任何适当的想法，但过了一会儿，温特沃斯舰长好不容易说道：

“我们必须下定决心，一分钟也不能再耽搁。每一分钟都很宝贵。必须有人马上动身回到厄泼克劳斯。马斯格罗夫，不是你去，就是我去。”

查尔斯同意了，但宣称他坚决不离开。他会尽量不给哈维尔舰长夫妇添麻烦；然而在妹妹处于这种状况时离开她，他既不应该，也不愿意。这件事就这么定了，亨丽埃塔一开始也是这么说。不过，她很快在劝说下改变了主意。她留下来有什么用呢！——她只要待在路易莎的房间里，或是看着她，都会特别伤心，反而在添乱！她只得承认自己帮不上忙，但还是不想离开，直到想起了父亲母亲，这才放弃了之前的决定。她同意了，并急着想回家。

计划到了这一步。这时安妮从路易莎的房间安静地走下来，因为客厅的门开着，她听见了随后说出的话。

“那就这么定了，马斯格罗夫，”温特沃斯舰长叫道，“你留下，我带你的妹妹回家。不过至于其他人——至于剩下的人——要是有人留下来帮助哈维尔太太，我想只需要一个人——查尔斯·马斯格罗夫太太当然想回家照看孩子，可要是安妮想留下，没有人比安妮更合适、更能干了。”

听到自己被这样说起，她停住一会儿，好让自己从激动的情绪中恢复过来。另外两人热烈赞同他的话，接着她出现了。

“你会留下的，我相信；你会留下来照顾她。”他叫道，扭头看着她，说话的声音热切温柔，几乎像是回到了过去——她脸色绯红，他镇定下来，离开了——她表示自己非常乐意，非常情愿，也非常高兴留下来。“她正是这么想的，也希望能被允许这么做——对她来说，在路易莎的房间里打个地铺就足够了，只要哈维尔太太也这么想。”

还有一件事，似乎就能全部安排妥当了。虽说一些耽搁能让马斯格罗夫夫妇事先有些警觉，倒也不错，然而让厄泼克劳斯的马儿们送他们回家会用时太久，让那对父母过于担心。于是温特沃斯舰长提议，并得到了查尔斯·马斯格罗夫的同意，认为他最好借一辆旅店的马车，让马斯格罗夫先生的马儿第二天一早返回，这样还能汇报路易莎夜里的情况。

温特沃斯舰长此时忙着把一切都安排好，等两位女士过来。不过当玛丽得知计划后，就不得安宁了。她既难过又激动，抱怨让她而不是安妮回去太不公平——安妮算路易莎的什么人，她可是路易莎的姐姐[①]，最有权替亨丽埃塔留下来！让她留下怎么就

① 指嫂子。

不如安妮有用了？而且还不能和查尔斯一起回家——得丢下自己的丈夫！不，这太无情了。简而言之，她唠叨得使她丈夫无法忍受，而在他让步后，其他人都无能为力了；让玛丽替换安妮这件事已经无可避免。

安妮从来没有像现在这样，对玛丽的嫉妒和无理要求接受得这么不情不愿；可是只能如此，他们出发去镇上，由查尔斯照顾他的妹妹，本威克舰长陪同安妮。当他们匆匆赶路时，安妮稍稍回忆了早晨在同一个地点发生的小细节。当时她听着亨丽埃塔想让谢利博士离开厄泼克劳斯的计划；再早一点时，她第一次见到了埃利奥特先生；她对别人似乎只能想这么多；除了路易莎和那些与路易莎有关的人，她都无暇多想。

本威克舰长对她体贴入微、关心备至，似乎因为这一天的不幸，让他们之间的纽带更加紧密。安妮对他越来越有好感，并愉快地想到，也许这正是他们继续交往的时机。

温特沃斯舰长在等着他们，身旁是一辆驷马马车[1]，为了他们的方便停在街道最近的那一端。看到妹妹变成了姐姐，他显然既惊讶又恼火——他变了脸色——听查尔斯解释时非常吃惊——有些神情刚出现又被忍了回去，对安妮的接待只让她感到屈辱，或至少让她相信，她之所以被看重，只是因为能够照顾路易莎。

她竭力保持冷静与公正。她不用模仿爱玛对她的亨利的感情[2]，也能为了他，以超乎寻常的热情，好好照顾路易莎。她希

① 原文为“chaise and four”，由四匹马拉的四轮封闭式较豪华的马车。

② 源自马修·普赖尔（1664—1721）的《亨利与爱玛，一首诗》（1709）。诗中的亨利认为女人都用情不专，便设法考验恋人爱玛的感情，而爱玛通过了亨利的考验。

望他不要长久抱有不公正的想法，认为她毫无必要地回避对一位朋友的帮助。

此时，她已经坐在马车里。他扶着两人上了马车，自己坐在她们中间。以这种方式，在这样的情形下，安妮满心惊讶，百感交集地离开了莱姆。漫长的旅程将怎样结束，会怎样影响他们的态度，他们将如何交流，她都无法预测。不过，一切都很自然。他很关心亨丽埃塔，总是转向她，当他开口说话时，总在给她希望，为她鼓劲。总而言之，他的声音和举止都刻意保持冷静。让亨丽埃塔别太激动似乎是他的主导原则。只有一次，当她为了最后一次到码头散步的那个失算倒霉的决定感到伤心，痛苦地哀叹怎么会想到那样的主意时，他忽然发作，仿佛完全失去了克制：

“别说了，别说了，”他叫道，“哦，上帝！假如在那要命的时刻我没有向她让步就好了！要是我做了我应该做的事情该多好！可是她那么急切，那么坚定！啊，可爱的路易莎！”

安妮心想，此前他一直认为坚定的性格总能带来幸福与好处，现在有没有对自己的观点产生怀疑；他有没有想到，和其他所有的性情一样，坚定也有其分寸与限度。她想他几乎不可能感觉不到，容易说服的性情，就像非常坚定的性格一样，有时也会带来幸福。

他们快速前行，安妮很惊讶这么快就看到了熟悉的山丘与景致。他们的实际速度，加上害怕旅途结束，使得路程看似只有前一天的一半长。不过，他们还没有进入厄泼克劳斯这一带，天就已经很黑了。有一段时间他们都沉默无语，亨丽埃塔靠在角落，一条围巾搭在她的脸上，让人以为她哭着睡着了。在上最后一个山坡时，安妮发觉温特沃斯舰长正在对她说话。他小心翼翼地低声说道：

"我在想着我们最好该怎么办。一定不能让她最先露面。她受不了。我在想，当我进去告诉马斯格罗夫夫妇消息时，是否最好让你留在马车里陪她。你觉得这样做好不好？"

她觉得很好。他感到满意，也没再说话。不过想起这个请求还是让她感到高兴——这是友谊的证明，也证明了对她想法的尊重，非常令人愉快；当这成为一种临别证明时，它的价值并没有减少。

在厄泼克劳斯进行的伤心交流结束了，他看到那对父母已经如他希望的那样平静下来，女儿在父母身边也好了很多，便宣布他打算乘坐同一辆马车回到莱姆。给马儿吃饱喝足后，他就出发了。

第二卷

第一章

安妮在厄泼克劳斯仅剩的两天时间，完全在大宅度过。她满意地发现自己在那儿极有用处，不仅当时能陪他们做伴，还能帮着做好随后的全部安排。马斯格罗夫夫妇情绪低落，本来会有很多困难。

第二天一早就从莱姆传来消息。路易莎的情况没什么变化。没有出现比之前更严重的状况。查尔斯几小时后到了，带来更新更具体的汇报。他还算高兴。当然不能指望很快痊愈，但从病情本身看来，一切都很顺利。说起哈维尔夫妇，他似乎道不尽他们的好，尤其是哈维尔太太尽心尽意的照料。“她真的什么也没让玛丽做。昨天晚上，他和玛丽被劝说着早早回了旅馆。玛丽今天早上又歇斯底里了。他走的时候，玛丽准备和本威克舰长出去散散步，他希望能对她有好处。他几乎希望昨天能把她劝回家。事实上，哈维尔太太让谁都帮不上忙。”

查尔斯当天下午要返回莱姆，他的父亲起初有点想和他一起去，但女士们不同意。他去了只能给别人添麻烦，也让自己更痛苦；随后有了个更好的计划并得以实施。他们让人从克鲁克恩派来一辆轻便马车[①]，查尔斯带走了一个更管用的人。那是家中的

---

① 原文为“chaise”，指供一两个人乘坐的轻便马车。

老保姆，她带大了所有的孩子，看着最小的那个，不肯离家、娇生惯养的小主人哈利跟着哥哥们去了学校，如今在空荡荡的保育室里补补袜子，为愿意来找她的人治治脓包，扎扎伤口。能去帮忙照看亲爱的路易莎小姐，她自然高兴不已。马斯格罗夫太太和亨丽埃塔之前隐约想让莎拉去，可因为安妮不在，她们下不了决心，也无法很快决定事情的可行性。

第二天，他们多亏查尔斯·海特，得到了关于路易莎的详细报告，这样的消息必须每隔二十四小时就得到一次。他特意去了莱姆，说出的情况也令人鼓舞。他相信病人醒来的间隔变短了，意识也更加清醒。所有的报告都说温特沃斯舰长似乎在莱姆住下了。

安妮第二天就要离开了，所有人都忧心忡忡。“没有她，他们该怎么办呢？他们都不会互相安慰。”就这样说了半天，安妮明白大家的想法，觉得最好说出他们的意思，劝他们全都立刻出发去莱姆。她几乎毫无困难，很快便决定了他们全都过去；明天就去，住进旅馆，或租套房子，怎么合适就怎么办，一直住到亲爱的路易莎可以被挪动为止。他们一定能为照顾她的好心人减少些麻烦；也许他们至少能帮哈维尔太太照顾她自己的孩子们。简而言之，安妮为自己的做法感到高兴，觉得最好利用在厄泼克劳斯的最后一个早晨帮他们做好准备，早早送他们出发，虽然这样她会被孤孤单单地留在大宅里。

除了乡舍里的小男孩们，她是最后一个人。她是最后一个，也是仅剩的一个让两个家庭充满生机，为厄泼克劳斯带来欢快气息的人。这几天的变化太大了！

如果路易莎痊愈了，一切都会好起来。生活会比以前更幸福。在她的心里，她毫不怀疑路易莎恢复后将发生什么。几个月后，此时寂静无声，只有沉默忧伤的她待在里面的屋子，会再次充满欢声笑语，充满热烈美好的幸福爱情，一切都将与安妮·埃利奥特的生活迥然不同！

在十一月阴沉沉的一天里，一阵绵绵细雨几乎遮住了能从窗户看到的寥寥景致，她在完全空闲的一小时里回想着这些事情，所以听见拉塞尔夫人的马车声时觉得极其悦耳。虽然她很想离开，可是要离开大宅，或是告别乡舍那黑乎乎、湿漉漉、令人难受的走廊，甚至透过雾蒙蒙的玻璃看到村里的最后几座寒舍时，她还是无法不感到悲伤——在厄泼克劳斯发生的一幕幕情景使这里变得珍贵起来。这儿记录了许多曾经强烈，现在已经缓和的痛苦；一些宽容、一些友谊与和解的气息，这些再也得不到了，却将永远被她珍惜。她把一切都留在身后，除了这些曾经发生过的回忆。

安妮自从九月离开拉塞尔夫人的小屋后，还没来过凯林奇。没什么必要。有几次来府邸的机会，她都设法躲避开了。她第一次回来，就是要在小屋现代优雅的房间里重新安顿下来，让女主人看到她而感到高兴。

拉塞尔夫人见到她，喜悦中夹杂着几分担忧。她知道谁经常出入厄泼克劳斯。然而令人高兴的是，安妮变得更丰润漂亮了，否则就是拉塞尔夫人认为如此。安妮听到她的夸赞后，愉快地将此与她堂兄的爱慕联系在一起，希望自己能再次焕发青春与美丽。

她们开始交谈时，安妮很快察觉自己的思想发生了一些变化。她离开凯林奇时满心思忖的问题，觉得自己受到冷落，只能和马斯格罗夫一家住在一起，现在都唤不起她的兴趣。最近她甚至连父亲、姐姐和巴斯都不大想起，对他们的关心已经远不及对厄泼克劳斯的在意。当拉塞尔夫人再次谈起她们从前的希望与担忧，说她对他们在卡姆登[1]租下的房子感到满意，对克莱太太仍然和他们住在一起感到遗憾时，她若是知道安妮此时想得更多的是莱姆和路易莎·马斯格罗夫，以及她在那儿的朋友们，一定会让安妮羞愧不已。对安妮来说，哈维尔夫妇和本威克舰长的家和他们的友谊，比她自己的父亲在卡姆登的房子，或是她自己的姐姐和克莱太太的亲密关系有趣得多。事实上，她只能强打精神，才能对拉塞尔夫人的话表现出同样的关心，这些本该是她最关心的话题。

当她们谈到另一个话题时，起初有些尴尬。她们必然会说起在莱姆的那起事故。拉塞尔夫人昨天回来不到五分钟，有人就把事情从头至尾对她说了一遍。不过这件事还是得谈，她总要问一问，她必须对轻率的行为表示遗憾，为事情的结果表示伤心，两人都必须提到温特沃斯舰长的名字。安妮很清楚自己表现得不如拉塞尔夫人。她无法看着拉塞尔夫人的眼睛说出这个名字，直到她想起一个权宜之计，简单地讲述了在她看来他和路易莎之间的爱恋。说完这些后，他的名字就不再让她苦恼了。

拉塞尔夫人只需平静地听着，并祝他们幸福，可她在心里既

① 卡姆登位于巴斯的一个较新的区域，沃尔特爵士的房子租金不算高。

高兴又愤怒，既愉快又鄙夷。这个男人在二十三岁时似乎还有些懂得一位安妮·埃利奥特的价值，却在八年后竟然被一个路易莎·马斯格罗夫迷住了。

最初的三四天过得非常平静，没什么特别之处。只有一两封从莱姆发出，安妮也不知怎么寄来的短信，带来了路易莎大大好转的消息。几天后，拉塞尔夫人再也不能无视礼节，对过去的不安变得模糊起来，她语气坚定地说道：“我必须去拜访克罗夫特夫妇，我真的必须立即看望她。安妮，你有勇气陪我去那儿拜访吗？这对我们两人都将是个考验。”

安妮没有退缩，相反，她说的正是她心中所想：

“我想你很可能比我更痛苦，你的感情不及我能适应如今的变化。因为留在这儿，我已经对此习以为常了。”

她本可以就这个话题多说一些，因为她的确对克罗夫特夫妇评价极高，觉得她父亲找到这样的租客实在太幸运，认为教区一定有了个好榜样，穷人肯定得到了最大的关怀与救助。不管她对必须搬家这件事感到多么难过耻辱，然而良心上她只能感到不配留下的人搬走了，凯林奇府邸落入了比主人更好的人手中！这些想法无疑有其自身的痛苦，而且是强烈的痛苦。不过这却带走了拉塞尔夫人重新进入房子，穿过那些熟悉的房间时，本该感到的痛苦。

此时此刻，安妮无法对自己说：“这些房间本来只应属于我们。哦！它们的命运多么悲惨！住进了身份如此低微的人！一个古老的家族就这样被赶了出去！被陌生人取而代之！”不，除非想到她的母亲，想起她曾经坐在那儿掌管家务的地方，她绝不会发出那样的叹息。

克罗夫特太太对她总是特别和蔼可亲，让她愉快地感到自己很受喜爱。此时，因为在府邸中接待安妮，她的态度更是关怀备至。

很快，在莱姆发生的伤心事成了主要话题。在比较了病人的最新情况后，似乎两位女士的最新消息都来自昨天上午的同一时刻；原来温特沃斯舰长昨天回到了凯林奇——（事故发生后的第一次），给安妮带来了她不知怎么来到她手中的那封短信；他待了几个小时后又回到了莱姆——目前他没打算再离开那儿——她发觉他特别问候了她——表示希望埃利奥特小姐没太劳累，还大大夸赞了她做的许多事情。这种行为很大方——比什么都更能让她高兴。

至于那场不幸的灾难本身，只能由几位稳重理智，只凭确凿的证据做出判断的女人，以同样的风格进行讨论。她们一致同意这是轻率与鲁莽带来的结果，后果极为严重。想到还不知马斯格罗夫小姐何时能恢复健康，有可能她往后都会因为脑震荡而留下后遗症，真是令人惊恐！——上将以高声的概括结束了这段谈话：

“呀，这件事真的糟透了——这是年轻人的求爱新方式，把情人的脑袋摔破。不是吗，埃利奥特小姐？——这真是摔破脑袋贴膏药啊！”

克罗夫特上将的神情语气不太受拉塞尔夫人喜欢，却让安妮很高兴。他淳朴善良的天性令人无法抗拒。

“嗯，这一定让你们很不好受，”他忽然从短暂的沉思中回过神来说，“来到这里，发现我们在这儿——说真的，我之前没想起来——不过这一定很不好受——现在，就别客气了——如果你们愿意，起来到各个房间去看看吧。”

“下次吧，先生，谢谢你，但这次不用了。”

“好吧，只要你方便，随时都行——你随时可以从灌木林那儿走进来，然后你会发现我们把雨伞挂在那扇门上。一个好地方，对吗？不过，”（停顿了一下），“你不会觉得是个好地方，因为你们的雨伞总是放在管家的屋子里。是的，我相信一直如此。一个人的方式也许和另一个人的同样好，但我们都喜欢自己的方式。所以你必须自己做出决定，到底要不要在屋里转一转。”

安妮发现她可以拒绝，便满心感激地拒绝了。

“我们没做什么改动，”上将想了一会儿，接着说，“改动很少——在厄泼克劳斯时，我们和你说过洗衣房的门。那是很大的改进。奇怪的是，开门那么不方便，竟然有人家能够忍受那么久！——你可以告诉沃尔特爵士我们做的改变，谢泼德先生认为是这座房子历来做出的最了不起改进。的确，我必须为我们自己说句公道话，我们改动的几处都比以前好多了。不过，都是我太太的功劳。我没做什么，只是送走了一些我更衣室里的大镜子，都是你父亲的。我相信他是个大好人，一个真正的绅士——可是我想，埃利奥特小姐，”（做出严肃的沉思状），“我倒认为以他的年纪，他肯定是个特别讲究穿着的人——那么多面镜子！哦天啊！我简直摆脱不了自己的影子。于是我找来索菲亚帮忙，很快把镜子搬走了。现在我就舒服多了，在一个角落里有一面小刮胡镜，还有一个我从不靠近的大家伙。”

安妮不由自主地被逗笑了，却苦于不知该如何作答。上将唯恐自己不够礼貌，又提起这个话题，说道：

“埃利奥特小姐，下次你给你父亲写信时，请代我和克罗夫特太太向他问好，说我们在这儿住得称心如意，感觉这里无可挑剔。说实话早餐室的烟囱有点漏烟，但只是在刮正北风，而且风刮得厉害的时候，一个冬天还不到三次。总的来说，既然我们已经去过附近的大多数房子，所以能够断定，没有哪幢房子比这儿更让我们喜欢。请这样告诉他，并转达我的问候。他听到会很高兴的。”

拉塞尔夫人和克罗夫特太太对彼此都很满意：然而这次拜访开始的交情注定目前无法加深，因为克罗夫特夫妇回访时说，他们要离开几个星期去探望郡北部的亲戚，也许到了拉塞尔夫人去巴斯的时候，他们还没有回来。

于是，安妮在凯林奇府邸遇见温特沃斯舰长，或是见到他和她的朋友在一起的危险彻底消失了。一切都足够安全，想到自己为这个问题白白担忧了许久，她不禁笑了。

第二章

马斯格罗夫夫妇去莱姆后，虽然查尔斯和玛丽继续待在那儿的时间大大超出了安妮认为他们能派得上用场的时间，但他们还是最先回到了家。他们回到厄泼克劳斯，一有时间就乘车来到小屋——他们离开时，路易莎已经开始坐起来了，不过她的头脑虽然清醒，却非常虚弱，她的神经也极度脆弱。虽然可以说她总体而言恢复得很好，但她何时能够承受回家的路途还是个未知数。她的父亲母亲必须及时回家接孩子们过圣诞节，几乎不可能得到带她回家的许可。

他们租了间屋子住在一起。马斯格罗夫太太尽量把哈维尔太太的孩子领走，把从厄泼克劳斯带去的生活用品送过去，减少给哈维尔一家造成的麻烦，哈维尔夫妇则希望他们每天都过去吃饭。简而言之，这似乎成了双方之间的较量，看看究竟谁最无私，谁最好客。

玛丽有她自己的不开心，但总的来说，从她待了那么久来看，显然她发现快乐多于痛苦——查尔斯·海特去莱姆的次数比她希望的更多；他们在哈维尔家吃饭时，只有一个仆人伺候，起初哈维尔太太总把首位让给马斯格罗夫太太，后来得知她是谁的女儿后，便真心诚意地向她道了歉。每天都会发生很多事情，从他们的住所到哈维尔家来来回回走上很多趟。她从图书室借了书，还不停地更换，所以总而言之她当然更喜欢莱姆。她还去了查茅斯，在那儿洗浴，去了教堂，莱姆的教堂里能看到的人比厄泼克劳斯多得多——所有这些，加上她自认为帮了不少忙，让这两个星期过得非常愉快。

安妮问起本威克舰长的情况。玛丽的脸上顿时阴云密布。查尔斯大笑起来。

"哦！我相信本威克舰长很好，但他是个很古怪的年轻人。我不知道他想要什么。我们请他来家里住一两天：查尔斯答应带他去打猎，他似乎很高兴，在我看来，我以为就这么定了。可是瞧瞧，星期二晚上他给出一个极其蹩脚的理由：'他从不打猎'，他'没把意思说明白'。他答应来答应去，到最后我才发现他根本没打算来。我猜他担心会很无趣，可说实话，我们在乡舍里热热闹闹，很适合本威克舰长那样心碎的人。"

查尔斯又笑了，说道："玛丽，你很清楚是怎么回事——都是因为你，"（转向安妮），"他想着要是和我们一起来，就会发现你在附近：他以为人人都住在厄泼克劳斯；当他得知拉塞尔夫人住在三英里以外时就害怕了，他没勇气来。我敢说这就是事实。玛丽知道是这样。"

玛丽并没有大大方方地承认这一点，究竟是认为以本威克舰长的身份地位，他不配爱上一个埃利奥特小姐，还是不愿相信安妮给厄泼克劳斯带来的吸引力比她本人更大，这都不得而知。不过安妮的好意却没有因为听到的话而减少。她大胆地承认自己感到荣幸，并继续询问下去。

"哦！他常常说起你，"查尔斯嚷道，"说你——"玛丽打断了他。“说真的，查尔斯，我在那儿住了那么久，听他说起安妮还不到两次。我敢说，安妮，他根本没说起过你。”

“是的，”查尔斯承认道，“我知道他没以通常的方式谈起你——可是，显而易见他非常欣赏你——他满脑子都是你推荐他读的一些书，还想和你一起讨论。他认为从某本书中得到了一些启发——哦！我不能假装记得内容，但的确很妙——我无意中听见他把这些都讲给亨丽埃塔听——然后他们赞叹不已地说起了‘埃利奥特小姐’！——玛丽，我敢保证是这样，我亲耳听见了，你在别的房间——‘优雅，温柔，美丽。’哦！埃利奥特小姐真是魅力无穷。”

“我相信，”玛丽激动地叫道，“他真要这样做的话，也不值得称赞。哈维尔小姐六月份才去世。这样的心一点也不值得拥有；是不是，拉塞尔夫人？我相信你会同意我的。”

“我必须见到本威克舰长才能决定。”拉塞尔夫人笑着说。

“我敢说你很快就能见到他，夫人，”查尔斯说，“虽然他没有勇气和我们一起来，再动身到这儿做个正式的拜访，有一天他会自己来到凯林奇，你尽管相信。我告诉了他距离和路线，我告诉他教堂很值得一看；因为他很喜欢那些，我想会是个很好的理由，他听得心领神会。从他的态度看，他很快就要来拜访。我这就通知你，拉塞尔夫人。”

“凡是安妮的熟人我都欢迎。”拉塞尔夫人和蔼地答道。

“哦！说到安妮的熟人，”玛丽说，“我想他更是我的熟人，因为过去的两个星期我每天都见到他。”

“哦，那就是你们两个共同的熟人，我会非常乐意见到本威克舰长。”

“相信我，夫人，你不会发现他有哪一点讨人喜欢。他是我所见过最沉闷的年轻人。他有时陪我散步，从沙滩的一头走到另一头，一句话也不说。他根本不是个有教养的年轻人。我肯定你不会喜欢他。”

“这一点我不同意，玛丽，”安妮说，“我想拉塞尔夫人会喜欢他的。我想她会很喜欢他的思想，而且很快会发现他的举止无可挑剔。”

“我也这么想，安妮，”查尔斯说，“我相信拉塞尔夫人会喜欢他。他正是拉塞尔夫人那样的人。给他一本书，他能读上一整天。”

“是的，他会那么做！”玛丽嘲讽地说，“他会坐在那儿一心读书，不知道有人和他说话，或是谁弄掉了剪刀，或是发生了任何事。你认为拉塞尔夫人会喜欢那样吗？”

拉塞尔夫人忍不住笑了。“说真的，”她说，“我不敢相信我对任何人的看法会引起如此不同的猜测，虽然我认为自己既稳重又实事求是。我真觉得好奇，想见见这个能引起截然不同的看法的人。我希望他想要来拜访。等他来了，玛丽，你一定能听到我的想法，但我绝不在此之前评判他。”

“你不会喜欢他的，我保证。”

拉塞尔夫人开始谈起别的话题。玛丽兴致勃勃地谈到遇见埃利奥特先生，或者不如说是错过了他，这实在异乎寻常。

“他这个人，”拉塞尔夫人说，“我并不想见。他拒绝和族中家长和睦相处，已经让我对他产生了极坏的印象。”

此番定论打消了玛丽的热情，让她刚说起埃利奥特的相貌就停住了。

至于温特沃斯舰长，虽然安妮没有贸然询问，他们却主动说了不少消息。可想而知，他的情绪已经大大恢复。随着路易莎的好转，他也好多了，和一个星期前的样子判若两人。他还没见过路易莎，因为非常害怕听见关于她的任何坏消息，所以根本不主动询问。与此相反，他似乎打算离开一个星期或十来天，直到她的头部恢复得更好。他说要去普利茅斯一个星期，还想说服本威克舰长和他一起去。不过，正如查尔斯最终坚信的那样，本威克舰长似乎更想乘车来凯林奇。

毫无疑问，此后拉塞尔夫人和安妮两人都会时常想起本威克舰长。拉塞尔夫人一听见门铃声，就以为是通报他来了，而安妮每次从父亲的庭园独自散步回来，或是探望了村里的穷人回家后，都会忍不住想着能否见到他，或是听到他的消息。可是本威克舰长没有来。他也许并不如查尔斯想象的那样急于过来，或者太过羞涩。拉塞尔夫人对他心心念念了一个星期后，认定他不配得到他开始引起的兴趣。

马斯格罗夫夫妇回来了，把他们快乐的孩子们从学校接回家，又带来了哈维尔太太的小家伙们，使厄泼克劳斯更加嘈杂，让莱姆能清净一些。亨丽埃塔留下来陪伴路易莎，其他人都回到了自己的家里。

拉塞尔夫人和安妮去拜访了他们一次，安妮不禁感到厄泼克劳斯又充满了生机。虽然亨丽埃塔、路易莎、查尔斯·海特和温特沃斯舰长都不在场，屋子里和她上次见到的情形还是形成了强烈的对比。

紧靠着马斯格罗夫太太的是小哈维尔们，她正不厌其烦地保护他们不被乡舍的两个孩子欺负，而他们显然想来逗小宝贝们玩。屋子的一边有一张桌子，几个叽叽喳喳的女孩在剪绸子和金纸；另一边有几个搁架，上面放着盘子，里面装的碎猪肉冻和冷馅饼把搁架都压弯了，几个吵吵闹闹的男孩在那儿兴奋地叫嚷着；除此之外，还少不了熊熊燃烧的圣诞炉火，似乎在所有的喧闹声中，决意让每个人都听见它的声音。查尔斯和玛丽当然也来了，在他们到来后，马斯格罗夫先生特意过来问候拉塞尔夫人。他在她身旁坐了十分钟，提高嗓门和她说话，却因为膝上坐着的几个孩子又喊又叫，说的话几乎完全听不见。真是一支绝妙的家庭狂欢曲。

安妮凭自己的性情来判断，想到路易莎的伤病一定使众人的情绪非常紧张，原以为如此喧闹的家庭环境不利于大家恢复平静。然而马斯格罗夫太太特意来到安妮身边，一遍遍地对她的关心表示诚恳的谢意。她简短总结了自己经历的痛苦，并愉快地扫视着屋子说，经历了那一切之后，什么也不如安安静静、开开心心地待在家里对她更有好处。

路易莎正在迅速康复。她母亲甚至觉得在她家中的孩子们重返学校前，她也许能回来和他们在一起。哈维尔太太已经答应不管路易莎什么时候回来，都要陪她来厄泼克劳斯住些日子。温特沃斯舰长此时已经离开，去看望他在什罗普郡的哥哥。

“我希望我将来能够记得，”她们刚重新坐上马车时拉塞尔夫人说，“不要在圣诞节时拜访厄泼克劳斯。”

每个人对喧闹声都有自己的品味，对其他的事情也一样。至于那些声音究竟无害还是令人不快，要视其类别而非响亮程度来决定。不久后一个雨天的下午，拉塞尔夫人来到了巴斯。马车沿着长长的街道，经过老桥前往卡姆登。沿途有别的马车横冲直撞，大小货车发出沉重的隆隆声，卖报纸、卖松饼和送牛奶的人高声叫喊，木屐的踢踏声响个不停，她丝毫没有抱怨。不，这些声音都是冬天的乐趣，她的情绪也随之高涨起来。和马斯格罗夫太太一样，她虽然没有说，但也觉得在乡下待了很久后，什么都不如一些安静愉悦的声音对她有好处。

安妮的感觉并非如此。她没有说话，却非常坚定地不喜欢巴斯。她第一眼依稀看到连绵不断的房屋在雨中吐着烟雾，却一点也不想看得更清楚。虽然马车穿过街道的速度很慢，她还是觉得太快了；因为等她到达后，谁会高兴见到她呢？她怀着眷念惆怅的心情，回忆起厄泼克劳斯的喧闹与凯林奇的安静。

伊丽莎白的最后一封信提到一个有趣的消息。埃利奥特先生在巴斯。他已经登门拜访了卡姆登，又去了第二次、第三次，刻意表现得殷勤备至。如果伊丽莎白和她的父亲没有自欺欺人，他正煞费苦心地想与他们结交，宣称这门亲事极其荣耀，而他曾经煞费苦心地对他们置之不理。果真如此倒是很好的消息，拉塞尔夫人愉快地对埃利奥特先生感到好奇与困惑。她不久前才告诉玛丽，说他是“她绝不想见到的人”，现在她已经收回这个想法，特别想见见他。要是他果真心甘情愿地变成家族中的孝子，那就必须宽恕他曾经脱离了自己的父系家庭。

安妮对这件事没那么兴奋，但觉得还是更愿意见见埃利奥特先生，而巴斯的很多其他人，她根本不想见。

她在卡姆登下了车，随后拉塞尔继续前往她本人在里弗斯街的寓所。

第三章

沃尔特爵士在卡姆登租了一座上好的房子，高耸气派，正适合一位高贵的人物。他和伊丽莎白都在那儿安顿下来，感到称心如意。

安妮怀着沉重的心情走进去，想到要在这儿困上好几个月，便焦灼不安地默念道："哦！我何时才能再次离开你们！"不过，一阵出乎意料的热情欢迎让她感觉好多了。她的父亲和姐姐很高兴见到她，和气地接待了她，只为能带她看看房子和家具。在餐桌旁坐下时，她成了第四个人，看上去也不错。

克莱太太和颜悦色、满脸笑容，然而她的礼貌和笑脸却不完全是理所当然的样子。安妮总觉得她一来，克莱太太就会装出得体的样子，但其他人的殷勤却出乎她的意料。他们显然兴致很高，安妮很快就能知道缘由。他们并不想听她说话。他们做了些铺垫，想听听附近的人们会怎样想念他们，可安妮又说不出那样的话，于是他们只稍稍提了几个问题，就包揽了全部的谈话。厄泼克劳斯根本引不起他们的兴趣，对凯林奇的兴趣也很小：说的全都是巴斯。

他们愉快地告诉她，巴斯在各个方面都超出了他们的期望。他们的房子无疑是卡姆登广场最好的一座，客厅显然比他们目睹或耳闻的所有客厅都好得多，不仅陈设更好，家具的品位也更高。大家都想结识他们，人人都想来拜访。他们已经回绝了很多引荐，可还是接连不断地收到素不相识的人留下的名片。

这就是享乐的资本。安妮会对她父亲和姐姐的喜悦感到惊讶吗？她也许不会惊讶，然而她的父亲竟然会完全感觉不到这番变化带来的屈辱，丝毫不为失去地产主人应尽的职责和应有的尊严感到难过，竟然发现在一座小镇上有那么多值得他沾沾自喜的地方。当伊丽莎白推开折叠门，得意洋洋地从一间客厅走到另一间客厅，夸耀有多宽敞时，想到作为凯林奇府邸曾经的女主人，她竟然会为两壁之间大约三十英尺的距离感到骄傲，安妮也只能叹息着，微笑着，惊讶着。

但这不是让他们高兴的全部理由。他们还有埃利奥特先生。安妮听到很多关于埃利奥特先生的消息。他不仅得到了原谅，他们还很喜欢他。他来巴斯大约两个星期了，（十一月时他路过巴斯去伦敦，自然听说沃尔特爵士住在那儿，他只在那儿停留了二十四小时，却未能求得一见），不过这次他已经在巴斯住了两个星期，他到达后的第一件事，就是去卡姆登留下名片，接着想方设法要见到他们。等到见面后，他的举止大方得体，他迫不及待地为过去而道歉，真心诚意地想再次被接纳为本家亲戚，因此他们彻底恢复了曾经的友好关系。

他们找不出他有丝毫过错。他已经把自己这方看似怠慢的行为解释清楚了。这完全出于误会。他从未想过脱离家族；他担心自己被抛弃了，却又不知为何原因，而敏感的心性使他保持了沉默。听到有人说他曾经对家族和家族荣耀出言不逊、毫不在乎，他气愤不已。他一向夸耀自己是埃利奥特家族的人，只是过于恪守对亲戚的感情，和如今的非封建习气很不相配。他的确感到震惊，然而他的人品和整体行为一定能驳斥那种说法。他可以把沃尔特爵士介绍给他认识的所有人。当然，他费尽心思想要做成这件事，以亲戚和假定继承人的身份得到第一次和解的机会，也强烈证明了他对这个问题的看法。

他的婚姻状况也看似情有可原。这件事他本人不好说，但他有个关系很密切的朋友，沃利斯上校，是个值得尊重的人，真正的绅士，（长得也不难看，沃尔特爵士补充道），在马尔伯勒大楼过着体面的生活。他本人特意提出请求，通过埃利奥特先生与他们结识，提到过和这段婚姻有关的一两件事，使这桩本不光彩的事情变得截然不同。

沃利斯上校早就认识埃利奥特先生，和他的妻子也很熟悉，对整件事了解得清清楚楚。她当然没有出身名门，但受过很好的教育，多才多艺，非常富有，对他的朋友爱得发狂。那就是魅力所在。是她追求他的。没有那样的吸引力，她就算有再多的钱也诱惑不了埃利奥特先生。同时，他向沃尔特爵士保证她是个非常漂亮的女人。如此一来事情就简单多了。一个很有钱的漂亮女人，又爱上了他！沃尔特爵士似乎承认这足以作为辩解的理由；而伊丽莎白虽不那么赞同，但也觉得算是情有可原。

埃利奥特先生不断前来拜访，和他们吃过一次饭，显然对荣幸地受到邀请感到高兴，因为他们总的来说不请人吃饭。简而言之，他为来自堂亲的每一个关注感到高兴，将与卡姆登的亲密关系视为他的全部幸福。

安妮听着，但没太明白。她知道，说话者的观点必须打个大大的折扣。她听到的全都是添枝加叶的信息。在和好的过程中，所有听上去很过火或不合情理的部分，也许只是说话人凭空想象出来的。然而尽管如此，她依然觉得埃利奥特先生时隔这么多年后想再次被他们接纳，其中的原因并非看上去那么简单。从世俗的角度看，他和沃尔特爵士结交得不到任何好处，与他绝交也没有任何风险。很可能他已经是两人中更有钱的那一个，而凯林奇的产业和爵位将来一定会变成他的。他是个理智的人，看起来也是个**非常**理智的人，他又为何将此当作目标呢？她只能想到一个解释，可能是为了伊丽莎白。或许他们的确有过爱恋，虽然为了方便或是出于偶然，让他做出了不同的选择。既然他已经有条件满足自己，也许他打算向她求婚。伊丽莎白当然漂亮，她很有教养，举止优雅，可能她的性格从未被埃利奥特先生看透过，因为他只是在公共场合认识了她，而且在他本人非常年轻的时候。如今他已是更有洞察力的年纪，她的性情和见识如何经得起他的检验，那是另一个问题，一个令人担忧的问题。她热切地希望，如果伊丽莎白是他的目标，他也许不会过于挑剔或是观察得太过仔细。伊丽莎白自认为是她的原因，她的朋友克莱太太也鼓励她的想法，从他们谈起埃利奥特先生的频繁来访时两人之间的眼神交流来看，似乎显然如此。

安妮说起在莱姆和他匆匆见过几面，但没人注意听。“哦！是的，也许，可能是他。他们不清楚。也许有可能就是他。”他们无法听她描述他。他们自己正在描述着他，尤其是沃尔特爵士。他称赞他很有绅士风度，他优雅又入时，他的脸型不错，眼光很机敏；不过与此同时，“必须对他突出的下颚感到遗憾，这个缺陷似乎随着时间而变得更加明显；他也无法假意奉承，说十年的时间一点没让他的容貌变老。埃利奥特先生似乎觉得他（沃尔特爵士）和他们上次分别时看起来一模一样”，可是沃尔特爵士“无法照样对他恭维一番，让他很是尴尬。然而他并非打算表示不满。埃利奥特先生比大多数人都要好看，他完全不反对别人在任何地方看见他俩在一起”。

埃利奥特先生和他在马尔伯勒大楼的朋友们整个晚上都被谈论着。“沃利斯上校急不可耐地想要结识他们！埃利奥特先生迫切认为他应该前来结识！”还有沃利斯太太，目前只是有所耳闻，因为她随时可能分娩。不过埃利奥特先生说她是“非常迷人的女士，配得上与卡姆登的人结识”，说她一旦身体恢复就能与他们结交。沃尔特爵士很看重沃利斯太太，据说她是个极其漂亮的女人，美丽动人。“他渴望见到她。他在人来人往的大街上看到许多毫无姿色的面孔，希望她能做些补偿。巴斯的最大缺点就是丑女人太多。他并不想说没有漂亮女人，可是难看的女人实在多得不成比例。他在走路时经常发现，每见到一张漂亮面孔，接着就有三十到三十五张吓人的脸；有一次他坐在邦德街的一家商店里，接连数了七八十个路过的女人，连一张像样的脸都没看见。当然，那是个寒冷的早晨，冰冷刺骨，一千个女人中也难得有一个能忍受那样的天气。尽管如此，巴斯的丑女人还是太多了；还有男人！他们真是丑不可言。满大街都是丑八怪！显而易见女人们太少见到像样的男人，从她们对仪表堂堂的男人的反应就能看得出来。他不管和沃利斯上将（他虽是沙色头发，却有着军人的挺拔身材）挽着胳膊走到哪儿，都会发现每个女人的眼睛都看着他；每个女人的眼睛当然都看着沃利斯上将。”多么谦虚的沃尔特爵士！不过怎么可能少得了他。他的女儿和克莱太太一同暗示，说沃利斯上将的朋友也许有着和他一样挺拔的身材，而且肯定不是沙色的头发。

“玛丽看上去怎么样?”兴致高涨的沃尔特爵士问道，“上次见到她时她的鼻子红通通的，但我希望不是天天如此。”

“哦！不，那一定是偶然。总的来说，从米迦勒节开始，她的身体很健康，看起来也很漂亮。”

“要不是担心这会诱惑她顶着寒风出门，让皮肤变得粗糙，我本来想送她一顶新檐帽和一件皮上衣的。”

安妮正在考虑是否应该大胆建议，要是送一件长裙或一顶软帽就绝不会被这样误用，这时一阵敲门声把一切都打断了。“有人敲门！这么晚！已经十点了。会是埃利奥特先生吗?他们知道他去兰斯当新月街吃饭了。他可能在回家的路上停下来向他们问个好。他们想不出别的人。克莱太太很确信是埃利奥特先生在敲门。”克莱太太说对了。伴随着一位管家兼男仆能够做到的全部礼仪，埃利奥特先生被领进了屋子。

就是他，正是这个人，除了衣着之外没有任何差异。安妮稍稍后退，其他人上前接受他的问候，他为这么晚过来拜访向她的姐姐道歉，可是“既然已经来到跟前，他忍不住想知道她和她的朋友昨天有没有感冒”，诸如此类的话语；都尽量说得客气，听得礼貌，但总要轮到她出场。沃尔特爵士说起他的小女儿：“埃利奥特先生必须允许他介绍自己的小女儿”——（此时谁也想不到玛丽），安妮红着脸微笑着，恰好向埃利奥特先生展现了他无法忘怀的漂亮脸庞。她马上看出他吃了一惊，他竟然完全不知道她是谁，让她觉得有些好笑。他看起来非常惊讶，但惊讶之余更是欣喜；他的眼睛熠熠发光！他欣然接受这份亲情，提到了过去，恳请将他当作老朋友。他和在莱姆时一样好看，话语间显得更加漂亮，他的行为无可挑剔，优雅得体、大大方方，极其令人愉悦，安妮只能将他的出色举止与另一个人相媲美。他们不一样，但也许，他们都一样好。

他和他们一同坐下，为他们的谈话增添了不少乐趣。毫无疑问，他是个理智的人。十分钟足以证明这一点。他的语气，他的神情，他对话题的选择，他懂得适可而止——全都是理智且富有洞察力的头脑应有的样子。他一有机会就对她说起莱姆，想比较两人对那儿的看法，尤其想谈谈他们碰巧同时在同一个旅馆入住的情形；他说了自己的路线，对她的也了解了一些，遗憾他竟然失去了这样一个向她问候的好机会。她简单告诉他这一群人在莱姆的经历。他越听越感到遗憾。他整个晚上都孤孤单单地在他们隔壁的房间里；听见他们的声音——不断的欢声笑语；想着他们肯定是一群最快乐的人——很想和他们在一起，当然毫不知晓他拥有一些自我介绍的权利。要是他询问过这些人是谁就好了！他只需听到马斯格罗夫的名字就足够了。不过，这能治好他从不在旅馆向人提问的荒唐做法，他从很年轻时就开始这样做，主要是认为好奇的人很不文雅。

“二十一二岁的年轻人的想法，”他说，“关于必须以怎样的方式才能显得很了不起，我相信，比世界上其他任何年龄的人更加荒唐。他们采用方式的愚蠢程度，只能和他们想法的愚蠢相提并论。”

但他不能只和安妮谈他的想法：他知道这一点。很快他再次融入其他人当中，只能间隔着回到莱姆的话题。

不过，他的询问终于带来了在他离开不久后，她在那儿经历的事情。刚提起“一场事故”，他就必须听到全部过程。当他询问时，沃尔特爵士和伊丽莎白也开始询问，然而不可能感觉不到他们在提问时态度的不同。她只能比较埃利奥特先生和拉塞尔夫人有多想真正了解发生了什么，对她目睹此事的痛苦究竟有多关心。

他和他们待了一个小时。壁炉上精致的小钟“以银铃般的声音敲击了十一点”，远处巡夜人报告同一时刻的声音也传了过来，然而埃利奥特先生或其他任何人都没感到他已经在那儿待了那么久。

安妮万万没想到，她在卡姆登的第一个夜晚竟然过得这么愉快！

第四章

安妮刚回到她的家，就觉得要是能确认一个问题，甚至会比得知埃利奥特先生爱上伊丽莎白更让她欣慰，那就是，她的父亲没有爱上克莱太太。她在家待了几个小时，对此并不感到放心。第二天下楼吃早餐时，她发现这位太太只是装模作样地打算要走。她能想象克莱太太说："如今安妮小姐来了，她觉得自己不起作用了。"因为伊丽莎白悄声答道："那完全算不上理由，说真的。你放心，我毫无此念。和你相比，她对我无足轻重。"她又完整地听她父亲说道："我亲爱的太太，这可不行。你到现在还没看看巴斯呢。你来这儿只忙着做事。你绝不能现在离开我们。你必须留在这儿见见沃利斯太太，美丽的沃利斯太太。你思想高雅，我很清楚欣赏美丽一定会让你开心。"

他说得特别诚恳，样子也很热切，所以安妮见克莱太太偷偷瞥了伊丽莎白和自己一眼时并不惊讶。她的表情也许流露出几分谨慎，然而对她思想高雅的赞赏看似没有让安妮的姐姐多想。这位太太只能屈服于二人的共同请求，答应留下来。

就在同一天早上，安妮和她父亲碰巧单独在一起，他夸赞她变得好看了；他觉得她"身材和脸颊不那么瘦削了；她的皮肤和气色大有改观——更白净，更娇嫩。她用了什么特别的护肤品吗?""不，什么也没用。""只用了高兰。"他猜道。"不，什么都没用。”“哈！真让我惊讶，”他又说，“当然你能保持这样就再好不过了；你的状态真是特别好；否则我会给你推荐高兰，在春季不断使用高兰。克莱太太听了我的建议一直在用，你看对她效果有多好。你看得出她的雀斑都不见了。”

要是伊丽莎白能听到这些就好了！这样的个人夸赞也许能触动她，尤其在安妮丝毫不觉得那些雀斑变少的情况下。然而凡事都得听凭运气。如果伊丽莎白也要结婚，这场婚姻的坏处会大大减少。至于她本人，她也许能一直以拉塞尔夫人那儿为家。

在拉塞尔夫人与卡姆登的交往中，她沉着的心性和文雅的举止都在经受着考验。看到克莱太太如此得宠，安妮这样被冷落，这始终让她恼火不已；让她在离开后依然非常生气，假如一个人在巴斯喝着矿泉水，弄到各种新报纸新杂志，有着一大堆熟人，还能有时间生气的话。

拉塞尔夫人结识埃利奥特先生后，对别人变得更宽容，或是更漠不关心了。他的举止立刻博得她的喜爱，她和他交谈后发现他完全表里如一，所以当她最初告诉安妮时，几乎要惊叹道：“这会是埃利奥特先生吗?”她简直想象不出还会有更讨人喜欢、更值得敬重的人。在他身上结合了一切优点：富有理智、很有见解、见多识广、热情洋溢。他特别看重家庭关系和家族荣誉，既不骄傲也不软弱；作为一个有钱人，他生活阔绰，却又毫不炫耀；他在一切根本问题上都自有主张，在世俗礼仪上从不蔑视公众的想法。他沉稳、敏锐、谦虚、坦率；他从不过度兴奋或过于自我，尽管这些都像是强烈情感的体现；然而，他对可爱与美好极为敏感，珍视家庭生活中的所有幸福，那些自以为热情洋溢、激情澎湃的人很难真正拥有这样的品质。她相信他的第一段婚姻并不幸福。沃利斯上校说起过，拉塞尔夫人看到了；然而这段不幸并没有让他心灰意冷，（她很快猜想）也不会妨碍他考虑做出另一个选择。她对埃利奥特先生的满意超出了克莱太太带来的所有折磨。

几年前安妮便开始意识到，她和她的好朋友有时也会想法不同；因此拉塞尔夫人竟然没发现埃利奥特先生如此急于和好的行为有丝毫可疑或矛盾之处，不需要任何比看上去更深层次的动机，这并未让安妮感到惊讶。在拉塞尔夫人看来，埃利奥特先生已是更成熟的年纪，他想要结识所有明智的人，与家族之长和睦相处，将此视为最理想的目标，这再自然不过了；世界上头脑清晰的人最简单不过的做法，只在年轻气盛时才会犯错。然而安妮还是冒昧地对此一笑置之，最后提到了“伊丽莎白”。拉塞尔夫人听着、看着，只是谨慎地答道：“伊丽莎白！很好，时间会说明一切。”

这话提到了未来，安妮在稍加观察后，感到必须接受这一点。她目前做不出任何明确判断。在那座房子里，伊丽莎白必须是第一位，她已经习惯于“埃利奥特小姐”这样的笼统称呼，似乎让任何超乎寻常的关注变得不可能。同时必须记住，埃利奥特先生丧妻还不到七个月，在他这一方稍做耽搁也是情有可原。事实上，安妮每次见到他帽子上的黑纱，都不禁担心自己才是那个不可原谅的人，竟然认为他有那样的想法；因为虽然他的婚姻不太幸福，但毕竟维持了那么多年，她无法理解他会从一场痛苦的失去中很快恢复过来。

但这也许已经结束，他无疑是他们在巴斯最快乐的熟人：她觉得谁都无法与他相比；她有时和他尽情讨论莱姆，他似乎也同她一样兴致勃勃地想再去看看，再多看一些。他们很多次回顾第一次见面的细节。他想让她明白他曾经热切地看着她。她很清楚；她也想起了另一个人的目光。

他们并非总是想法一致。她发觉他比她更看重门第与社会关系。不仅出于殷勤，而且一定是因为喜欢，这才会使他热情地和她的父亲与姐姐共同关心着一件事，安妮则认为不值得对此感兴趣。一天早晨，巴斯的报纸宣布，孀居的达尔林普尔子爵夫人和她女儿尊贵的卡特雷特小姐来到了巴斯，于是连日来卡姆登的轻松愉悦氛围被一扫而光。达尔林普尔一家是埃利奥特的表亲（安妮觉得极其不幸），而让他们极为苦恼的是该怎样体面地引荐自己。

安妮之前从未见过她的父亲和姐姐与贵族打交道，她必须承认感到很失望。他们一直对自己的地位非常满意，安妮曾希望他们更有自知之明，如今却有了一个她从未预料到的愿望——希望他们更有自尊，因为“我们的表亲达尔林普尔子爵夫人和卡特雷特小姐”“我们的表亲达尔林普尔一家”这样的话整天都在她的耳边回响。

沃尔特爵士和已故的子爵有过一次交往，但从未见过他的任何家人。这件事的困难在于自从子爵去世后，双方已经停止了所有礼节性的信件来往，因为当时沃尔特爵士病情危急，凯林奇府上不幸失礼了。他们没往爱尔兰发去任何唁函。这种怠慢又降临到失礼者头上，当可怜的埃利奥特夫人去世时，凯林奇也没收到任何吊唁信，因此，有足够的理由认为达尔林普尔一家觉得这段关系已经结束。怎样纠正这件令人心焦的事情，能重新被认作表亲，这就是问题：对于这个问题，在理智地思考后，拉塞尔夫人和埃利奥特先生都觉得并非不重要。“亲戚关系总是值得保持，好同伴永远值得追求。达尔林普尔夫人在劳拉广场租了一幢房子，要住三个月，过着奢华的生活。她去年也来了巴斯，拉塞尔夫人听说她是位迷人的女士。要是这段关系能够恢复，也完全无损埃利奥特一家的体面，那就再好不过了。”

然而沃尔特爵士选择用自己的方式，最终洋洋洒洒地写了一封出色的信件，向他尊贵的表亲做出解释，表达遗憾，提出请求。拉塞尔夫人和埃利奥特先生都无法欣赏这封信，但它完成了所有任务，从达尔林普尔夫人那儿带来了几行潦草的回复。“她深感荣幸，并乐意与他们结识。”这件事情的痛苦已经结束，有了甜蜜的开始。他们前去劳拉广场拜访，将达尔林普尔子爵的遗孀夫人和尊贵的卡特雷特小姐的名片放在最显眼的位置：向每个人说起“我们在劳拉广场的表亲”——“我们的表亲，达尔林普尔夫人和卡特雷特小姐”。

安妮感到羞耻。即使达尔林普尔夫人和她的女儿很令人喜爱，她还是会因为她们引起的激动不安而觉得羞愧，然而她们毫无趣味。她们完全没有过人的风度、才华或见识。达尔林普尔夫人获得了“迷人的女士”这样的名声，因为她对每个人都笑容满面，言语客气。卡特雷特小姐更不值一提，她相貌平常、举止笨拙，若不是因为她的出身，卡姆登绝不会忍受让她登门。

拉塞尔夫人承认她原本期待更高，不过“这还是值得拥有的交情”；当安妮贸然把她的想法说给埃利奥特先生听时，他同意她们本身乏善可陈，但依然坚持说作为亲戚关系，作为好的同伴，作为愿意结交好同伴的人，她们有其自身的价值。安妮微笑着说：

“我对好同伴的想法，埃利奥特先生，是和聪明、有见识的人做伴，和他们畅所欲言；那就是我认为的好同伴。”

“你错了，”他温和地说，“那不是好同伴，那是最好的同伴。好的同伴只要求出身、教育和风度，对教育的要求并不高。出身和风度是必需的，但有些学识对于好的同伴绝不危险；相反，这很有好处。我的安妮堂妹摇头了。她不满意。她很挑剔。我亲爱的堂妹，”（在她身旁坐下），“你几乎比我认识的任何女人都更有挑剔的权利，可是这有用吗？这会使你幸福吗？愿意与劳拉广场的那些尊贵女士做伴，尽量享受这份交情带来的好处不是更明智吗？你尽管相信，这个冬天她们将与巴斯的上层名流交往，地位就是地位，要是别人知道你们的亲戚关系，就能让你的家庭（应该说我们的家庭）得到我们都想得到的那份关注与敬重。”

“是的，”安妮叹息道，“的确，人们都会知道我们和她们的亲戚关系！”她冷静下来，因为不想得到回答，又说道：“我确实觉得为得到这份交情花费了太多的努力。我想，”（微笑着），“我比你们任何人都更骄傲，但我承认这真的让我苦恼。我们费尽心思让这段关系得到认可，但我们尽可以相信她们对此毫不在乎。”

“请原谅，亲爱的堂妹，你的想法太不公平。也许在伦敦，以你们如今安静的生活状态，或许会如你所言：但是在巴斯，沃尔特·埃利奥特爵士和他的家人永远值得结交，永远让人乐于结识。”

“那么，”安妮说，“我当然很骄傲，骄傲得无法享受完全取决于地位的欢迎。”

“我喜欢你的愤怒，”他说，“这很自然。可如今你在巴斯，你的目标是带着理应属于沃尔特·埃利奥特爵士的荣誉和尊严在此立足。你说到骄傲，我知道别人也说我骄傲，我不希望自己并非如此。如果细细研究，我毫不怀疑我们的骄傲有着同样的目的，虽然类型有些不同。我相信在某一点上，我亲爱的堂妹，”（他压低声音继续说道，虽然屋子里没有别人），“我相信在某一点上，我们一定感同身受。我们必须感到，你父亲与身份相同或地位更高的人每多一份交往，也许能帮他少想一些比他身份低下的人。”

他说话时看着克莱太太不久前坐着的那张椅子：足以说明他的具体意思。虽然安妮不认为他们有着同样的骄傲，但她很高兴他并不喜欢克莱太太。她在内心里也承认，他希望她的父亲结识有身份的人是为了挫败她，这一点倒情有可原。

第五章

当沃尔特爵士和伊丽莎白在拼命高攀他们劳拉广场的亲戚时，安妮则恢复了一段截然不同的交情。

她探望了一位曾经的女教师，听她说在巴斯有位昔日校友，此人对安妮过去的关心和现在的不幸这两点，引起了她的强烈关注。哈密尔顿小姐，如今的史密斯太太，在她人生的某个阶段给了她最宝贵的关怀。当时安妮郁郁不乐地回到学校，为失去她最亲爱的母亲感到伤心，为离开家感到痛苦，那是一个生性敏感、心情低落的十四岁女孩当时必然会感受到的痛苦。哈密尔顿小姐比她本人年长三岁，却举目无亲，无家可归，又在学校待了一年。她对安妮关心体贴，大大减轻了她的痛苦，让她每次回想起来都很感动。

哈密尔顿小姐离开了学校，不久后结了婚，据说嫁了一个有钱人，这是安妮知道的所有情况，直到这时听了那位女教师的叙述，让安妮明确得知她如今迥然不同的境遇。

她是个穷苦的寡妇。她的丈夫挥霍无度，两年前去世时，身后留下的状况乱成一团。她只得应付各种困难，除了这些烦恼，自己又患上严重的风湿病，最终影响到她的腿，使她如今变成了跛子。她正是因此缘故来到巴斯，住在离温泉不远的地方，生活困窘，甚至雇不起一个仆人，自然也几乎没有任何社交。

她们共同的朋友保证说，埃利奥特小姐的来访一定会让史密斯太太非常高兴，于是安妮决定即刻前往。她没在家中提起自己听到的消息或是有何打算。这在那儿引不起应有的兴趣。她只和拉塞尔夫人商量了一下，她完全理解安妮的感情，十分乐意在安妮想去的时候，用马车把她送到史密斯太太在韦斯盖特大楼的住所附近。

安妮前去拜访，她们重建了友情，对彼此的兴趣更甚于从前。最初的十分钟有些尴尬和激动。她们已经分别了十二年，都和对方想象的样子不太一样。十二年的时间将安妮从一个容光焕发、沉默寡言、身量未足的十五岁女孩，变成了二十七岁的优雅小姐，美丽依旧却青春不再，她的举止非常得体，和从前一样温柔。十二年的时间将美丽、健康的哈密尔顿小姐，将那个脸色红润、充满自信的她变成了一位贫穷、体弱、无助的寡妇，将她昔日同学的探访视为恩情。不过相见后的不安很快消失，只剩下曾经彼此喜爱的美好回忆，她们津津有味地谈起了过去的时光。

安妮发现史密斯太太如同她大胆期待的那样富有理智、举止端庄，她乐于交谈、性情愉悦，这一点出乎她的意料。无论是过去的放纵——她曾经涉世较深，还是如今的困顿，无论疾病还是悲哀似乎都没能让她心灰意冷，一蹶不振。

在第二次见面时她言语坦率，让安妮更加吃惊。她几乎无法想象比史密斯太太更凄凉的境遇。她曾深爱着她的丈夫——她埋葬了他。她曾经习惯富裕的生活——却失去了财富。她没有孩子能重新带给她生机与幸福，没有亲人帮她料理杂乱的事务，也失去了能够支撑这一切的健康。她被困在一个嘈杂的客厅里，后面是一间黑暗的卧室，没有别人帮助就无法从一间屋子到另一间屋子去，家里只请得起一个仆人，她只在被送到温泉时才能离开家。然而，尽管如此，安妮有理由相信她只会偶尔感到倦怠沮丧，大部分时候都很忙碌开心。怎么会这样呢？她注视着——观察着——思考着——最终确定这不只关乎坚毅或认命——屈从命运的人也许会有耐心，头脑强大的人能遇事坚定，但这些还不够。她有着坚韧的思想，能自我安慰的性情，随时将坏事视为好事的能力，还会找些事情来忘记自我，这只能源于天性。这是上天最宝贵的礼物；安妮认为她的朋友正是得到了上天的仁慈眷顾，似乎拥有了几乎能对抗一切不幸的能力。

史密斯太太告诉她，有一段时间她几乎精神崩溃。和她刚到巴斯时的状态相比，她现在已经不能说自己是个病人了。当时的她的确让人可怜——因为她在旅途中着了凉，刚找到住所便又卧床不起，始终感觉疼痛不已；还在这举目无亲的地方——完全需要请个正规的护士照顾她，但当时的经济状况又付不起那么昂贵的费用。可是她渡过了难关，能真心诚意地说这件事情对她很有好处。想到自己得到善良的人给予的帮助，这让她倍感舒心。她经历过太多世事，已经不期望在任何地方得到忽然而至的无私关怀，不过她的生病证明了她的房东有着高尚的品格，不愿亏待她；她特别幸运地得到了护工，那是房东的妹妹，一个专业护士，她没有工作时总是待在那栋房子里，刚好能够自由地照顾她。“而且，”史密斯太太说，“她不仅无微不至地照料我，还是个难能可贵的朋友——我的手刚能活动时她就教我编织，真是其乐无穷。她让我忙着编织这些小针线包、针垫和卡片架，你看我总是忙得不亦乐乎，这让我有机会为附近的一两户穷人家做点好事。她有很多熟人，当然都源于工作，她就在那些买得起的人中间推销我的货物。她总是找到合适的时机向我开口。你知道，当人们刚刚摆脱剧烈的疼痛，或是正在恢复健康时，每个人的心都是坦诚的，而鲁克护士完全明白该什么时候开口。她是个精明、聪慧、理智的女人。从她那儿能够看到人性；她性情明智、善于观察，作为同伴，比成千上万只是接受过'世界上最好的教育'，却完全不知道值得做些什么的人强得多。你可以说这只是闲聊，但只要鲁克护士能陪我半个小时，她一定会说些有趣又有益的事：一些让我更了解自己同类的事。人们总喜欢听正在发生的事情，熟悉那些怎样变得无聊愚蠢的最新方式。对于我这样总是独居的人，说真的，和她说话是一种享受。"

安妮绝不想对这样的快乐吹毛求疵，答道："我很容易相信这一点。那个阶层的女人有很多机会，如果她们生性聪慧，她们的话就很值得一听。她们总能见到各种各样的人性！她们不仅能见到许多愚蠢，偶尔也能在各种情形下见识最有趣最感人的人性。她们一定能见到许多热情、无私、忘我的情感，还有勇敢、坚毅、忍耐和认命——所有最能让人变得高尚的矛盾与牺牲。一间病房能让人写出无穷的故事。"

"是的，"史密斯太太说，但更多在怀疑，"有时也许会，虽然我担心这些教训不常以你描述的高贵风格体现。人性时常会受到巨大的考验，但总的来说，在病房里更多看到人性的懦弱，而非人性的坚强：人们总会听到自私与急躁，而非慷慨和坚毅。世界上真正的友情太少了！——不幸的是，"（声音低沉而颤抖），

“大多数人都忘了要认真思考，直到为时过晚。”

安妮看出此番情感带来的痛苦。丈夫不尽人意，妻子不得已置身于那样的人中间，让她觉得世界比她期待的糟糕很多。然而这对史密斯太太来说只是一段稍纵即逝的情感，她摆脱了这种情绪，很快以另一种语气说道：

“我不认为我朋友鲁克太太目前的工作，能给我带来多少兴趣或启迪——她只是在照顾马尔伯勒大楼里的沃利斯太太——我想不过是个漂亮、愚蠢、阔绰、时髦的女人——所以除了蕾丝花边和漂亮服饰外没别的可说——但我打算从沃利斯太太那儿赚些钱。她的钱多得很，我想让她把我手上所有的高价货品全都买走。”

安妮去拜访她的朋友好几次后，在卡姆登才知道还有这样一个人。最后不得不说起她——沃尔特爵士、伊丽莎白和克莱太太一天上午从劳拉广场回来，忽然收到达尔林普尔夫人让他们当晚去做客的邀请，而安妮已经约好晚上去韦斯盖特大楼。她不为此感到遗憾。她能肯定他们之所以被邀请，只因为达尔林普尔夫人患了重感冒被困在家里，很乐意利用一下这段强加给她的关系——安妮欣然为自己拒绝了邀请——“她已经约好晚上去看一位老同学。”他们对和安妮有关的任何事都不太感兴趣，但依然问了很多问题，最终明白这位老同学是谁。伊丽莎白满脸不屑，沃尔特爵士声色俱厉。

“韦斯盖特大楼！”他说，“安妮·埃利奥特小姐要去韦斯盖特大楼拜访谁？——一个史密斯太太。一个守寡的史密斯太太——她的丈夫又是谁？只是成千上万随处可见的一个史密斯先生。她有什么吸引力？因为她老弱多病——说实话，安妮·埃利奥特小姐，你的品位真是不同凡响！所有让人厌恶的一切，卑微的同伴、简陋的房间、污浊的空气、令人作呕的关系，都对你很有吸引力。不过，你当然能把拜访这位老妇人推迟到明天：我想她还没到末日吧，也许有希望再活一天。她多大年纪？四十岁？”

“不，先生，她还不到三十一岁；可我不能推迟我的约定，因为这段时间只有今天晚上对她和我都合适——她明天去温泉，你知道我们这周剩下的几天都有事情。”

“可是拉塞尔夫人对这段交往怎么看？”伊丽莎白问道。

“她觉得无可厚非，”安妮答道，“相反，她很赞成，而且通常都是她送我去看史密斯太太。”

“韦斯盖特大楼的人看见一辆马车停在人行道附近，肯定会大吃一惊，”沃尔特爵士说，“亨利·拉塞尔爵士的遗孀当然不能荣耀地展示她的族徽，不过马车还是很漂亮，而且众所周知是为了送一位埃利奥特小姐——住在韦斯盖特大楼的一个守寡的史密斯太太！——一个三四十岁，勉强为生的寡妇；只是个史密斯太太，一个不起眼的史密斯太太。虽然世界上有无数的人和各种姓氏，却被安妮·埃利奥特小姐选作朋友，比对自己在英格兰和爱尔兰的贵族亲戚更加在乎。史密斯太太！这样的姓氏！”

发生这一切时克莱太太都在场，现在觉得最好离开房间。安妮本可以多说一些，一直想说上两句为**她的**朋友辩护，因为她和他们的朋友没什么不同，但对父亲的尊重让她没有这么做。她没作答。她由他自己去想想，史密斯太太不是巴斯唯一一个三四十岁，勉强为生，没有体面姓氏的寡妇。

安妮信守自己的约定，其他人也如期赴约，第二天她自然听说他们过了一个愉快的夜晚——她是唯一缺席的人，因为沃尔特爵士和伊丽莎白不仅自己受到夫人的邀请，还愉快地应她的要求招徕别人，并费了些心思邀请了拉塞尔夫人和埃利奥特先生。埃利奥特先生特意早早离开沃利斯上校，拉塞尔夫人重新安排了晚上的所有活动，只为去拜访她。安妮从拉塞尔夫人那儿听到这样一个夜晚的全部经过。对她来说，最让她感兴趣的莫过于她的朋友和埃利奥特先生没少谈论她；希望她能来，遗憾她的缺席，同时对她为了这样的原因不来赴约感到敬佩——她多次真心诚意地去拜访一位贫病交加的老同学，似乎让埃利奥特先生深感喜悦。他认为她是个出类拔萃的年轻小姐，她的性情、举止和思想都堪称女性典范。他甚至可以投拉塞尔夫人所好，和她谈论安妮的优点。安妮听她的朋友说了很多，想到自己竟然得到一个理智的年轻人如此高的评价，自然感到很愉快，而这也是她的朋友有意激发的感觉。

如今拉塞尔夫人对埃利奥特先生已经有了明确的看法。她坚信他有意得到安妮，也确定他配得上她，并且开始计算还需要多少个星期才能使他从服丧[1]的羁绊中解脱出来，让他能尽情施展他毫不掩饰的殷勤讨好的本领。关于这个问题，她不会对安妮明白说出一半的想法，只会对随后可能发生的事情稍作提示，说他也许心怀好感，如果这份感情是真的并能得到回报，这门亲事该有多么称心。安妮听她说着，没有表示强烈反对；她只是微微一

① 通常认为是一整年。

笑，红着脸，轻轻摇了摇头。

“你很清楚，我绝不是在做媒，”拉塞尔夫人说，“我太清楚世事的变幻莫测和人心的自私算计。我的意思只是，如果埃利奥特先生在将来的某个时候向你求婚，要是你愿意接受他，我想你们应该能幸福地生活在一起。谁都会认为这是最般配的亲事——但我想这也许是很幸福的姻缘。”

“埃利奥特先生是特别讨人喜欢的年轻人，在很多方面我很看重他，”安妮说，“但我们并不合适。”

拉塞尔夫人未置一词，只是答道：“我承认要是能将你视为凯林奇的未来女主人，未来的埃利奥特夫人——今后能看着你接替你亲爱的母亲的位置，继承她所有的权利，和她一样受人喜爱，拥有她的一切美德，将会让我心满意足——你和你母亲的容貌性情一模一样，要是我能想象你和她一样，处于同样的地位，拥有同样的姓氏和同样的家，掌管和庇护着同样的地方，只会比她更受爱戴！我最亲爱的安妮，这将是我有生以来感到最心花怒放的事情。”

安妮不得不转过身，站起来，走到远处的桌子旁，靠在那儿假装做些什么，竭力平复这幅画面激起的情感。一时间她的想象力和她的心都着了魔。想到成为母亲曾经的样子，由她本人首先恢复“埃利奥特夫人”这个宝贵的名字；重新回到凯林奇，从此将那儿称作自己的家，她永远的家，这样的诱惑她一时无力抗拒。拉塞尔夫人没再多说，愿意让一切顺其自然；她相信，要是埃利奥特先生此时能体面地求婚，一定能够成功！简而言之，她相信安妮不相信的事情。埃利奥特先生本人求婚的相同画面让安妮再次冷静下来。凯林奇和“埃利奥特夫人”的魅力即刻消失。她永远不能接受他，不仅因为她的感情依然只能接受一个男人，而且经过对这件事种种可能性的严肃考虑，她在理智上不接受埃利奥特先生。

虽然他们如今已结识了一个月，她无法认为自己真正了解他的性情。他是个理智的人，一个讨人喜欢的人——谈吐文雅、见解独到，似乎评判得当、很有原则——这些都显而易见。他当然明白事理，她找不出一点他显然违反道义的方面，可她还是不敢相信他的行为。她即使相信他的现在，也不相信他的过去。他偶尔不慎说出的从前的朋友，提到的曾经的做法与追求，让人对他的过去心生怀疑。她看出他有过坏习性，在星期天[①]出游是习以为常的事，在他生活的某个阶段（也许并不短暂），他至少对所有严肃的事情都漫不经心。虽然他也许现在的想法截然不同，可是一位聪明谨慎，年纪足以使他懂得要保持好名声的男人，谁能担保他的真情实感呢？怎样才能确定他已经真正洗心革面？

埃利奥特先生头脑清醒、考虑周到、举止优雅，但他并不坦诚。他从未因为别人的缺点或好处情绪激动，感到强烈的愤怒或喜悦。这在安妮看来显然是个缺陷。她早期的印象无法改变。她最珍惜坦率、豁达、热切的性格。热情洋溢的人依然让她心醉神迷。她觉得对有时言行不慎或冒冒失失的人，她更能相信他们的真诚，而不是那些始终想法如一、从不说错话的人。

埃利奥特先生太讨人喜欢了。她父亲家中的人们性情各异，

---

① 星期天是主日。此处显示安妮严格的道德与宗教原则。

他却让所有人都感到满意。他善于忍耐——和每个人都相处得很好。他曾经带着几分坦诚对她说起克莱太太，似乎完全看出克莱太太的打算，对她很是不屑，然而克莱太太同别人一样，觉得他和蔼可亲。

拉塞尔夫人也许比她的年轻朋友见得更少或是见得更多，反正她看不出任何值得怀疑的地方。她想象不出比埃利奥特先生更完美的男人，想到秋天时能看着他和亲爱的安妮在凯林奇的教堂中举行婚礼，她总会感到满心甜蜜。

第六章

时值二月初，安妮已经在巴斯待了一个月，便越来越渴望得到厄波克劳斯和莱姆的消息。她想知道的远不止玛丽信中的内容。她已经三个星期完全没有收到来信。她只知道亨丽埃塔回家了，路易莎虽然看上去恢复得很快，却还在莱姆。一天晚上，她正专心致志地想着他们所有人，这时玛丽的一封比平常更厚的来信送达她的手中，让她更为惊喜的是，里面还有克罗夫特上将夫妇的问候。

克罗夫特夫妇一定在巴斯！这件事引起了她的兴趣。他们是她在心里自然而然很喜欢的人。

“这是什么？”沃尔特爵士叫道，“克罗夫特夫妇来到巴斯了？就是租了凯林奇的克罗夫特夫妇？他们给你带来了什么？”

“来自厄波克劳斯乡舍的一封信，先生。”

“哦！那些信件是便捷的通行证。这就做好自我引荐了。但无论如何我本该已经拜访了克罗夫特上将。我知道应该怎样对待我的房客。”

安妮再也听不下去了，她甚至说不清可怜的上将的脸色怎么会逃脱了攻击。她聚精会神地读着信。信是几天前写的。

2月1日——

亲爱的安妮：

我绝不为自己的沉默道歉，因为我知道人们在巴斯这样的地方几乎想不到信件。你一定快乐得想不起厄泼克劳斯了，你很清楚，这儿也没什么可写。我们过了个无聊的圣诞节，马斯格罗夫夫妇整个节日没有举行一次宴会。我从来都瞧不上海特一家人。不过，节日终于结束了：我相信孩子们从未有过如此漫长的节日。我肯定从来没有过。大宅昨天清静下来了，只留下小哈维尔们；可你要是听说他们从没回家一定会大吃一惊。哈维尔太太能和他们分开这么久，一定是个古怪的母亲。我不理解。我觉得他们根本不是可爱的孩子，可马斯格罗夫太太似乎像对自己的孙子一样喜欢他们，如果不是更喜欢的话。我们的天气真糟糕！在巴斯有舒适的人行道，你们感觉不到，但在乡下就有很大的影响。从一月的第二个星期开始，没有一个人来看过我，除了查尔斯·海特，而他又来得太勤，让人厌烦。咱们私下说说，我觉得亨丽埃塔没和路易莎一起待在莱姆真是太遗憾了，本来可以让他不那么容易找到她。马车今天出发了，明天把路易莎和哈维尔夫妇接回来。可是没让我们去和他们一起吃饭，要等到后天，马斯格罗夫太太非常担心她旅途劳累，其实不大可能，想想她一路会得到怎样的照顾，让我明天去那儿吃饭会方便得多。我很高兴你发现埃利奥特先生那么讨人喜欢，我希望我也能结识他，但我的运气总是这样：遇到好事总没有我的份，总是家里最不被在乎的人。克莱太太竟然和伊丽莎白一起住了这么久！她从没打算离开吗？但也许她就算腾空了房间，我们还是得不到邀请。告诉我你怎么想。你知道我不指望孩子们被邀请。我可以放心地把他们留在大宅，住上一个月或六个星期。此时我听说克罗夫特夫妇马上要动身去巴斯，他们认为上将得了痛风病。查尔斯偶然听说这件事；他们真不礼貌，没告诉我，也不主动为我们带些东西。我觉得他们作为邻居没带来任何改进。我们根本见不着他们，这足以证明他们对谁都不在意。我和查尔斯向你问好，祝一切顺利。

爱你的

玛丽·马

很遗憾地对你说，我的身体一点都不好。杰米玛刚刚告诉我，屠夫说附近正流行喉咙痛。我敢说我会传染上的；你知道，我一旦喉咙痛，总是比别人更严重。

第一部分就这样结束了，后来又加入信封的内容，几乎和这些一样多。

我没有把信封上，以便告诉你路易莎在路上的情况，现在我非常高兴这么做了，因为有很多内容要补充。首先，我昨天收到克罗夫特太太的便笺，表示愿意给你带任何东西；是一封非常客气友好的便笺，写给我的，本该如此。所以，这封信我想写多长就能写多长了[①]。上将似乎病得不重，我

① 在奥斯汀时代邮资昂贵，且由收信人支付，因此过长的信件可能不受欢迎。

真心希望巴斯能带来他想要的所有好处。我会很高兴欢迎他们再回来。我们这一带不能少了这么和蔼可亲的一家人。不过现在说说路易莎。我说出的话会让你有些吃惊。她和哈维尔夫妇星期二平安到来，晚上我们过去向她问好，惊讶地发现本威克舰长没有一起来，因为他和哈维尔夫妇都得到了邀请。你认为是什么原因呢？正是因为他爱上了路易莎，才没有贸然和哈维尔夫妇一起过来，要等马斯格罗夫先生给他一个答复。在她离开前他们两人已经说好了，他通过哈维尔舰长交给她父亲一封信。真的，我以名誉担保！你难道不吃惊吗？要是你听到过什么风声我至少会感到惊讶，因为我从没听说过。马斯格罗夫太太郑重声明她对此一无所知。不过我们都很高兴，因为虽然这不及她嫁给温特沃斯舰长，但比嫁给查尔斯·海特好一百倍。马斯格罗夫先生已经写信表示同意，本威克舰长今天会过来。哈维尔太太说她的丈夫因为他可怜的妹妹感到很伤心，但是两人都非常喜欢路易莎。说真的，我和哈维尔太太都认为我们因为照顾了她而更爱她。查尔斯想知道温特沃斯舰长会说什么，可你要是能记得，我从不认为他爱上了路易莎，我从来没有看出过。你瞧，原以为本威克舰长是你的仰慕者，如今就这样结束了。查尔斯怎会那么想，我永远无法理解。我希望他如今能更讨人喜欢。对路易莎·马斯格罗夫当然算不上了不起的亲事，但比嫁给海特家的人强一百万倍。

玛丽根本不必担心她的姐姐对这个消息有丝毫的准备。她这辈子从来没有这么吃惊过。本威克舰长和路易莎·马斯格罗夫！简直奇妙得让人难以置信。她尽了最大努力才能留在屋里，保持冷静的样子，回答着平常的问题。令她高兴的是，问题并不多。沃尔特爵士想知道克罗夫特夫妇有没有乘坐驷马马车，他们在巴斯是否住在适合埃利奥特小姐和他本人去拜访的地方，除此以外别无好奇之处。

“玛丽怎么样？”伊丽莎白说，没等回答又说道，“请问克罗夫特夫妇怎么会来到巴斯？”

“他们是为上将来的。据说他得了痛风病。”

“痛风和衰老！”沃尔特爵士说，“可怜的老家伙。”

“他们在这儿有熟人吗？”伊丽莎白问道。

“我不知道。但在克罗夫特上将这个年纪，以他的职业，我不相信他在这样的地方会没有很多熟人。”

“我想，”沃尔特爵士冷冷地说，“克罗夫特上将最有可能作为凯林奇府邸的租客而扬名巴斯。伊丽莎白，我们能否贸然把他和他的妻子引荐给劳拉广场？”

“哦，不！我不这么想。既然我们是达尔林普尔夫人的表亲，我们就应该小心谨慎，别介绍一些她可能不喜欢的人让她难堪。如果我们不是表亲，那倒不要紧，可作为表亲，她又会对我们的任何提议有所顾虑。我们最好让克罗夫特夫妇去找地位相当的人。这儿有好几个相貌古怪的人走来走去，我听说他们是水手。克罗夫特夫妇会和他们交往的。”

这就是沃尔特爵士和伊丽莎白对这封信的兴趣。克莱太太表达了更得体的关注，问候了查尔斯·马斯格罗夫太太和她的孩子们后，安妮就自由了。

她在自己的房间里，试着理解这一切。查尔斯当然想知道温特沃斯舰长会怎么想！也许他已经退出，已经放弃了路易莎，已经不爱了，发现自己并不爱她。她无法忍受背叛或轻浮的想法，或是任何他与他的朋友之间类似亏欠的想法。她不能容忍像他们这样的友谊竟然会被不公正地割裂。

本威克舰长和路易莎·马斯格罗夫！那个兴高采烈、爱说爱笑的路易莎·马斯格罗夫和性情忧郁、心事重重、多愁善感、喜爱读书的本威克舰长，似乎两人完全不相配。他们的思想更是天差地别！哪儿来的吸引力呢？答案很快不言自明，是因为境遇。他们偶尔遇见了几个星期，像家人般生活在同一屋檐下：自从亨丽埃塔离开后，他们一定几乎完全彼此相依。路易莎刚从伤病中恢复，处于一种有趣的状态，而本威克舰长也并非无可慰藉。那一点安妮以前就不免有所怀疑。她从目前的情况得出了与玛丽不同的结论，这只能证明他曾经对她本人产生过一丝柔情。然而，她并不打算联想过多以满足自己的虚荣心，让玛丽无法接受。她相信任何还算讨人喜爱，能听他诉说，似乎与他感同身受的年轻小姐都会得到同样的赞许。他满怀柔情。他一定会爱上某个人。

她觉得没理由认为他们不会幸福。路易莎本来就喜爱海军军官，他们很快会变得越来越相似。他会变得快乐，而她将学着成为斯科特和拜伦爵士的爱好者，不，那也许已经学会了。他们当然是因为诗歌而相爱。想到路易莎·马斯格罗夫变得有文学品位或多愁善感真是有趣，但她毫不怀疑确实如此。在莱姆的那一天，从码头上摔下来，也许这辈子都会影响她的健康、她的神经、她的勇气与她的性情，似乎也彻底影响了她的命运。

整件事情的结论是，如果一个了解温特沃斯舰长优点的女人可以爱上另一个男人，那么婚约本身不会令人惊奇不已；要是温特沃斯舰长并未因此失去朋友，当然无需感到遗憾。不，当安妮想到温特沃斯舰长摆脱束缚得到自由时，她不是因为遗憾而不由自主地心跳加速，脸颊绯红。她有些自己羞于探究的感觉。这太像喜悦了，莫名其妙的欣喜！

她渴望见到克罗夫特夫妇；不过见面时，他们显然还没有听到相关的传言。他们郑重地彼此拜访与回访，提到了路易莎·马斯格罗夫，还有本威克舰长，连半点笑容都没有。

克罗夫特夫妇住在盖伊街的寓所，令沃尔特爵士非常满意。他一点也不为结识他们而感到羞耻，事实上，他经常想到并谈论上将，比上将想起他或谈论他的次数多得多。

克罗夫特夫妇在巴斯的熟人应有尽有，只把和埃利奥特家的交往当作礼节，几乎不可能带给他们任何快乐。他们带来了在乡下的习惯，始终形影不离。他遵照医嘱通过散步消除痛风，而克罗夫特太太似乎凡事都要分担，为了他而拼命散步。安妮走到哪儿都能看见他们。拉塞尔夫人几乎每天早上都带着她乘马车出去，她总是想着他们，也总能见到他们。她知道他们的感觉，这对她而言是最幸福的画面。她总是尽量观察着他们，在两人高兴地散步时，愉快地想象着她知道他们也许在谈论什么；或是同样愉快地看见上将遇见老朋友时热情地握手，看着他们热烈地交谈，当偶尔说起海军生活时，克罗夫特太太看上去和身边的任何一位军官一样热情睿智。

安妮总是和拉塞尔夫人在一起，不常自己散步。但碰巧有一天早上，大约在克罗夫特夫妇到来一周或十天左右，她刚好需要在巴斯城低处[1]离开她的朋友或是她朋友的马车，独自回到卡姆登，在沿着米尔萨姆街往上走时，她有幸遇见了上将。他一个人站在版画店的窗前，双手背在身后，正热切地注视着一幅画。她虽然可以不声不响地走过他的身旁，却忍不住在被他看到前碰了碰他，和他打个招呼。不过，当他真的觉察到并认出她时，他像平常一样直率开朗，兴高采烈。“哈！是你吗？谢谢，谢谢。这是把我当作朋友啊。你看，我在这儿瞧着一幅画。我每次经过这家店都会停下来。不过这是什么呢，像是一艘船的样子！一定要看看。你见过这样的船吗？你们那些了不起的画家该有多奇怪呀，以为谁会在这么一艘不成形的小船中玩命吗？可这儿真有两位先生悠闲自在地困在船里，望着周围的岩石大山，好像他们下一刻不会遇到麻烦似的，因为他们肯定会。我真想知道那艘船是在哪儿造的！”（开怀大笑着），“我都不愿冒险乘着它过个小池塘。嗯，”（转过脸），“那么，你去哪儿？我能替你去哪儿，或是与你同行吗？我能否为你效劳？”

“不用了，谢谢你，除非你愿意陪我一起走我们同行的一小段路。我要回家。”

“那我真心愿意，再远点也行。是的，是的，我们可以愉快地同行一小段路，路上我要告诉你一些事情。好啦，挽住我的胳膊，这就对了；要是身边没有女人我会感觉不舒服的。天哪！那

---

[1] 巴斯位于山地，道路起伏，因此文中有高处与低处，往上走或往下走的表达。

是艘什么船呀!”在两人准备离开时，他最后看了一眼那幅画。

“你是说有事要告诉我吗，先生?”

“对，我有的，马上就说。不过这儿来了一位老朋友，布里格登舰长，但我只用在路过时说声‘你好吗?’，不用停下来。‘你好吗?’布里格登见我没和我妻子在一起，瞪大了眼睛。可怜的她被她的腿困住了。她的一个脚后跟上长了水泡，有一枚三先令硬币那么大。你往街的那边看，会看见布兰德上将和他的兄弟往下走。卑鄙的家伙，两个都是!我很高兴他们不在路的这一边。索菲亚受不了他们。他们曾经对我捣过鬼——带走了一些我最好的水兵。我下次再原原本本地告诉你。老阿奇博尔德·德鲁爵士和他的孙子走过来了。瞧，他看见我们了;他向你打飞吻呢;他以为你是我的妻子。啊!对那位小伙子来说和平来得太快了。可怜的老阿奇博尔德爵士!你喜欢巴斯吗，埃利奥特小姐?我们非常喜欢。我们总能碰到这个或那个老朋友;每天早上满大街都是他们;当然会说很多话;然后我们离开他们所有人，把自己关在寓所里，坐在椅子上画画，舒服得就像在凯林奇，是的，或者就像我们以前在北雅茅斯和迪尔一样。我对你说，想起我们最早在北雅茅斯的住所并不会让我们不喜欢这儿。这儿的风同样会从一个柜橱里吹进来。”

在他们走远一些后，安妮试着再次追问他想说什么。她希望在走完米尔萨姆街之前满足自己的好奇心。可她还得等待，因为上将打定主意不走到更宽敞安静的贝尔蒙特就不开口。然而她并不真是克罗夫特太太，她必须由他自己决定。他们刚要走上贝尔蒙特时，他开始说道:

“好吧，现在你会听到一个令你吃惊的消息。但首先，你必须说出我将要谈论的那位年轻小姐的名字。你知道，就是我们都很关心的那位年轻小姐。那位经历了一切的马斯格罗夫小姐。她的教名——我总是忘了她的教名。”

安妮本来不好意思一下子表现出心领神会的样子，但现在能放心地说出“路易莎”这个名字了。

“是的，是的，路易莎·马斯格罗夫小姐，是这个名字。我希望年轻小姐们不要有那么多好听的教名。要是她们都叫索菲亚或是那一类的名字，我就再也不会想不起来了。嗯，这位路易莎小姐，你知道，我们都以为她会嫁给弗雷德里克。他追求了她好几个星期。唯一的问题是他们究竟在等什么，直到发生了莱姆的事。接着，当然显而易见他们必须等到她的脑袋恢复。但即使在那时他们的做事方法也很奇怪。他没有待在莱姆，而是离开去了普利茅斯，然后又去见爱德华。当我们从迈恩黑德回来时，他已经去了爱德华家，之后一直住在那儿。从十一月开始，我们就根本见不到他。即使索菲亚也无法理解。不过现在，这件事出现了最奇怪的转折，因为这位年轻小姐，正是这位马斯格罗夫小姐，她没打算嫁给弗雷德里克，而是要嫁给詹姆士·本威克了。你认识詹姆士·本威克。”

“有一点。我和本威克舰长有些交往。”

“嗯，她将要嫁给他。不，很可能他们已经结婚了，因为我不知道他们还要等什么。”

“我觉得本威克舰长是很讨人喜爱的年轻人，”安妮说，“我知道他有出色的性情。”

“哦，是的，是的，詹姆士·本威克无可挑剔。他只是个中校，对，在夏天才任命的，这时候很难再晋升了，但据我所知他别无缺点。一个善良出色的小伙子，我向你保证；也是个积极热心的军官，这一点也许出乎你的意料，因为从他那种温和的风度上看不出来。”

“这一点你的确弄错了，先生，我从不认为本威克舰长在举止上缺乏活力。我觉得他的风度特别讨人喜欢，我敢担保一般人都会喜欢的。”

“好的，好的，女士们是最好的评判家。可是詹姆士·本威克对我来说实在太文静了，虽然这很可能都是我们的偏爱，我和索菲亚还是忍不住觉得弗雷德里克的风度比他更好。弗雷德里克在有些方面更受我们喜爱。”

安妮愣住了。她原先只想反对人们认为活力与温和互不相容的寻常观点，根本不想表示本威克舰长的风度是最好的。稍稍犹豫后，她正要说：“我没有打算比较两位朋友。”不过上将打断了她：

“这当然是真的。这完全不是谣言。我们是听弗雷德里克本人说的。他姐姐昨天收到他的信，他在信里对我们说了。他刚从哈维尔那儿得知，就当场从厄泼克劳斯写来的。我猜他们都在厄泼克劳斯。”

这是一个安妮无法抗拒的机会，于是她说：“我希望，上将，我希望温特沃斯舰长来信的风格完全没有让你和克罗夫特太太感到特别不安。就在秋天时，似乎在他和路易莎·马斯格罗夫之间的确有些爱恋，可我希望也许能理解为双方同样感到情意消逝，但没有愤怒。我希望他的信没有流露出被亏待的情绪。”

“完全没有，完全没有，从头至尾没有一句诅咒或不满。”

安妮低头掩饰她的笑容。

“不，不，弗雷德里克不是那种牢骚抱怨的人；他心性很高，不会那么做。要是一个女孩更喜欢另一个人，她想得到他是理所当然的事情。”

“当然。可我的意思是，我希望温特沃斯舰长写信的方式不会让你觉得他认为自己受了他朋友的亏欠，你知道这也许不会明白地写出来。如果他和本威克舰长保持至今的友情会被这种事摧毁，甚至只是受到伤害，我也会感到非常难过。”

“是的，是的，我理解你的意思。不过，信中完全没有那样的内容。他丝毫没有指责本威克，甚至都没有说：‘我感到奇怪，我有自己的理由感到奇怪。’不，从他写信的方式来看，你不会觉得他曾经认为这位小姐（她叫什么名字?）属于他。他慷慨地希望他们能幸福地在一起，我想里面绝没有不可原谅的语气。”

安妮不能完全相信上将想要传递的消息，但继续追问也无济于事。于是她满足于泛泛而谈，安静地倾听，而上将以他自己的方式继续说下去。

“可怜的弗雷德里克!”他最终说道，“现在他必须和别人从头开始了。我想我们必须把他弄到巴斯来。索菲亚必须写信，请他到巴斯来。我相信这儿有足够多的漂亮姑娘。再去厄泼克劳斯找另一个马斯格罗夫小姐也没用了，我发现她已经配给了她的表哥，那位年轻的牧师。你难道不认为，埃利奥特小姐，我们最好把他弄到巴斯来吗?”

第七章

当克罗夫特上将正在和安妮散着步，说他想把温特沃斯舰长弄到巴斯时，温特沃斯舰长已经在过来的路上。克罗夫特太太还没写信，他已经到了。就在安妮下次出门时，她看见了他。

埃利奥特先生陪着他的两位堂妹和克莱太太。他们在米尔萨姆街上。下起了雨，不算大，但足以让女士们想找个躲雨的地方，也足够让埃利奥特小姐很希望借此机会被达尔林普尔夫人的马车送回家，她看见马车就等在不远处。于是她、安妮和克莱太太转进莫兰糖果店，而埃利奥特先生走进达尔林普尔夫人的屋子，请求她帮忙。他很快回到她们身边，当然成功了。达尔林普尔夫人非常乐意送他们回去，一会儿就来接他们。

子爵夫人用的是四轮四座大马车[1]，要是超过四个人就会不舒服。卡特雷特小姐陪着她的母亲，于是想让卡姆登的三位女士都上车就不太合适了。埃利奥特小姐当然毫无疑问要上车。无论麻烦谁也不能麻烦她，但结束另外两个人的谦让花了一点时间。这点雨算不了什么，安妮真心诚意地宁愿和埃利奥特先生一起散步。然而这雨对克莱太太来说也不值一提，她甚至觉得根本没下

---

① 原文为“barouche”。这是当时最奢侈昂贵的一种马车，有四个轮子，前面有赶车人的座位，后面可供四位客人两两面对面地坐着，上面的顶棚可以自由升降，是身份与财富的象征。

雨，而且她的靴子那么厚！比安妮小姐的厚多了。简而言之，她的客套使她像安妮一样急于留下来，和埃利奥特先生一起散步，两人慷慨礼貌又意志坚定，只好让别人帮她们定夺。埃利奥特小姐坚称克莱太太已经有点感冒，而埃利奥特先生在请求下，断定他堂妹安妮的靴子其实更厚。

就这样决定下来，克莱太太应该加入乘马车的人。他们刚做好决定，安妮因为坐在窗边，她清清楚楚、明明白白地看见温特沃斯舰长沿着街道走过来。

她的惊讶只有她自己能感觉到，但她立刻觉得自己是世界上最大的傻瓜，最不可理喻、荒唐至极！有一会儿她什么也看不见，眼前一片模糊。她不知所措，在责备自己并唤回理智后，她发现其他人还在等着马车，而埃利奥特先生（他总是无比殷勤）正朝联盟街走去，帮克莱太太办点事情。

她现在很想走出门外；她想看看是否下雨。她为何要怀疑自己有别的动机呢？温特沃斯舰长肯定已经走出了视线。她离开她的座位，她要去；她头脑的一半不会总比另一半更聪明，或是怀疑另一半比实际笨得多。她要去看看是否下雨。然而，她立刻因为温特沃斯舰长本人的进入被挡了回来，他和一群先生女士们在一起，显然是他的熟人，肯定在米尔萨姆街上碰见的。他看见了她，明显吃惊又慌乱，她从未见他这个样子。他满脸通红。自从他们重新相识后，她第一次感到自己不是两人中更激动的那一个。和他相比，她有机会在最后时刻做了些准备。所有的天旋地转、目眩神迷、不知所措，所有最初的震惊带来的影响都结束了。不过，她依然激动不已！那是焦虑、烦恼、愉悦，一种介乎快乐与痛苦之间的感觉。

他对她说话，然后转身离开。他的样子局促不安。她说不清那到底算冷淡还是友好，但毫无疑问，他很尴尬。

可是过了一会儿，他走到她的面前，又说起话来。两人互相询问一些寻常的话题：也许都没听清说了什么，安妮依然完全感到他不如以前轻松。因为经常在一起，他们已经变得能看似冷淡平静地彼此交谈，然而他此时做不到。时间改变了他，或是路易莎改变了他。也许他对某件事感到不自在。他气色不错，不像在承受身体或精神的折磨，而且他说起厄泼克劳斯和马斯格罗夫一家，不，甚至说到路易莎，竟然还在提起她名字的瞬间掠过一丝他那狡黠的神情。然而，温特沃斯舰长的确不自在、不放松，无法装得镇定自若。

看到伊丽莎白不想理他，安妮并不惊讶，但感到伤心。她发现他看见了伊丽莎白，而伊丽莎白也看见了他，两人显然都认出了彼此。她相信他乐意被当作熟人，并期待如此，她痛苦地看着她姐姐带着无法改变的冷漠扭过头去。

达尔林普尔夫人的马车已经开始让埃利奥特小姐感到很不耐烦，现在停了过来，仆人进来通报。又开始下雨了，总的来说有一些耽搁、一些混乱、一些交谈，必须让商店里为数不多的几个人明白达尔林普尔夫人要来送埃利奥特小姐了。最后埃利奥特小姐和她的朋友只在仆人（因为此时她的堂兄还没回来）的陪同下走出去。温特沃斯舰长看着他们，又转向安妮，用神情而非言语表示愿意为她效劳。

“非常感谢，”她答道，“但我不和她们一起走。马车坐不下那么多人。我走路，我更喜欢走路。”

“可是下着雨。”

“哦！雨很小，我毫不在意。”

停了一会儿，他说：“虽然我只是昨天才来，可我已经为巴斯做足了准备[1]，你看，”（指着一把新雨伞），“如果你执意要走路，我希望你能用上它，虽然我觉得最好帮你叫顶轿子[2]。”

她非常感谢他，但谢绝了他的所有好意，重复着她相信此时的雨不值得在意的话，又说：“我只是在等待埃利奥特先生。我想他马上就要来了。”

话音刚落，埃利奥特先生就走了进来。温特沃斯舰长清晰地记得他。他和曾经站在莱姆的台阶上，仰慕着路过的安妮的那个人没有两样，除了作为她尊贵的亲戚和朋友那副趾高气扬的样子。他急切地走过来，似乎眼里心里只有她，为他的耽搁向她道歉，为让她久等感到难过，急着在雨下大之前一刻不停地带她离开；很快他们一起走了，她用胳膊挽住他，在离开时只有时间温柔而尴尬地看他一眼，说声“再见”！

他们刚走出视线，与温特沃斯舰长同行的女士们就开始谈论起他们。

“埃利奥特先生并非不喜欢他的堂妹，我想。”

“哦！不，那再清楚不过了。可以猜出会发生什么。他总是和她们在一起；我相信一半的时间都在她们家里。真是个英俊的年轻人！”

---

① 巴斯的雨水特别多。

② 两个人抬的轿子，通常是有钱人的交通方式。

“是的，阿特金森小姐曾经和他在沃利斯家里吃过饭，说他是她相处过的人当中最讨人喜欢的一个。”

“她很漂亮，我觉得；安妮·埃利奥特很漂亮，要是仔细瞧她的话。这么说并不常见，但我承认我对她的欣赏胜过她的姐姐。”

“哦！我也是。”

“我也是。无法相提并论。可是男人都疯狂地追求埃利奥特小姐。安妮对他们来说太纤弱了。”

要是她的堂兄能够一言不发地陪着她一直走到卡姆登，安妮本来会对他感激不尽。她从未发觉听他说话如此困难，虽然他对她极为关心、无比在意，虽然他说的主要都是那些总能引起她兴趣的话题——对拉塞尔夫人的热烈赞扬，既公正又有鉴别力，以及对克莱太太合情合理的含沙射影。然而此时她只能想着温特沃斯舰长。她无法弄清他现在的感情，他是否真的因为失望而感到痛苦；在那一点弄清楚之前，她自己也无法平静下来。

她希望自己能尽快变得理智明白；可是哎呀！哎呀！她必须向自己承认，她依然不够理智。

她必须知道的另一个至关重要的问题，是他打算在巴斯住多久；他没有提到，或者她想不起来了。他也许只是路过。但更有可能他是来住一阵子的。如果那样，既然在巴斯可能遇见每一个人，拉塞尔夫人很有可能在什么地方见到他——她会记起他吗？一切会变成怎样？

她已经迫于无奈告诉了拉塞尔夫人：路易莎·马斯格罗夫就要嫁给本威克舰长。看到拉塞尔夫人吃惊的样子，她心里很不好受。现在，要是拉塞尔夫人偶然碰见温特沃斯舰长，因为对这个问题不完全了解，也许会使她对他多一层偏见。

第二天早上，安妮和她的朋友一起出门。在第一个小时中，她一直提心吊胆地留意着他，却徒劳无获；然而最后，当沿着普尔蒂尼街往回走时，她在右手边的人行道上认出了他。他离得很远，可以看得见大半条街。在他身旁有许多别的人，成群结队地朝同一个方向走，但绝不可能认错他。她本能地看着拉塞尔夫人，但并非出于她会像她本人一样迅速认出他的疯狂想法。不，拉塞尔夫人只有在和他几乎面对面时才会注意到他。可她依然不时焦虑地看着她；等快到一定会认出他的时候，她虽然不敢再看（因为她知道自己的神情不宜被看见），但她还是清楚地意识到拉塞尔夫人的眼睛正好转到他的方向，简而言之，她正在热切地注视着他。她完全明白他必然让拉塞尔夫人在心里为他着迷，她肯定难以挪开她的视线，她一定惊奇地感到过了八九年后，还是在异国他乡服着现役，竟然丝毫没能夺走他的个人魅力。

最后，拉塞尔夫人扭过头来——“现在，她会怎样说起他呢?”

“你会疑惑，”她说，“我这么长时间在看着什么；我在寻找一些窗帘，艾丽西娅夫人和弗兰克兰太太昨晚告诉我的。她们描述了在这段街道上这一边某间屋子里的客厅窗帘，说是巴斯镇上最漂亮并且挂得最好的窗帘，但记不起具体的门牌号码。我在试着找到那间屋子，但我承认在附近没见到符合她们描述的窗帘。”

安妮叹了口气，红着脸微笑着，既怜悯又鄙夷，不是对她的朋友，就是对她自己——最令她恼火的是，她白费心思谨慎多虑，竟然错过了观察他是否看见她们的时机。

一两天过去了，平安无事——他最可能去的剧院或娱乐厅对埃利奥特家来说有失时髦，他们的晚间乐趣只在于优雅愚蠢的小型聚会，而且参加得越来越多。安妮觉得这种死气沉沉的状况令人生厌，对那些一无所知的状态感到心烦，想着自己比以前更强壮，因为她不感到劳累了，便迫不及待地想要参加音乐会。那是为达尔林普尔夫人的一个被保护人举办的音乐会。他们当然必须参加。人们的确期待这是一场美妙的音乐会，而且温特沃斯舰长非常喜欢音乐。只要她能再次和他说几分钟的话，她想她应该会心满意足。至于敢不敢和他说话，她觉得只要有机会她将充满勇气。伊丽莎白不理他，拉塞尔夫人无视他；她因为这些情形而更加勇敢；她觉得她应该关注他。

安妮之前含糊答应了史密斯太太晚上和她一起度过，但匆匆拜访后她说声抱歉便要离开，更加明确地承诺明天会待得久一些。史密斯太太和颜悦色地同意了。

“当然可以，”她说，“只是在你来了以后，把一切都告诉我。哪些人和你一起去?”

安妮说出所有人的名字。史密斯太太没有回答，可当安妮离开时，她带着半是严肃半是狡黠的神情说：“好吧，我衷心希望你的音乐会如你所愿。要是明天能来的话，你一定要来，因为我开始预感到你来看我的机会不多了。”

安妮吃了一惊，困惑不解。可是片刻停留后，她只得离开，也并不因此感到遗憾。

第八章

沃尔特爵士、他的两个女儿和克莱太太在当晚的所有人中最早到达。因为必须等待达尔林普尔夫人，他们在八角亭的一个火炉旁坐下。刚一坐下，门再次打开，温特沃斯舰长独自走了进来。安妮离他最近，她只向前了一点，便立即开口说话。他本来只打算鞠个躬往前走，然而她温柔的“你好吗?”让他不再前行，而是站在她身边回问起她的情况，尽管她可怕的父亲和姐姐就在身后。他们在身后对安妮倒是很好；她完全看不到他们的表情，所以能做她认为正确的所有事情。

当他们说话时，她听见她父亲和伊丽莎白的一阵耳语。她听不清楚，但一定能猜到他们的话题。她看见温特沃斯舰长远远鞠了一躬，便明白她的父亲认出了他，还简单地打了个招呼。她瞥了一眼，刚好看见伊丽莎白本人微微行了个屈膝礼。这虽然晚了点，而且不情不愿、有失礼仪，但总比毫无表示强，她的情绪提高了一些。

不过，在谈论了天气、巴斯和音乐会后，他们的谈话变得乏味，最后几乎无话可说。她以为他随时都会走，可是他没有走。他似乎不急于离开她，很快他又振作起来，微微一笑，脸上泛起红晕，说道：

“自从在莱姆的那天起我几乎没有见过你。恐怕你一定受了惊吓，也许因为你当时的清醒，后来会更加惊恐。”

她让他放心她没有受惊。

“那是个可怕的时刻，”他说，“可怕的一天！”他用手捂住双眼，仿佛回忆依然痛苦无比，可是转眼间他再次有了笑意，继续说道：“不过那天产生了一些影响——带来了一些理应被视为与惊吓截然相反的结果——当你冷静地提出本威克是叫医生的最佳人选时，你大概没想到他最终成了最关心她恢复的那个人。”

“我当然没想到。但似乎——我应该希望这是一门幸福的婚事。他们两个都为人正直，也性情温和。”

“是的，”他说，并未直视着她，“但我觉得，他们的相似处仅限于此。我衷心祝愿他们幸福，为他们所有的幸福感到快乐。他们在家中不会遇到任何麻烦，没有反对，没有反复无常，也没有拖延——马斯格罗夫夫妇言行一致，最善良可敬，只是出自真正的父母心急于让女儿过得更舒适。所有这些都对他们的幸福非常、非常有利。也许比——”

他停住了。他似乎突然想起了什么，让他与红着脸盯着地面的安妮有些感同身受——不过在清了清嗓子后，他接着这样说道：

“我承认我的确认为有差异，极大的差异，在某一点上几乎和思想的差异同样重要——我认为路易莎·马斯格罗夫是个和蔼可亲、性情温柔的女孩，不缺乏理解力，而本威克不止于此。他天资聪颖，喜爱读书——我承认，我的确对他爱上了她感到有些惊讶。假如这出于感激，假如他学着爱上了她，因为他相信她喜欢他，那该另当别论。相反，似乎这是他这一方完全发自内心，未经指引的感情，这令我惊奇。像他这样的男人，处在他的境遇！他心如刀割，伤痕累累，几乎心碎！范尼·哈维尔是非常出色的女子，他对她是真正的爱情。一个男人不会从那样的倾心相爱中恢复，转而爱上这样一个女人！——他不应该——他不会的。”

不过，也许意识到他的朋友已经恢复，或是意识到别的什么，他没再继续；然而安妮，尽管那后半截话的声音非常激动，尽管屋子里充斥着各种声音，几乎不停的关门声，走过的人们不断的嘈杂声，她却听清了每一个字，感到心动、欣慰与慌乱，她开始呼吸急促，百感交集。她不可能进入这样一个话题，可是停顿片刻，她觉得有必要说话，但根本不想彻底改变话题，只是稍稍岔开，说道：

“你在莱姆待了很久吧，我想？”

“大约两个星期。在能确认路易莎情况不错前我不能离开。我对这件祸事忧心忡忡，无法很快得到平静。这都是我造成的，完全由我导致。如果我不那么软弱，她就不会固执。莱姆的周围景色优美。我经常在那儿散步骑马；我越看，就越喜爱那个地方。”

“我很想再看看莱姆。”安妮说。

“真的吗？我没想到你会发现莱姆能有什么事物激起这样的感情。你被卷入的惊恐与沮丧——思想紧张，精神疲惫！——我原以为你对莱姆的最后印象一定是强烈的厌恶。”

“最后几个小时当然很痛苦，”安妮答道，“但在痛苦结束后，对它的回忆往往会变成快乐。人不会因为在一个地方遭受痛苦就减少对它的喜爱，除非全是痛苦，除了痛苦别无所有——而在莱姆完全不是那样。我们只在最后两个小时担忧沮丧，在此之前非常愉快。那么多的新奇与美丽！我极少旅行，每个新鲜的地方都会让我感兴趣——但莱姆有着真正的美；简而言之，”（回忆时稍有些脸红），“总的来说，我对那儿的印象非常愉快。”

她刚停下，大门再次打开，正是他们等待的那群人到来了。“达尔林普尔夫人，达尔林普尔夫人。”是人们欣喜的声音；沃尔特爵士和两位女士带着热切的优雅，迫不及待地上前迎接她。达尔林普尔夫人和卡特雷特小姐在埃利奥特先生与沃利斯上校的陪同下，走进了屋子。两人碰巧和她们几乎同时到达。其他人加入进来，安妮发现自己必须加入其中。她和温特沃斯舰长分开了。他们有趣的，几乎太过有趣的谈话必须只能暂时中止，但这件苦事与随之相伴的喜悦感相比不值一提！她在最后十分钟内，得知了更多他对路易莎的感情，多得她简直不敢想象；她任由自己听凭这些人的要求，应付着必要的礼节，心情微妙，也激动不安。她对所有人都和颜悦色。她听到的消息让她对每个人都礼貌友善，对他们心生怜悯，因为谁也不及她本人幸福。

她从人群中退出，等待温特沃斯舰长再来找她时，却发现他走了，这使她愉悦的心情有所平复。她恰好看见他转进音乐厅。他走了——他消失了，她感到有些遗憾。不过“他们一定会再见——他会寻找她——他将在晚会结束前找到她——此时，也许分开了也不错。她需要些间隔来回忆过去”。

在拉塞尔夫人很快到来后，所有人都齐了，剩下的只是按照依次顺序，步入音乐厅；每个人都尽量显得举足轻重，吸引众多目光，引起窃窃私语，打扰最多的人。

伊丽莎白和安妮·埃利奥特两人进入时都非常高兴。伊丽莎白和卡特雷特小姐挽着胳膊，望着面前达尔林普尔子爵遗孀夫人的宽阔背影，似乎想要的一切都触手可及；而安妮——可是把安妮的幸福同她姐姐做任何比较，都是对其本质的侮辱；一个人的幸福全部源于自私的虚荣，另一个都是慷慨的爱恋。

安妮对厅里的富丽堂皇视而不见，毫不在意。她的快乐发自内心。她双眼明亮，脸颊通红——可她对此浑然不知。当他们往座位走去时，她只想着过去的半个小时，她的脑海匆匆掠过当时的情景。他选择的话题，他的话语，尤其是他的举止和神情，全都让她只能得出一个结论。他谈到路易莎·马斯格罗夫心智欠缺，似乎他渴望说出这一点；他对本威克舰长的惊讶，他对第一段热恋的感觉——开了头却不能说完的话语——他躲躲闪闪的眼神和意味深长的瞥视——所有的一切至少表明他在恢复对她的情意；那些愤怒、怨恨、逃避已经不复存在；今后他们之间不仅存在友谊和尊重，还有过去的柔情。是的，一些过去的柔情。她思索着这个变化，觉得非同小可——他一定爱着她。

这些想法，以及随之而来的情境充满她的脑海，让她心慌意乱，无力再做观察；她穿过屋子时没见到他，甚至没有试着寻找他。等座位安排好，他们都坐上适合自己的位置后，她环顾四周，看看他会不会碰巧在屋子的同一方位，可是他不在，她的眼睛看不到他。音乐会刚开始，她必须将就着接受这有些逊色的快乐。

这群人分开了，坐在两条相邻的板凳上：安妮和一些人坐在最前面，而埃利奥特先生在他朋友沃利斯上校的帮助下，巧妙地在她身旁坐下。埃利奥特小姐被她的堂表兄弟围绕着，由沃利斯上校不停地献上殷勤，感到心满意足。

安妮心情愉悦地欣赏着音乐会，这足以令她着迷：她对温柔的节目感同身受，对欢快的节目兴致勃勃，对严谨的节目专心致志，对乏味的节目耐心包容。她从未这么喜欢过音乐会，至少在第一场的过程中。快到结束，在一首意大利歌曲后的间歇时，她为埃利奥特先生解释歌词——他们共用一张节目单。

“这就是大致的意思，”她说，“或者说是单词的意思，因为意大利爱情歌曲的含义当然是无法言传的——但我只能给出这些意思，因为我不想假装了解这门语言。我的意大利语很差。”

“是的，是的，我看得出来。我看得出你一窍不通。你对这门语言的了解只会让你一眼就能把这些倒装、变位和缩略的意大利歌词翻译成清晰、易懂、优雅的英语。你不必多说你的无知——这就是完全的证据。”

“我不想反对这样的善意礼貌，但真正行家的检验会让我惭愧的。”

“我来卡姆登拜访了这么久，”他答道，“总会对安妮·埃利奥特小姐有所了解吧。我的确认为她太过谦虚，让人们通常意识不到她一半的才华。她才华横溢却谦逊过人，这在任何别的女人身上都会显得不自然。”

“惭愧！惭愧！——真是过奖。我忘记下个节目是什么了。”她转向节目单。

“也许，”埃利奥特先生压低声音说，“我对你性情的了解，比你知道的早得多。”

“真的？——怎么会呢？你只可能从我来巴斯后与我结识，除非你也许以前听我的家人说起过我。”

“我在你来到巴斯很久之前就听说过你。我听过与你熟识的人说起你。我已经对你的性情了解多年。你的容貌，你的气质，你的才华和风度——我都清清楚楚。”

埃利奥特先生想要激起她的兴趣，他没有失望。谁都无法抵挡这种神秘的魅力。很久以前就有谁向这个新近结识的人描述过她，一个不知名的人，这真让人难以抗拒，安妮深感好奇。她很疑惑，热切地询问着他——却白费口舌。他很高兴被询问，但就是不肯说。

“不，不——也许换个时间，可现在不行。他现在绝不提任何姓名；但他能向她保证，这是事实。他在多年前听人对安妮·埃利奥特小姐做过那样一番描述，令他对她的美德赞叹不已，激起了他想要结识她的强烈好奇心。”

安妮心想，很多年前，谁也不如蒙克福德的温特沃斯先生，也就是温特沃斯舰长的哥哥那么有可能说她的好话。他也许和埃利奥特先生交往过，但她没勇气问这个问题。

“安妮·埃利奥特的名字，”他说，“对我有着长久的吸引力。很长时间以来，它令我心醉神迷。要是我有勇气，我想祝愿这个名字永远不会改变。”

她相信这就是他说的话；可她刚刚听见，她的注意力就被身后别人的声音吸引，让其他一切都变得微不足道。他的父亲和达尔林普尔夫人正在说话。

“一个英俊的人，”沃尔特爵士说，“一个很英俊的人。”

“的确是个很英俊的年轻人！”达尔林普尔夫人说，“比平时能在巴斯见到的人更有风度——我相信是爱尔兰人。”

“不，我刚得知他的名字。一个点头之交。温特沃斯——海军的温特沃斯舰长。他的姐姐嫁给了我在萨默赛特郡的租客——租了凯林奇府邸的克罗夫特。”

没等沃尔特爵士说到这一点，安妮的眼睛就看到了正确的方向，在不远处的一群人中认出了温特沃斯舰长。当她的目光落在他身上时，他似乎从她身上收回了目光。看起来是那样的。似乎她稍微晚了一点；当她敢于观察时，他没有再看：不过演出又开始了，她只得看似将注意力回到乐队，直视着前方。

等她能再看一眼的时候，他已经离开了。他即使愿意也走不到她的身旁，因为她被围住了，困在里面：但她宁愿迎上他的目光。

埃利奥特先生的话同样令她烦恼。她一点也不想再和他说话。但愿他没有靠得这么近。

第一场戏结束了。现在她希望能有一些好的改变。大家闲聊一阵后，有些人的确想去取些茶水。安妮是为数不多的几个没有选择离开的人。她依然在座位上，拉塞尔夫人也是，但她很高兴摆脱了埃利奥特先生。不管她怎样体谅拉塞尔夫人，她并不打算不同温特沃斯舰长说话，只要他给她机会。她从拉塞尔夫人的神情上，认定她已经看见了他。

然而他没有来。安妮有时以为她看到了远处的他，但他始终没有来，令人焦虑不安的休息时间白白溜走了。其他人回来了，屋子里又满了，人们重新坐在凳子上，他们将坐着感受另一个小时的欢乐或苦修，下一个小时的音乐将带给他们喜悦或是让他们呆坐着，就看这爱好是真的还是假装的。对于安妮，这很可能是一个小时的心神不宁。要是不能再见到温特沃斯舰长，和他友好地对视一眼，她就无法平静地离开那间屋子。

大家重新坐下后发生了不少变化，结果对她很有好处。沃利斯上校不肯再坐下，埃利奥特先生得到伊丽莎白和卡特雷特小姐不容拒绝的邀请，坐在她们中间；还有一些别的移动，以及她本人的小动作，安妮让自己比之前更靠近凳子的末端，更容易让路过的人走近。她这么做时，忍不住将自己与拉罗丽丝小姐[①]相比，那位无与伦比的拉罗丽丝小姐——但她还是这样做了，结果不尽如人意；虽然她身边的人早早离座，看似成功在望，可是在音乐会快要结束前，她发现自己坐在了凳子的最末端。

当温特沃斯舰长再次出现时，她身边有个空座位，这就是她的处境。她看见他在不远处。他也看见了她；然而他神情严肃，似乎犹豫不决，最终只是慢慢挪到附近能和她说话的地方。她感到一定有什么问题。这个变化毋庸置疑。他此时的神情与刚才在八角亭时截然不同——为什么呢？她想到她的父亲，想到拉塞尔夫人。难道谁向他投去了不愉快的目光？他开始严肃地说起音乐会，更像是厄泼克劳斯的温特沃斯舰长；承认他很失望，本以为歌曲会更动听；总之，必须承认当音乐会结束时他不会感到遗憾。安妮回答了，她认真为音乐会辩护，却又愉快地照顾了他的

① 弗朗西斯·伯尼（1752—1840）的小说《西西里亚》（1782）中的人物。她主动给一位傲慢的绅士介绍剧院的各种情况，借此与他搭讪并交谈，但失败了。

情绪，他的面容变得和悦，回答时几乎带了一丝微笑。他们又说了几分钟，情况继续好转，他甚至低头望着凳子，好像看见一个很值得坐下去的位置。正在那时有人碰了碰安妮的肩膀，她只能转过身去——是埃利奥特先生。他请她原谅，但必须麻烦她再次解释意大利语。卡特雷特小姐急于知道下一首歌大概是什么意思。安妮无法拒绝，可她从没在为了礼貌而牺牲时感觉这么痛苦过。

虽然尽量加快，还是不可避免地用去几分钟时间。当她重获自由，能像之前那样扭头望去时，她发现温特沃斯舰长走上前来，拘谨匆忙地向她告别。“他必须祝她晚安。他要走了——他必须尽快回家。”

“难道不值得为这首歌留下来吗?”安妮说，她忽然产生一个念头，让她更加急切地想给予他鼓励。

“不!”他断然答道，“没有什么值得我留下来。”他径直离开了。

嫉妒埃利奥特先生！这是唯一能够理解的动机。温特沃斯舰长嫉妒她的感情！就在一个星期前，或是三个小时前，她会相信吗！她一时感到奇妙的满足。可是，哎呀！接下来是全然不同的想法。怎么打消这样的嫉妒呢？如何让他得知真相？既然两人都处于特殊的不利境地，他怎么才能得知她的真实情感呢？想到埃利奥特先生的殷勤令人痛苦——真是后患无穷。

第九章

第二天早上，安妮愉快地想起她答应去看望史密斯太太，这意味着当埃利奥特先生最可能来拜访时她会因此而不在家；如今躲开埃利奥特先生几乎成了首要目标。

她对他依然满怀善意。虽然他的殷勤惹了祸害，她对他感激又尊重，或许还有些同情。她不禁常常想着他们相识中的奇特情景，想到他凭借他的种种境遇，他本人的感情，以及他很久以前的偏爱，似乎有权引起她的兴趣。总而言之，这太不寻常——令人高兴，又让人痛苦。真让人遗憾。这件事如果没有温特沃斯舰长她也许会怎么想，这不值得探究；因为的确有这位温特沃斯舰长。不管目前悬念的结果是好是坏，她的爱将永远属于他。她相信他们无论结合还是最终分手，她都不会亲近别的男人。

安妮从卡姆登到韦斯盖特时默想着热烈的爱情和永久的忠贞，在巴斯的街道上从未有过比这更美好的情思，几乎足以一路洒下纯净的芬芳。

她一定会得到亲切的接待。她的朋友今天早上似乎特别感激她的到来，似乎没料到她会来，虽然她们有约在先。

史密斯太太立即想听听音乐会的情况，安妮对音乐会的回忆非常愉快，让她听得兴致勃勃，高兴地谈论起来。安妮很乐意说出她能说的一切，然而这一切对于去过的人不值一提，也不能让史密斯太太这样的询问者满意。她已经从一个洗衣工和侍者那儿大致听说了晚会的成功和演出节目，比安妮说得更多。此时她想询问关于同伴的一些详细情况，却毫无收获。在巴斯的任何重要人物或声名狼藉者，他们的名字史密斯太太都一清二楚。

“我断定小杜兰德一家去了，”她说，“张着嘴巴听音乐，像羽毛未丰的小麻雀等待喂食。他们从不错过音乐会。”

“是的，我本人没见到他们，但我听埃利奥特先生说他们在大厅里。”

“伊博森一家——他们在那儿吗？还有那两个新来的美人，和那个高个子的爱尔兰军官，据说他想追求其中的一个。”

“我不知道——我不知道他们去了。”

“玛丽·麦克莱恩老太太呢？我不必打听她。我知道她从不缺席，你一定见到她了。她一定在你自己的圈子里。既然你是和达尔林普尔夫人一起去的，当然会在乐队周围的雅座上。”

“不，我最怕坐在雅座。对我来说，在各方面都很不舒服。不过幸好达尔林普尔夫人总喜欢坐得远远的，因此我们的座位非常好——我是说从听音乐的角度；我当然不能说便于观看，因为我好像没看到什么。”

“哦！你看到的足以让你开心了——我能够理解。即使在人群中能被认出，也有一种家庭般的乐趣，你是有的。你们自己就有一大群人，也别无所求。”

“可我应该多看看周围。”安妮说，说话时她很清楚事实上她一直四处张望，只是目标没出现。

“不，不——你有更开心的事。你不用告诉我晚上过得很愉快。我从你的眼中看出来了。我完全清楚这段时间是怎么过的——你总能听见动听的声音。在音乐会的间隙中，就会与人交谈。”

安妮勉强笑道：“你从我的眼中看出来的？”

“是的，我看出来了。你的表情清楚地告诉我，昨天晚上你和在你眼中是世界上最可爱的人在一起，这个人此时比世界上所有人加在一起更能引起你的兴趣。”

安妮满脸通红。她什么也说不出来。

“既然如此，”史密斯太太稍停了一会儿，然后说道，“我希望你能相信，我的确懂得如何珍惜你今天上午来看我的情意。你能过来陪我坐坐真是太好了，本来一定有更讨你喜欢的人想和你共度这段时光。”

安妮什么都没听见。她依然对她朋友的洞察力感到惊讶困惑，无法想象关于温特沃斯舰长的消息怎么会传给了她。又是一阵短暂的沉默后——

“请问，”史密斯太太说，“埃利奥特先生知道你认识我吗？他知道我在巴斯吗？”

“埃利奥特先生！”安妮重复道，她惊讶地抬起头。片刻的思考让她看到自己的错误，她立刻明白了。这份安全感让她恢复了勇气，很快又更冷静地说道：“你认识埃利奥特先生？”

“我和他非常熟悉，”史密斯太太严肃地答道，“但现在没什么交情了。我们已经很久没见。”

“我一点也不知道。你从未提起过。我要是知道，本来会很高兴对他说起你。”

"说实话，"史密斯太太装出平常的高兴样子说，"这正是我想让你做的。我希望你对埃利奥特先生说起我。我需要你对他的影响力。他可以给我极大的帮助。我亲爱的埃利奥特小姐，要是你能好心地帮帮我，这件事就能做成。"

"我非常乐意——我希望你不会怀疑我乐意为你效劳，"安妮答道，"可我猜想你认为我对埃利奥特先生有着更大的影响力——比实际情况更有权影响他。我相信你不知为何有了这样的想法。你必须只把我当成埃利奥特先生的亲戚。在那个前提下，如果你认为他的堂妹可以向他提出一些合理要求，请你毫不犹豫地吩咐我。"

史密斯太太敏锐地瞥她一眼，然后笑着说：

"我发现我有些操之过急，很抱歉。我应该等待正式的消息。不过现在，我亲爱的埃利奥特小姐，作为一个老朋友，你能给我点提示，告诉我什么时候开口吗？下个星期？我想下个星期一切当然能够定下来，让我借着埃利奥特先生的好运做点自私的打算。"

"不，"安妮答道，"不是下星期，或下下星期，或再下个星期。我向你保证你想的那件事绝不会在任何星期发生。我不会嫁给埃利奥特先生。我想知道你为何觉得我会呢？"

史密斯太太又看她一眼，认真地看着她，微笑着摇摇头嚷道：

"唉，我真希望我能弄懂你！我真希望能明白你在做什么！我深信，当时机到来时，你不会决意冷酷无情。你知道，不到那一刻，我们女人根本没打算嫁给任何人。对我们女人来说，每个男人当然会被拒绝——直到他求婚。可你为何要无情呢？让我为他求个情吧——我不能把他称作现在的朋友——但他是我以前的朋友。你去哪儿能找到更适合的亲事呢？哪儿才有这么风度翩翩、讨人喜爱的男人？让我来推荐埃利奥特先生吧。我相信你从沃利斯上校那儿听到的全是他的好话，谁又能比沃利斯上校更了解他？”

“我亲爱的史密斯太太，埃利奥特先生的妻子去世才半年多。他不该在此时向任何人求婚。”

“哦！如果你仅为这一点而反对，”史密斯太太狡黠地叫道，“埃利奥特先生就有了把握，我不会再为他担忧。等你结婚后别忘了我，仅此而已。让他知道我是你的朋友，他就不会在乎需要的麻烦，如今他自己有那么多事情和安排，必然会想方设法摆脱这些——也许理当如此。百分之九十九的人都会这样做。当然，他不会知道这对我有多重要。好了，我亲爱的埃利奥特小姐，我希望也相信你会非常幸福。埃利奥特先生先生很有理智，懂得这样一个女人的价值。你的安宁不会像我这样遭到毁灭。你可以放心所有的世事，放心他的品格。他不会被引入歧途；他不会被人引向毁灭。”

“不，”安妮说，“我完全相信我堂兄的这一切。他的性情似乎冷静果断，绝不会受到危险念头的影响。我对他非常尊重。从我观察到的任何事情看来，我没理由不这么想。可我与他相识不久；我想他不是那种很快就能熟知的人。史密斯太太，我这样说起他，还不能让你相信他对我无关紧要吗？这肯定是冷静的想法。我发誓，他对我无足轻重。即使他向我求婚（我没理由认为他想这么做），我也不会接受他。我向你保证我不会的。相信我，埃利奥特先生绝不是你想象的那样，他没有在昨晚的音乐会给我带来任何快乐——不是埃利奥特先生，并不是埃利奥特先生——”

她停住了，脸色绯红，后悔自己暗示了太多，但少了又会不够。若不是觉察出还有另外一个人，史密斯太太几乎无法这么快相信埃利奥特先生的失败。既然如此，她立即接受，仿佛完全没听出弦外之意。安妮急于摆脱进一步的追问，很想知道史密斯太太为何认为她要嫁给埃利奥特先生；她是从哪儿得知了这个想法，或是从谁那儿听说的。

“一定要告诉我，你最初怎么会想到的。”

“我最初想到这一点，”史密斯太太答道，“是因为发现你们经常在一起，因为这很可能是你们两方的所有人都期待的事情。你尽管相信，你所有的熟人都有同样的想法。但直到两天前我才听人说起。”

“真有人会说吗？”

“你昨天来的时候，有没有注意到为你开门的那个女人？”

“没有。那不是平日的斯比德太太，或是女仆吗？我没有特别注意到谁。”

“那是我的朋友鲁克太太——鲁克护士，顺便说一声，她很想见到你，很高兴正好能帮你开门。她星期天刚从马尔伯勒大楼来这儿，正是她告诉我你要嫁给埃利奥特先生了。她是从沃利斯太太那儿听说的，似乎并非不可信。她星期一晚上陪我坐了一个小时，把整件事情原原本本地告诉了我。”

“整件事情，”安妮大笑着重复道，“我想，对于这样一件捕风捉影的小事，她说不出太多经过。”

史密斯太太没有说话。

“可是，”安妮立即又说道，“虽然我要嫁给埃利奥特先生这件事毫无依据，但我还是会非常高兴尽我所能帮你任何忙。需要我告诉他你在巴斯吗？要不要我带个口信？”

“不，谢谢你。不，当然不必。因为一时的激动，在错误的印象下，我也许会努力让你对某些事情感兴趣，但不是现在。不，谢谢你，我没什么要麻烦你了。”

“我想你说过已经认识埃利奥特先生很多年了。”

“是的。”

“我想，不是在他结婚前。”

“不，我最初认识他时他还没有结婚。”

“那么——你们很熟悉吗？”

“非常熟悉。”

“真的！请务必告诉我他那时在做什么。我很好奇埃利奥特先生在很年轻的时候是什么样子。他和现在看起来究竟一样不一样？”

“这三年我没见过埃利奥特先生。”史密斯太太答道，样子严肃得让人无法追问这个话题，安妮觉得她除了更加好奇之外一无所获。两人都一言不发——史密斯太太陷入沉思。最后——

“请原谅，我亲爱的埃利奥特小姐，”她以天生的诚挚口吻叫道，“请原谅我给你的简短回答，可我不确定该怎么做。我在疑惑并思考着应该告诉你什么。有许多事情需要考虑。谁都不想好管闲事，留下坏印象，制造祸害。即使表面上看来和和气气的家庭关系似乎也值得保持，虽然里面并没有持久的东西。但是，我已经下定决心；我想我是对的；我想你应该知道埃利奥特先生的真实品行。虽然我完全相信此时你丝毫不打算嫁给他，但谁也说不清会发生什么。你也许会在什么时候对他产生不同的感觉。那么现在，趁你不带偏见时听听真相吧。埃利奥特先生是个没有心肠、没有良知的人；他诡计多端，谨小慎微，无情无义，只为自己考虑；为了他自己的利益或安适，只要不危及自己的声誉，他什么冷酷无情、背信弃义的事都干得出来。他对别人没有感情。对那些主要由他引向毁灭的人，他能毫不理睬，弃之而去，一点都不愧疚。他完全没有正义感和同情心。哦！他内心黑暗，虚伪又狠毒！”

安妮诧异得惊叫起来。她停顿片刻，更加冷静地继续说道：

“我的表情让你吃惊了。你必须原谅一个受伤的愤怒女人。但我会试着镇定下来。我不想辱骂他。我只想告诉你我发现他是怎样的人。用事实来说话。他是我亲爱的丈夫的密友，我丈夫信任并喜爱他，以为他和自己一样好。这段亲密关系在我们结婚前已经建立；我发现他们极其亲密；我也变得特别喜欢埃利奥特先生，对他倍加赞赏。你知道，在十九岁时人不会很认真地思考；可是埃利奥特先生在我看来和别人一样好，比大多数人更讨人喜欢，我们几乎总是在一起。我们主要住在镇上，日子过得很体面。他当时的境况比较差；他那时很穷；他住在教堂里，竭力维持绅士的形象。他可以随心所欲地住在我们家里；他总会受到欢迎；他就像个兄弟。我可怜的查尔斯，他有世界上最慷慨的好心肠，就算只有最后四分之一便士也愿意分给他；我知道他的钱包对他敞开；我知道他经常资助他。”

“这一定正是埃利奥特先生生活中的那段时期，”安妮说，“总是让我感到特别好奇。这一定是他认识我父亲和姐姐的那段时间。我本人从不认识他；我只听说过他；不过他那时对待我父亲和姐姐的一些行为，他随后的婚姻状况，让我直到现在也无法完全接受。这似乎表明他是另一种人。”

“我全都知道，我全都知道，”史密斯太太叫道，“在我认识他之前，有人介绍他认识了你的父亲和姐姐，从此我就一直听他说起。我知道他受到邀请并得到鼓励，我知道他选择不去。也许，我能让你听到你不曾期待的问题；关于他的婚姻，我当时全都清清楚楚。我私下知道他所有的斟酌与考虑；他向我这个朋友吐露了他的希望和打算；虽然我以前不认识他的妻子（她低下的身份的确使之变得不可能），但我后来得知了她的全部生活，或至少在她生命中最后两年的生活。所以你想提的问题我都能回答。”

“不，”安妮说，“我对她没有特别的问题。我一直知道他们并不是幸福的一对。但我想知道，他为何在生活的那个阶段，竟然如他所为，那么不屑于同我父亲交往。我父亲当然会对他非常客气又十分关心。埃利奥特先生为何要退缩呢？”

“埃利奥特先生，”史密斯太太答道，“在生活的那个阶段，眼前只有一个目标——发财致富，还要以比从事法律更快的方式。他打定主意要通过婚姻实现目标。他至少决心不以轻率的婚姻毁掉此事。我知道他相信（我当然无法判断是否公正），你的父亲和姐姐之所以客客气气一再邀请，是想让家庭继承人和这位年轻小姐结成姻缘，而这门亲事完全无法实现他对财富和独立的追求。我保证那就是他退缩的动机。他什么都告诉我了。他对我毫不隐瞒。真奇怪，我刚从巴斯离开你，结婚后遇见的第一个也是最重要的熟人竟然是你的堂兄。从他那儿我经常听说你的父亲和姐姐。他描述了一个埃利奥特小姐，我却满怀深情地想着另一个。”

“也许，”安妮叫道，她忽然产生了一个想法，“你有时会对埃利奥特先生说起我？”

“那当然，我经常说。我总是夸耀我的安妮·埃利奥特，向他保证你完全不同于——”

她及时收住了口。

“这就解释了埃利奥特先生昨晚说过的一些话，”安妮叫道，“这样就清楚了。我发现他过去常常听人说起我。我不明白是怎么回事。人遇到与己相关的事情时，会怎样想入非非呀！简直必定会出错！不过请原谅，我打断你了。那么埃利奥特先生当时完全是为钱而结婚的？这种情况，也许最早让你看清了他的人品。”

史密斯太太此时犹豫了一会儿。“哦！那些事太常见了。在这个世界上，男人和女人为钱结婚简直司空见惯，谁也不会在意。我当时很年轻，只和年轻人交往，是没有头脑、寻欢作乐、缺乏严格行为准则的一群人。我们只为开心而活。如今我不这样想了；时间、病痛和悲伤给了我别的想法。但在那时，我必须承认，我觉得埃利奥特先生的做法无可指摘。‘尽量为自己打算’成了一项责任。”

“可她不是一个出身很低下的女人吗？”

“是的。我为此反对过，但他毫不在意。钱，他想要的只是钱。她的父亲是个牧场主，她的祖父是个屠夫，那都无所谓。她是个漂亮女人，受过良好的教育，由几位表亲带出来，偶尔碰见埃利奥特先生，并且爱上了他。他这方对她的出身毫不在意，无所顾忌。他处心积虑地弄清了她财产的真实数额，这才定下婚事。请相信，无论埃利奥特先生如今有多在乎他的身份，可是年轻时他满不在乎。他看重得到凯林奇产业的机会，但视家庭荣誉为粪土。我经常听他宣称，如果准男爵的爵位能出售，谁都能花五十英镑买走它，包括族徽和族文，姓氏和号衣；但我不想假装已经重复了他曾说过与此相关的一半想法。这不公平；可是你应该得到证据，所有这些不过是断言，你会有证据的。”

“说实话，我亲爱的史密斯太太，我根本不想要，”安妮叫道，“你说的话和埃利奥特先生几年前的表现没有任何矛盾之处。相反，这全都证明了我们过去听说并且相信的事情。我更好奇的是，他现在怎么会变得如此不同。”

“劳驾你帮个忙，为我拉铃叫一下玛丽——等等，我想还是劳驾你亲自进入我的卧室，把壁橱架上层嵌花的小匣子拿给我。”

安妮见她的朋友郑重地下定了决心，便按照她的想法做了。小匣子拿来了，放在她的面前，史密斯太太打开时叹息着说：

“这里面装满了他的文件，是我丈夫的；当我失去他时，这不过是我需要看的文件中的一小部分。我找的那封信是在我们结婚前埃利奥特先生写给他的，碰巧被留了下来，原因几乎无法想象。不过他和其他男人一样，对这些东西既漫不经心又没有条理；当我检查他的文件时，我发现它和其他更琐碎的东西放在一起，来自四面八方不同的人们，而许多真正重要的书信文件都被毁掉了。在这儿；我不会烧掉它，因为虽然那时对埃利奥特先生极不满意，我还是决定保留过去亲密关系的所有证明。如今我之所以很高兴能拿出这封信，还有另外一个动机。”

就是这封信，写给“滕布里奇韦尔斯的查尔斯·史密斯先生”，从伦敦寄出，日期早在1803年7月。

亲爱的史密斯：

来信收悉。你的好意令我万分感动。我希望大自然造就了更多如你这样的心肠，可我在这世上活了二十三年，还没见过像你这样的好人。此时，相信我，我无需你的帮助，我又有钱了。向我道喜吧：我已经摆脱了沃尔特爵士和小姐。他们回到了凯林奇，几乎让我发誓夏天去看他们，但我第一次去凯林奇会带上个鉴定人，让他告诉我怎样拍卖出最高的价钱。然而，准男爵并非不可能续娶；他已经够愚蠢了。但他真要续娶，倒是会让我安宁些，也许两者比较好处相当。他的身体不如去年。

我姓什么都可以，就是不想姓埃利奥特。我讨厌这个姓。沃尔特这个名字我能去掉，感谢上帝！我希望你永远别再用我的第二个W[1]侮辱我，我的意思是，从今往后，我只是你忠实的，

威廉·埃利奥特

---

① 威廉（William）的首字母是第一个W，可以去掉的沃尔特（Walter）的首字母是第二个W。

安妮读完这封信，岂能不被气得满脸通红。史密斯太太见她脸色不好，便说：

“我知道，信中的言语非常无礼。虽然我忘了确切的措辞，我完全记得大致的意思。但这让你认清了这个人。瞧瞧他对我可怜的丈夫的表白。还有什么能比这更热烈吗？”

安妮发现她的父亲竟被用上了这般话语，一时无法从震惊和屈辱中恢复过来。她只能想着她看这封信违背了道义准则，谁也不该因为这样的证据受到评判，私人信件不应由他人看见，最后她冷静下来，返还了这封让她思绪万千的信，说道：

“谢谢。这无疑是有力的证据，说明了你说过的一切。可是他为何现在与我们结识呢？”

“这我也能解释。”史密斯太太笑着嚷道。

“真的吗？”

“是的。我已经向你展示了埃利奥特先生几年前的样子，我也要让你认识现在的他。我无法再拿出书面说明，但我能给你完全真实的口头证据，关于他现在想要什么，他此时在做什么。他如今绝不是个伪君子。他真心想娶你为妻。他现在对你家庭的殷勤是真心诚意的，完全发自内心。我要给你我的证人：他的朋友沃利斯上校。”

“沃利斯上校！你也认识他吗？”

“不，我并非通过那么直接的线索得知的，拐了一两个弯，但这无关紧要。这和一手消息同样可靠，转述时的那点废话很容易排除。埃利奥特先生毫无保留地告诉了沃利斯上校他对你的看法——这位沃利斯上校本人据说是个理智谨慎、有洞察力的人，我也认为是这样；然而沃利斯上校有个漂亮而愚蠢的妻子，他告诉她一些本不该告诉的事，他把一切都说给她听了。她因为正在康复，精力旺盛，又全部说给护士听；护士知道我和你相识，自然又全都告诉了我。在星期一晚上，我的好朋友鲁克太太就这样让我得知了马尔伯勒大楼的不少秘密。所以在我说到整个来龙去脉时，你看我并不是你想象的那样夸张渲染。”

“我亲爱的史密斯太太，你的信息并不充分。这样不行。埃利奥特先生对我的任何看法丝毫不能解释他与我父亲和好的努力。那都是在我来巴斯前。我到的时候就发现他们非常友好。”

“我知道你发现他们友好。我完全清楚，可是——”

“说实话，史密斯太太，我们绝不能期待从这样的线索中得到真正的消息。通过多人之口传下来的事实或观点，因为一个人的愚笨和另一个人的无知而被曲解，几乎留不下多少事实。”

“请听我说下去。很快你就能判断这话究竟是否可信，你会听到一些你自己能够反驳或证实的详细情况。谁也不认为你是他的第一个诱惑。他的确在来到巴斯前见过你，对你很爱慕，但不知道是你。至少给我传话的人是这么说的。这是真的吗？他有没有在夏天或秋天见过你，‘在西面的某个地方’，那是他的原话，但不知道就是你？”

“的确如此。这些是真的。在莱姆。我碰巧在莱姆。”

“很好，”史密斯太太得意洋洋地继续说道，“既然第一点是成立的，说明我的朋友还算可靠。他当时在莱姆见到了你，非常喜欢你，因此在卡姆登再次遇见你，得知你是安妮·埃利奥特小姐时欣喜若狂。我毫不怀疑从那一刻起，他的拜访就有了双重动机。不过还有另一个更早的动机，我现在来解释。如果在我的讲述中出现虚假或不太可能的事情，请打断我。我要说的是，你姐姐的朋友，我听你说过如今和你们同住的那位女士，她早在九月（总之在他们自己先过来时）就同埃利奥特小姐和沃尔特爵士来到巴斯，此后一直住在那儿。她是个头脑聪明、喜爱奉承、长相不错的女人，没有财产又花言巧语，总而言之凭她的处境与态度，总的来说给沃尔特爵士的熟人一个大致印象，觉得她想当埃利奥特夫人。因为埃利奥特小姐显然对危险视而不见，也令大家感到惊奇。”

史密斯太太在此停顿了一下；可是安妮无话可说，她继续说道：

“在你回家前，了解你家庭的人就有了这个想法；沃利斯上校一直关注你的父亲，觉察到这个问题，虽然他那时还没去卡姆登拜访。不过他对埃利奥特先生的情谊让他饶有兴致地关注着事情的发展，当埃利奥特先生在圣诞前夕来巴斯待一两天时，沃利斯上校让他得知了这些情况，这些传言开始引起他的重视——现在你必须明白，时间已经从本质上改变了埃利奥特先生对准男爵爵位价值的看法。在有关血统和关系的所有问题上，他如今判若两人。他长久以来有足够的钱财供他挥霍，在贪婪和放纵上随心所欲，他慢慢学会把他的幸福寄托在将要继承的爵位上。我想他在我们断交前已经有了想法，如今这个想法更是根深蒂固。他无法忍受不能成为威廉爵士的设想。因此你可以猜测，他从他朋友那儿听到的消息不太令人愉快，你也许能猜到带来的结果。他决定尽快回到巴斯，在这儿住一段时间，打算恢复从前的关系，恢复他在这个家中的地位，以便确认危险的程度，如果发现重大危险，就得挫败这位夫人。两位朋友共同认为这是唯一要做的事，沃利斯上校将尽他所能在各个方面加以协助。他将被引荐，沃利斯太太也要被引荐，每个人都要被引荐。于是埃利奥特先生回来了，你知道，在他的请求下得到原谅，被重新接纳为家庭成员。当时他有个坚定的目标，他唯一的目标（直至你的到来增加了另一个动机），观察沃尔特爵士和克莱太太。他抓住一切机会和他们在一起，硬是夹在他们中间，随时都来拜访——但这个问题我不必细说。你能想象一个诡计多端的男人会做什么；在此番引导下，你也许能想起他做过的事情。”

“是的，”安妮说，“你告诉我的事，全都符合我所了解或能想象的情况。耍诡计的细节总会令人生厌，那些自私狡诈的小动作总是令人作呕，但我没听到任何真正令我吃惊的消息。我知道有人听了对埃利奥特先生的这番描述会大吃一惊，感到难以置信，但我从未觉得信服。我一直想得到他外在行为背后的其他动机——我想知道他现在的看法，关于他担心的那件事可能性有多大；他是否认为危险在减少。”

“正在减少，据我所知，”史密斯太太答道，“他认为克莱太太害怕他，知道他看透了她，不敢像他没来时那样轻举妄动。不过既然他迟早都得离开，要是她继续着现在的影响力，我不知道他怎么能够感到安全。沃利斯太太有个可笑的想法，护士告诉我，当你和埃利奥特先生结婚时，要在结婚条约里加上一条：你的父亲不能同克莱太太结婚。人人都说这个计划只有沃利斯太太能想得出来，但我明智的鲁克护士看出了其中的荒谬——‘哎呀，说真的，太太，’她说，‘这无法阻止他娶任何别的人。’的确，说实话，我认为鲁克护士在心里并不强烈反对沃尔特爵士续娶。你知道她当然会赞成结婚；（既然会夹杂自身感情）谁敢说她没有一些如意算盘，想通过沃利斯太太的推荐照顾下一位埃利奥特夫人呢。”

“我很高兴得知这一切，”安妮思考片刻后说，“在某些方面，同他交往会使我更痛苦，但我会知道该做些什么。我的行为将更加直截了当。埃利奥特先生显然是个处心积虑、虚伪做作、老于世故的人，他除了自私以外，从来没有任何更好的行为准则。”

然而埃利奥特先生的事还没说完。史密斯太太被带离了最初的方向，安妮为自己的家庭考虑，忘记了史密斯太太最初暗示的不满。不过现在安妮专心听着对开始那些想法的解释，她听着史密斯太太的详细叙述，这些话即使不能完全证明史密斯太太的满心怨恨，也能证明他在行为上对她冷酷无情，既缺乏公正，又没有同情心。

安妮得知（在埃利奥特先生结婚后，他们的亲密关系没受到影响）他们还像从前那样形影不离，埃利奥特先生怂恿他的朋友不顾财力胡乱花钱。史密斯太太不想责备自己，也极不情愿将任何过错归结于她的丈夫；不过安妮可以看出他们的收入从来满足不了他们的生活派头，从一开始他们就总是一起挥霍无度。从他妻子的叙述中，安妮发现史密斯先生是个待人热情、脾气随和、大大咧咧的人，与埃利奥特先生截然不同——受他指引，也许被他鄙视。埃利奥特先生结婚后发了大财，便在不陷入麻烦的前提下纵情满足自己的享乐与虚荣（因为他虽然放荡不羁，却变得谨慎起来）。他开始变得有钱，正如他的朋友应该发现自己已经贫困潦倒，但他似乎毫不在意他朋友可能的经济困境，相反还一味唆使他拼命花钱，这只会让他倾家荡产；于是史密斯夫妇破产了。

那位丈夫死得及时，可以免于得知真相。他们之前就陷入过困窘，不得已只好考验朋友们的友谊，事实证明最好别考验埃利奥特先生。然而直到他死后，人们才得知他的家境破败到何等地步。史密斯先生更多出于感情而非理智，相信埃利奥特先生会敬重他，便指定他作为遗嘱执行人；然而埃利奥特先生不肯做，这个拒绝给她带来无尽的麻烦和苦恼，而且此番境遇必定让她受尽折磨，所以她说起来不可能不感到痛苦万分，听者也不可能不感到义愤填膺。

安妮看到几封与此事有关的信件，对史密斯太太迫切请求的答复，全都斩钉截铁地表示不愿陷入徒劳无益的麻烦。在冰冷的客套下，同样无情地漠视着将会给她造成的所有不幸。这是忘恩负义、毫无人性的可怕写照；安妮有时觉得，这比任何公开的滔天罪行更加可恶。安妮听了很多；过去悲惨遭遇的所有细节，对无尽烦恼的详细叙述，这在以往的谈话中只会稍作暗示，如今自然事无巨细一一道来。安妮完全理解这种莫大的宽慰，只是对她朋友平常的冷静态度更觉惊讶。

在她倾诉的苦难经历中，有一件事令她特别恼火。她有充分的理由相信她丈夫在西印度群岛有一份财产，多年来一直被扣押着，以抵偿其自身带来的债务，也许能通过合理手段重新获得。虽然这份财产不算多，但足以使她变得有钱一些。可是没有人去操办。埃利奥特先生什么也不肯做，她本人什么都做不了，想雇别人帮忙又没有钱。她甚至没有能为她出谋划策的亲戚，也请不起律师。她本来就经济拮据，这更是雪上加霜。想着她应该有更好的境遇，只需适当的一点麻烦便能做到，又担心再拖延下去会削弱她索要财产的权利，这令她无法忍受！

正是因为这一点，她希望安妮能在埃利奥特先生面前为她斡旋。起先，想到他们要结婚，她很担心因此失去她的朋友；后来她确信他不会帮她的忙，因为他甚至不知道她在巴斯，便立即想到要是他心爱的女人能为她施加些影响，也许帮得上忙。她了解埃利奥特先生的性格，便匆忙打算在允许的范围内激起安妮的情意。然而安妮否认她会订婚，这就改变了全部的情形。她对最让她焦虑的事情刚刚产生成功的希望，不过在希望破灭的同时，她至少能以自己的方式讲述整件事情，从中得到安慰。

听说了对埃利奥特先生的详尽描述后，安妮不禁对史密斯太太在谈话最初为他说了那么多好话表示惊讶。“她似乎在推荐并赞扬他！”

“我亲爱的，”史密斯太太答道，“我没有别的办法。我以为你必然会嫁给他，虽然他也许尚未求婚，因此我不能说出他的真相，就像他已经是你的丈夫一样。当我谈起幸福时，我的心在为你流血；然而他很有理智、讨人喜欢，同你这样的女人在一起，并非毫无希望。他对他的第一个妻子冷酷无情。他们在一起很不幸。不过她极其无知轻浮，不值得敬重，而且他从未爱过她。我宁可期望你一定会过得更好。”

安妮只得在心里承认她本来有可能在劝说下嫁给他，想到随之而来的痛苦，她不寒而栗。她完全有可能被拉塞尔夫人说服！假如出现这种情况，当时间揭露了一切，却又为时过晚，岂不是更可悲吗？

最好别让拉塞尔夫人再受欺骗了。她们花大半个早晨进行的重要谈话得出的一个结论是，与史密斯太太有关，涉及埃利奥特先生所作所为的每一件事，安妮尽可以告诉她的朋友。

第十章

安妮回到家，细细思忖她听到的一切。在某一点上，她为了解了埃利奥特先生感到释然。对他再也没有温情可言。他和温特沃斯舰长作对，一副令人讨厌、冒失无礼的样子；他昨晚不怀好意的大献殷勤，他也许已经造成的无法挽救的祸害，这些她都无所保留、毫不困惑地思考着——对他不会再有怜悯。但这是她唯一感到宽慰的一点。

在其他的每个方面，她环顾四周或展望未来，看到了更多让人疑惑或令人担忧的情况。她担心拉塞尔夫人会感到失望和痛苦；害怕她的父亲和姐姐将饱尝屈辱，同时为她能预见许多不幸，却完全不知该如何避免而苦恼不已——她非常庆幸能认清他的为人。她从未想过因为没有冷落像史密斯太太这样的朋友，她会因此得到报答，而她的确为此得到了报答！——史密斯太太给她的消息，谁都无从得知。她能否把这些告诉她的家人呢？但这只是徒然无益的想法。她必须和拉塞尔夫人谈一谈，告知情况，与她商讨，在做出最大努力后，尽可能冷静地等待事情的发生。毕竟，她最需要冷静的一面还无法开诚布公地说给拉塞尔夫人听，在那一点上，所有的焦虑和担忧她只能独自承受。

回家后，她发现正如自己所愿，她躲开了埃利奥特先生。他早晨登门拜访，待了很久。她刚要庆幸自己安全了，就听说他晚上还会再来。

“我一点也不想请他来，”伊丽莎白装作漫不经心的样子说，“可他给了那么多暗示，至少克莱太太是这么说的。”

“是的，我的确说了。我这辈子从没见谁这么尽心竭力地想得到邀请。可怜的人儿！我真为他难过。安妮小姐，你狠心的姐姐还真是铁石心肠。”

“哦！”伊丽莎白叫道，“我实在太习惯这一套了，不会因为一个男人的暗示就立刻不知所措。不过，当我发现他因为上午没能和我父亲见面而懊恼时，我马上就让了步，因为我绝不愿错过让他和沃尔特爵士在一起的机会。他们在一起看上去多么和谐，举止都那样令人愉悦。埃利奥特先生真是恭恭敬敬。”

“真让人高兴！”克莱太太嚷道，但她不敢看着安妮，“真像一对父子！亲爱的埃利奥特小姐，难道我不能说是父子吗？”

“哦！我从不阻碍任何人说话。你愿这样想就这样想吧！不过说实话，我几乎觉察不到他比别的男人更殷勤。”

“我亲爱的埃利奥特小姐！”克莱太太叫道，她举起手抬起眼，用适宜的沉默掩饰了她所有的惊讶。

“好吧，我亲爱的佩内洛普，你无须为他如此惊慌。你知道我的确邀请了他。我是笑着送他离开的。得知他明天真的要去索恩伯里宅园的朋友那儿待上一整天时，我很同情他。”

安妮佩服这位朋友的演技，她竟能表现得这么高兴，明知此人的来访必然会妨碍她的首要目标。毫无疑问，克莱太太肯定讨厌见到埃利奥特先生，可她却能装出最热情、最镇定的样子，似乎对只能在沃尔特爵士身上花一半的时间感到很满意。

至于安妮本人，她看见埃利奥特先生走进屋子时非常难过，在他过来同她说话时痛苦不已。她以前就常常觉得他不会始终真心诚意，而现在她从一切中看到了虚伪。他对她父亲的殷勤恭顺，对比他从前说过的话，真是令人作呕；想到他曾经对史密斯太太的残忍行径，看着他此时满脸笑意又举止温柔，听着他矫揉造作的温存言语，她几乎无法忍受。她有意不要忽然改变态度，免得惹他抱怨。对她来说，避开一切询问或恭维是件要紧事，不过她打算既表现出明确的冷淡，又能符合他们之间的关系。她曾在诱导下，逐渐进入了毫无必要的亲密关系，如今要尽量不动声色地退出来。因此，她比前一天晚上更谨慎，也更冷漠。

他想再次激起她的好奇心，关于他曾经怎样或是在哪儿听到别人夸赞她，很想从她的再次恳求中得到快乐，然而魔法失灵了：他发现想让他谦逊的堂妹变得自负，公共场合的热烈氛围必不可少。他至少发觉此时无论怎样贸然努力都无济于事，因为还有别人在等着他去大献殷勤。他万万没想到他此时的做法对他极为不利，让安妮立即想到他最不可饶恕的那些行径。

安妮颇为满意地发现他第二天真要离开巴斯，一早动身，接下来的两天几乎都不在。他再次得到卡姆登的邀请，让他返回当晚来拜访，不过从星期四到星期六晚上的这段时间他肯定不会来。有个克莱太太总在她面前已经够糟糕了，竟然又来了个更虚伪的人，似乎摧毁了一切安宁与舒适。想到他对她父亲和伊丽莎白的一再欺骗，再想想等待着他们的各种屈辱，这真让人羞耻！克莱太太的自私不像他的所为那么复杂或令人厌恶；安妮宁愿立即同意她与自己的父亲结婚，虽说有很多坏处，但至少能打消埃利奥特先生对此处心积虑的阻拦。

安妮准备星期五一早去见拉塞尔夫人，和她进行必要的沟通。她本想早餐后立刻出发，不过克莱太太也要出去，帮她的姐姐做点事情，于是她决定等一会儿，以免与她同行。她见克莱太太走远了，于是说起上午要去里弗斯街。

“很好，”伊丽莎白说，“就代我问个好吧。哦！你可以把她非要借给我的那本无聊的书还回去，假装我已经看完了。我真的不能永远以那些新出版的诗歌和关于国家的书本折磨我自己。拉塞尔夫人总是用她的那些新书惹人心烦。你不必告诉她，但我觉得她那天晚上穿得真难看。我曾以为她对衣着有些品位，可我在音乐厅时真替她感到羞愧。她的神情那么拘谨做作！还坐得那么笔挺！当然，代我给她最亲切的问候。”

“还有我的，”沃尔特爵士说，“最友好的问候。你可以说，我打算不久去拜访她。捎句客气话，但我只打算留个名片。对她这个年纪的女人，早晨拜访从来都不合适，因为她们极少化妆。她只要化了妆就不会害怕被人看见了；不过上次我去看她时，我发现她马上放下了窗帘。”

当她父亲说话时，有人在敲门。会是谁呢？安妮记得埃利奥特先生以前说过随时会来拜访，本以为是他，可他正在七英里外见朋友呢。在一阵平常的悬念后，听见了寻常的脚步声，“查尔斯·马斯格罗夫夫妇”被领进了屋子。

他们的出现令众人大为惊讶，不过安妮真心高兴见到他们；其他人虽说遗憾，却还能装出一副欢迎的样子；可一旦弄清了他们的至亲虽然来到这里，却丝毫没打算在这儿住下时，沃尔特爵士和伊丽莎白便能更加热情地好好招待他们了。他们和马斯格罗夫夫妇一起来巴斯逗留几天，住在怀特·哈特旅馆。这些很快就明白了，但直到沃尔特爵士和伊丽莎白带着玛丽走进另一间客厅，喜滋滋地听着她的赞叹时，安妮才从查尔斯那儿得知他们怎么会来，听他解释了他们的特别任务，因为玛丽刚才故意笑着卖了个关子。她还弄清了这一行有哪些人，玛丽的话显然令人困惑。

于是安妮得知除了他们两人以外，还有马斯格罗夫太太、亨丽埃塔和哈维尔舰长。查尔斯简单明了地为她解释了情况，她发现整件事很有他们平常的特点。因为哈维尔舰长想来巴斯办点事情，他们便有了最初的念头。他一个星期前就说起此事；查尔斯因为狩猎季已经结束，想有点事做，便提出和他一起去。哈维尔太太为她的丈夫考虑，似乎觉得这个想法非常好；可是玛丽受不了被留下，为此闷闷不乐。接下来的一两天事情似乎悬而未决，或是已经结束。不过查尔斯的父母又提起这个话题。她的母亲在巴斯有些老朋友，她想见见他们；这也是让亨丽埃塔为她本人和她妹妹置办结婚礼服的好机会；简而言之，最后由他的母亲领着一行人，并且处处让哈维尔舰长感到轻松舒适；他和玛丽也被包括进来，为了让大伙儿更方便。他们昨天很晚到达。哈维尔太太和她的孩子们，以及本威克舰长、马斯格罗夫先生和路易莎都留在厄泼克劳斯。

唯一让安妮感到惊讶的是，事情已经进展到这一步，开始谈论亨丽埃塔的结婚礼服了。她原以为他们缺少财产，肯定无法很快结婚。但她从查尔斯那儿得知，不久前，（在她收到玛丽的上一封信后），查尔斯·海特的一个朋友让他替一位年轻人代行牧师职务，此人许多年内都不大可能接任此职。凭着他目前的收入，而且他几乎肯定能在这项不稳定的工作远未结束前，就得到一份更稳定的职位，于是两家人同意了这对年轻人的心愿，他们的婚礼也许几个月后就要举行，几乎和路易莎一样快。“很不错的职位，”查尔斯又说道，“只是离厄泼克劳斯有二十五英里，在一个非常美丽的村庄——多塞特郡一个很美的地方。在王国的一些最好的狩猎区中央，周围有三大业主，各个都比其他两人更谨慎，更尽心看护；查尔斯·海特也许至少能得到三人中两个人的特别推荐。倒不是说他会对这种机会足够珍惜，”他说，“查尔斯对打猎没什么兴趣。那是他最糟糕的一点。”

“我真的非常高兴，”安妮叫道，“特别高兴能发生这样的事情。这两个姐妹应该同样幸福，她们向来亲密无间，一个人的未来不该让另一个人黯然失色——她们应该都富足安适。我希望你的父亲母亲为两人都感到高兴。”

“哦！是的。要是两位先生更富裕些，我的父亲会非常高兴，但他对别的方面无可挑剔。钱，你知道，他得拿出钱来——同时嫁出两个女儿——这件事做起来不可能令人非常愉快，会让他在很多方面陷入窘境。不过，我不是想说她们没权利要钱。她们当然应该得到女儿的份额，我也相信他一直是个慈爱慷慨的父亲。玛丽很不喜欢亨丽埃塔的对象。你知道她向来如此。但她对他不公平，也没有认真考虑温斯洛普。我没法让她明白这份财产的价值。就目前的情况看来，这是一门非常般配的亲事，而且我一直喜欢查尔斯·海特，现在绝不会改变。”

“像马斯格罗夫夫妇这样慈爱的父母，”安妮大声说道，“会为自己孩子的婚事感到幸福。我相信他们会尽力让他们幸福。年轻人有这样的父母是多么幸运！你的父母似乎完全不在乎那些勃勃野心，那导致了多少错误行为，带来了多少痛苦啊，不管对年轻人还是对老年人。我希望路易莎已经完全恢复了吧?”

他犹豫着答道：“是的，我相信是这样——恢复得差不多了；可是她变了；再也不跑跑跳跳，不会大笑，也不再跳舞了；和以前大不一样。谁要是不小心把门关得重了些，她会吓一大跳，像只受惊的小鸟那样瑟瑟发抖；本威克整天坐在她身旁，给她念诗，和她窃窃私语。”

安妮忍不住笑起来。“我知道那不可能合你的心意，”她说，“但我的确相信他是个出色的年轻人。”

“他当然是。谁也不会怀疑；希望你不会以为我那么狭隘，想让每个人都和我有同样的爱好和乐趣。我很看重本威克，要是有谁能让他说话，他会滔滔不绝。他读书没有坏处，因为他既读书又打仗。他是个勇敢的人。星期一，我对他的了解加深了很多。我们整个上午都在我父亲的大谷仓里逮老鼠；他干得特别棒，从此我就更喜欢他了。”

这时他们的谈话被打断，查尔斯必须跟着其他人一起去欣赏镜子和瓷器。不过安妮已经听到足够关于厄波克劳斯的情况，为那儿的幸福感到高兴。虽然她在高兴时发出了一声叹息，可她的叹息绝不是因为恶意的妒忌。如果可以，她当然也想得到她们的那种幸福，但她并不想减少她们的幸福。

总的来说，这次拜访非常愉快。玛丽兴高采烈，感受着欢乐的气氛与生活的变化。她乘坐婆婆的四轮大马车进行了这段旅程，又完全不依赖卡姆登，对此感到心满意足。她心情好得能让她恰到好处地欣赏每一件物品，在听着详细介绍时，欣然说出房子的各种优点。她对她的父亲姐姐没有要求，而她的重要性也因为他们漂亮的客厅得到了适当的提升。

伊丽莎白有一阵子感到很苦恼。她觉得马斯格罗夫夫妇和一行人理应受到邀请，来家里吃饭；可是家里改了派头，减少了佣人，请人吃饭必然会露馅，让比凯林奇的埃利奥特家地位低很多的人看到这些，她对此无法忍受。这是一场体面与自负的较量；不过自负占了上风，伊丽莎白又高兴起来。这是她在心里对自己的劝说——“老套的想法——乡下的好客——我们没宣布要请客吃饭——在巴斯很少有人这么做——艾丽西亚夫人从不这样做；甚至不邀请她亲姐妹的家人，虽然他们已经来了一个月。而且我敢说这会对马斯格罗夫太太很不方便——让她很不自在。我肯定她宁愿不来——她和我们一起不会轻松。我会请他们哪天晚上一起过来，那样好得多——既新奇又有趣。他们以前从未见过两间这样的客厅。他们明天晚上会很高兴过来。这将是一场正规的聚会——规模小，但特别优雅。”伊丽莎白对此很满意：在场的两位得到了邀请，并保证其他人也会来，玛丽感到满意极了。她被特别要求与埃利奥特先生见面，还要被介绍给达尔林普尔夫人和卡特雷特小姐，幸运的是她们两人已经打算过来；简直没有比这更热情的款待了。埃利奥特小姐早晨将赏光去拜访马斯格罗夫太太；安妮和查尔斯、玛丽一同离开，直接看望她和亨丽埃塔。

她想陪拉塞尔夫人坐坐的想法必须为现在的事情让步。三人一起去里弗斯街待了几分钟。不过安妮相信，把想和她谈的事情推迟一天没什么大不了，于是快步前往怀特·哈特，再看看秋天时的朋友和同伴们。她对他们情深意切，这是在经历许多事情后结下的情谊。

他们在屋里见到马斯格罗夫太太和她的女儿，她们独自待着，安妮得到了两人最亲切的欢迎。亨丽埃塔因为最近有了喜事，心情大好，这让她对曾经喜欢过的任何人都充满好感与兴趣；马斯格罗夫太太则因为她在困难时给予的帮助而真心喜爱她。可怜的安妮在家中得不到如此真心诚意又热情洋溢的喜爱，这让她感到更加愉快。她们请求她多多过来，请她每天都来，整天待在这儿，甚至把她当作家庭成员；而她自然而然像往常一样给她们关心和帮助，在查尔斯离开后，听马斯格罗夫太太讲讲路易莎的事情，又听亨丽埃塔说说自己的情况，谈谈她自己对市场行情的看法，为她们推荐一些商店。谈话间她不时给玛丽想要的帮助，从更换缎带到帮她算账，从帮她找钥匙和整理她的小饰品，到努力让她相信谁也没有亏待她。玛丽虽然总的来说心情不错，但她站在窗边俯瞰矿泉厅入口时，却忍不住会胡思乱想。

接下来将是一个非常混乱的上午。一大群人住进旅馆，必然会带来快速变幻、难以预测的情境。前五分钟来了张便条，接着又有个包裹；安妮过来还没半个小时，他们宽敞的餐厅似乎已经坐了一大半人：一群忠实的老朋友围坐在马斯格罗夫太太身旁，查尔斯带回了哈维尔舰长和温特沃斯舰长。后者的出现只引起了片刻的惊讶。她不可能感觉不到，这些共同朋友的到来，一定会让他们很快再相见。他们上次见面时他打开了心扉，这一点至关重要；她从中得到了令人愉快的信念；但从他的神情看来，她担心使他快速离开音乐厅的不幸念头，依然控制着他。他似乎不想走近，与她交谈。

她试着冷静下来，一切顺其自然，并努力多想想合情合理的观点：“当然，如果双方都能忠贞不渝，不久后我们一定能心灵相通。我们不是小孩子了，不会吹毛求疵、急躁易怒，也不会被一时的疏忽误导，恣意玩弄着我们自己的幸福。”可是过了几分钟后，她又觉得他们在此时的情形下待在一起，只会引起极为有害的怠慢和误会。

“安妮，”玛丽还站在窗边，大声叫道，“那是克莱太太，我肯定。她站在柱廊下，旁边有个先生。我看见他们刚刚从巴斯街转过来。他们似乎在热烈交谈着。那是谁？过来，告诉我。天啊！我想起来了——是埃利奥特先生本人。”

“不，”安妮立即叫道，“不可能是埃利奥特先生，我向你保证。他今天早上九点离开了巴斯，明天才会回来。”

当她说话时，她感到温特沃斯舰长正看着她，这让她觉得恼火又尴尬。她后悔说得太多，尽管话很简单。

玛丽讨厌别人竟以为她不认识自己的堂兄，便非常激动地说起了家族特点，更加肯定那就是埃利奥特先生，再次叫安妮过来自己看看。可是安妮不想动，她试着冷静下来，显出漠不关心的样子。然而她觉察到两三位女士会心的微笑与眼神，仿佛她们相信自己深知其中的奥秘，她又窘迫起来。显然关于她的话语已经传开，接着是短暂的沉默，似乎表明现在会传得更远。

“赶紧过来，安妮，”玛丽叫道，“过来自己看看。你再不快点就会太晚了。他们正要分开，他们在握手。他正在转身离开。不认识埃利奥特先生，这可能吗！你好像把莱姆全忘记了。”

为了安抚玛丽，或许是掩饰自己的尴尬，安妮的确悄悄走到窗前。她刚好来得及确认这果然是埃利奥特先生（此前她根本不相信），随后他从一边消失，克莱太太快步走向另一边。这两个利益完全相反的人看似在进行友好的商谈，安妮岂能不感到惊讶。她克制了情绪，冷静地说：“是的，这是埃利奥特先生，毫无疑问。我想他改变了出发的时间，仅此而已——或者我弄错了，我没听清。”便快步走回她的椅子，镇定下来，希望自己表现得还不错。

客人们告辞了。查尔斯客客气气地送他们离开，接着向他们做了个鬼脸，责怪他们不该来，然后说道：

“好了，母亲，我为你做了一件你会喜欢的事。我去了剧院，订了明晚的包厢。我这个儿子不错吧？我知道你喜欢看戏，包厢的大小容得下我们所有人。能坐九个人呢。我和温特沃斯舰长约好了。我相信安妮不会不愿意和我们一起去。我们都喜欢看戏。我做得不错吧，母亲？”

马斯格罗夫太太刚刚愉快地表示她非常愿意去看戏，只要亨丽埃塔和其他人都喜欢，这时玛丽急忙打断了她，大声嚷道：

“天啊，查尔斯！你怎么能想出这样的事情？订个明晚的包厢！你忘记我们约好明晚去卡姆登了？而且特别让我们去见见达尔林普尔夫人和她的女儿，还有埃利奥特先生——以及家中所有的主要亲戚——特意让我们去结识他们。你怎能这么健忘？”

“得了！得了！”查尔斯答道，“一个晚会算得了什么？根本不值一提。我认为你父亲真想见我们的话，应该请我们去吃饭。你想怎么做就怎么做，但我要去看戏。”

“哦！查尔斯，你要是这样做就太可恶了，你已经答应了要去。”

“不，我没有答应。我只是笑了笑又鞠了个躬，说了声‘很高兴’。没答应什么。”

“可你一定得去，查尔斯。如果不去就是不可原谅。他们特意要为我们介绍。达尔林普尔家和我们家之间向来关系特别密切。任何一方有事都会立即通报。你知道我们是近亲；还有埃利奥特先生，你尤其应当和他结识！对埃利奥特先生怎么关注都不为过。想想吧，我父亲的继承人——家族的未来代表。”

“别跟我谈什么继承人和代表，”查尔斯叫道，“我不是那种无视一家之主，去向未来接替者低头的人。要是我不愿意为你的父亲去，却为了他的继承人而去，那简直可耻。埃利奥特先生跟我有什么关系？”

这满不在乎的话语让安妮振奋起来，她发现温特沃斯舰长正聚精会神、全心全意地边看边听，最后几句话让他把探究的目光从查尔斯移到了她的身上。

查尔斯和玛丽还在以同样的方式说着话。他半是认真半是取笑，坚决要去看戏；而她始终很认真，激动不已地反对着，同时不忘让别人知道，虽然她本人坚决要去卡姆登，如果他们撇开她去看戏，她会觉得自己很受亏待。马斯格罗夫太太插进来说：

“我们最好往后推推吧。查尔斯，你最好回去把包厢换成星期二。要是分开就太遗憾了，而且安妮小姐也来不了，如果她父亲那儿有个晚会。我相信要是安妮小姐不能和我们在一起，我和亨丽埃塔一点也不想看戏。”

安妮真心感谢她的这番好意，也同样感谢她给自己一个明确表态的机会：

“如果只是根据我的意愿，太太，家里的晚会（除为了玛丽之外）丝毫算不上阻碍。我根本不喜欢这种聚会，会非常乐意换成看戏，和你们一起去。不过，也许最好还是别这么做。”

她说出了这些话，但说话时她在颤抖，知道有人在听她说话，甚至不敢试着观察她的话产生的效果。

很快大家都同意定在星期二。只有查尔斯保留着继续戏弄他妻子的权利，坚称即使别人都不去，他明天还是要去看戏。

温特沃斯舰长离开座位走到壁炉旁，也许是为了随后从那儿走开，不动声色地在安妮身边坐下。

“你来巴斯的时间不长，”他说，“还不能欣赏这儿的晚会。”

“哦！不。晚会通常的特色对我毫无吸引力。我不打牌。”

“我知道你以前不打牌。你以前不喜欢打牌，但时间会带来许多改变。”

“可我没有什么改变。”安妮叫道，她停下来，唯恐不知会造成怎样的误解。过了一会儿，他说——似乎是有感而发：“真是恍若隔世！八年半就这样过去了。”

他是否想继续说下去，这个问题留给安妮在平静时尽情地想象。她正在听他说话时，却被亨丽埃塔说出的其他话题吓了一跳。亨丽埃塔急于趁着现在的空闲到外面去，叫她的同伴们不要耽搁，以免有人进来。

他们只得动身。安妮说着准备好了，并极力看上去如此。但她觉得要是亨丽埃塔知道她离开椅子，准备走出屋子时内心的遗憾与勉强，她应该可以发现，这正是安妮能够确认温特沃斯舰长对她感情的时刻。以亨丽埃塔对安妮的喜爱，她一定会同情安妮。

然而，他们的准备工作戛然而止，听见令人惊恐的声音，又有客人来了。门被推开，埃利奥特爵士和埃利奥特小姐走了进来，他们的进入似乎让大家都打了个寒颤。安妮立即感到压抑，她环顾四周，看到同样的情景。屋里的舒适、自由与欢乐全都消失，取而代之的是冷淡的平静、执意的沉默或乏味的交谈，只因面对着她冷酷优雅的父亲和姐姐。感受到这样的情形，真是令人羞愧！

安妮防备的目光对某一点感到满意。两人再次向温特沃斯舰长打招呼，伊丽莎白比上回更加礼貌。她甚至和他说了话，还不止一次看着他。实际上，伊丽莎白在盘算着一项重大措施。随后的情况解释了一切。她花几分钟时间适当寒暄了几句，接着便发出邀请，包括马斯格罗夫家庭的所有成员。“明天晚上，和几位朋友聚一聚：不算正式的晚会。”话都说得很得体，伊丽莎白将已经准备好，写着“埃利奥特小姐恭请”的请帖摆在桌上，向所有人礼貌地微笑致意，有一个微笑和一张请帖是特别送给温特沃斯舰长的。事实上，伊丽莎白已经在巴斯待了很久，知道如他这般相貌风度的人有着怎样的重要性。过去无关紧要。现在的情况是，温特沃斯舰长能够在她的客厅里体面地走来走去。这张请帖被特意递给了他，沃尔特爵士和伊丽莎白起身离开了。

这段打扰虽然很严重，但时间很短。当大门将两人关在外面后，大多数人恢复了轻松愉快的心情，可是安妮除外。她只能想着自己怀着无比惊讶的心情见到的那份请帖，以及它是怎样被接受的。接受的方式让人有些捉摸不定，与其说感激，不如说惊讶；与其说是接受，不如说是礼貌的示意。她了解他；她从他的眼中看到了不屑，不敢贸然相信他已经决定接受这样的邀请，作为对过去所有侮慢的补偿。她的心情低落下来。他们走后，他将卡片拿在手里，仿佛在认真考虑此事。

“想想吧，伊丽莎白邀请了每一个人！”玛丽大声耳语道，“我毫不怀疑温特沃斯舰长很高兴！你瞧他拿着请帖都不肯放下。”

安妮迎上他的目光，见他满脸通红，嘴角浮现一丝鄙夷的神情，便转过身去，不想看见或听到更多惹她烦恼的事。

一群人分开了。先生们各自忙活，女士们继续做自己的事情，安妮在那儿时他们没再碰见。大家热切地请她回来吃饭，这一天剩下的时间都和他们一起度过，然而她此时已经筋疲力尽，感觉什么也做不了，只适合待在家里，也许那样就能尽情地沉默不语了。

安妮答应第二天整个上午都来陪他们，于是吃力地走回卡姆登，结束了目前的疲惫。晚上的时间她主要听着伊丽莎白和克莱太太为第二天晚会的忙碌安排，不停列举受邀的宾客，对于怎样布置屋子不断改进的细节，仿佛要办成一场全巴斯最优雅的晚会。与此同时，她一刻不停地询问自己温特沃斯舰长究竟会不会来？她们认为他肯定来，然而这个问题却让她倍受折磨，想平静五分钟都做不到。总的来说她认为他会来，因为她大致觉得他应该来。然而她不能将此视为出于责任或审慎的积极举动，因为这必然会违背与之对立的情感。

安妮从这激动不安的沉思中清醒过来，只告诉克莱太太有人看见她和埃利奥特先生在一起，那时他本该离开巴斯三个小时了。她等着这位太太本人提起这次会面，却一无所获，便决定自己说出来；似乎克莱太太在听到时，脸上掠过了一丝愧疚的神情。这个表情转瞬即逝，刹那间就消失了。不过安妮能从这个神情中，想象着也许是因为双方共谋，或是他的专横跋扈，她只得因为对沃尔特爵士的企图被他训斥告诫（也许长达半个小时）。可她以装得若无其事的语气大声说道：

“哦！天啊！真是这样。想想吧，埃利奥特小姐，我非常吃惊地在巴斯街遇见了埃利奥特先生。我从没那么惊讶过。他转身和我一起走到了矿泉庭院。他有事没能出发去索恩伯里，但我真的忘了什么事情——因为我当时匆匆忙忙，没法认真听，我只能保证他绝不会耽搁回程。他想知道明天什么时候能来。他满心都是‘明天’，显然我也是这样。自从进了屋子，我得知安排更加复杂，还有发生的所有事情，否则我不会把见到他的事忘得这么一干二净。”

第十一章

安妮和史密斯太太的谈话刚过了一天，就有了让她更感兴趣的事情。如今她对埃利奥特先生的行为几乎毫不在意，除了对某个方面的影响之外。到了第二天早上，她自然而然又推迟了去里弗斯街说明情况的拜访。她答应过马斯格罗夫一家，从早餐到晚饭这段时间都陪他们一起。她信守了承诺，于是埃利奥特先生的人品就像山鲁佐德王后①的脑袋一样，还能再保全一天。

可是安妮没能准时赴约。天气不好，下起雨来。她既为她的朋友担忧，自己也忧心忡忡，最后终于能走过去了。到达怀特·哈特并找到那间寓所后，她发现自己既不算准时，也不是第一个到达。在她面前有几个人，马斯格罗夫太太正和克罗夫特太太说着话，哈维尔舰长在同温特沃斯舰长交谈。安妮马上听说玛丽和亨丽埃塔等得不耐烦，雨一停就出发了，但很快会回来，并一再叮嘱马斯格罗夫太太让安妮等着她们。她只得接受，坐了下来，表面上很平静，内心却顿时感到激动不安，她原以为上午快结束时才会稍稍品尝这番滋味。没有拖延，没有浪费任何时间。她立即陷入如此痛苦的幸福之中，或是如此幸福的痛苦之中。她进屋两分钟后，温特沃斯舰长说：

---

① 在《一千零一夜》中为国王讲故事，最终成为王后的人。

“哈维尔，我们可以写之前谈到的那封信了。现在，请给我纸笔。”

纸笔就在手边，在另一张桌上。他走过去，几乎背对着所有人，接着全神贯注地写起信来。

马斯格罗夫太太正在为克罗夫特太太讲述她大女儿的订婚，声音不大不小，既可以假装在窃窃私语，又能让所有人听得一清二楚。安妮并不想听，可是哈维尔舰长似乎心事重重也无心说话，她难免听到了许多令人心烦的细节，比如“马斯格罗夫先生和我的妹夫海特怎样一次次地见面商谈；我的妹夫海特有一天说了什么话，马斯格罗夫先生第二天又提了哪些建议，我的妹夫海特有些什么想法，年轻人又有什么心愿，哪些事情我一开始绝不肯同意，后来听人劝说觉得也不错”，还有许多这样推心置腹的交谈——这些细枝末节，即使说得极其文雅得体，也只能让主要人物有些兴趣，可是好心的马斯格罗夫太太既无品位，也不文雅。克罗夫特太太听得津津有味，但凡开口，说出的话都很理智。安妮希望先生们各忙自己的事情，别听见这些话。

“于是，太太，考虑到这一切，”马斯格罗夫太太高声耳语道，“虽然我们可以希望情况有所不同，但总的来说，我们觉得再拖延下去也不好，因为查尔斯·海特快要急疯了，亨丽埃塔也差不多。所以我们认为他们最好马上结婚，尽量好好过日子，就像之前很多人的做法一样。无论如何，我说，这比长期订婚好得多。”

“那正是我想说的，”克罗夫特太太叫道，“我宁愿让年轻人凭着一小笔收入马上结婚，共同克服一些困难，也不要陷入漫长的婚约。我总认为没有相互的——”

“哦！亲爱的克罗夫特太太，”马斯格罗夫太太没等她说话，便嚷道，“我最讨厌让年轻人长期订婚。我总反对让我的孩子这样做。我过去常说，要是年轻人能确定在六个月，甚至十二个月内结婚，那是很好；可是长期的婚约！”

“是的，亲爱的太太，”克罗夫特太太说，“还有不确定的婚约，或者可能拖延很久的婚约。如果一开始不知道在某个时候能否有财产结婚，我觉得这很不稳妥，也很不明智，我认为所有的父母都应该尽力阻止。”

安妮不经意对此有了兴趣。她发觉这话和自己有关，感到一阵紧张的颤栗。与此同时，她的目光本能地瞥向远处的桌子，温特沃斯舰长的笔不再移动，他抬起头，停下来听着，随即转身瞥了一眼——迅疾而会心地瞥她一眼。

两位女士继续说着，一再强调那些公认的真理，用她们见到的相反事例加以佐证，说明背道而驰的不良结果，可是安妮什么也听不清。她的耳中嗡嗡作响，她的脑子乱成一团。

哈维尔舰长实际上什么也没听见，此时离开座位来到窗前。安妮似乎在看着他，虽然这完全是因为心不在焉，她逐渐意识到他在邀请自己去他那儿。他带着笑意望着她，微微点了点头，意思是“到我这儿来，我有话对你说”。他的神情朴实自然，轻松友好，像个熟识已久的老朋友，令人无法拒绝。安妮振作起来向他走去。他身旁的那扇窗户和两个女士站着的窗户位于屋子的两端，离温特沃斯舰长更近一些，但不是很近。她走过去后，哈维尔舰长的脸上又恢复了那种严肃沉思的表情，似乎他生性如此。

“瞧这儿，”他说着打开手中的包裹，展示了一幅小型画像，“你知道那是谁吗？”

“当然，是本威克舰长。”

“对，你也许能猜出这是给谁的。不过，”（语气低沉），“这并非为她而作。埃利奥特小姐，你记得我们一起在莱姆散步，为他伤心的情景吗？我当时根本没想到——但这不重要了。这是在好望角画的。他在好望角遇见一位聪明的年轻德国画家，因为对我那可怜妹妹的承诺，便坐在那儿请他画了一幅像，正要带回来给她。现在我得负责把它装裱好送给另外一个人！委托给我来做！可是还能找谁呢？我希望我能原谅他。说真的，我并不遗憾把这件事交给别人做。他答应了——（望着温特沃斯舰长），他正为此写信呢。”他颤抖着嘴唇最后又说了一句，“可怜的范尼！她可不会这么快忘记他！”

“是的，”安妮动情地低声答道，“那一点我很容易相信。”

“这不是她的本性。她太爱他了。”

“对于任何一个真心相爱的女人，这都不是本性。”

哈维尔舰长笑了，仿佛在说：“你认为女人都是这样吗？”她也笑了，答道：“是的。我们当然不会像你们忘记我们那样，很快地忘记你们。也许，这是我们的命运，而非我们的优点。我们无法自拔。我们待在家里，安安静静，与世隔绝，饱受感情的折磨。你们必须努力辛劳。你们总有职业，有追求，忙于这样或那样的事务，能立即带你们重回世界，不断的忙碌和变化很快就削弱了那些印象。”

“假如你认为世事让男人迅速变化的断言是正确的（但我并

不想承认），这也不适合本威克。他并不需要努力辛劳。就在那个时候，和平让他上了岸，他就和我们生活在一起，从此生活在我们家庭的小圈子里。”

“是的，”安妮说，“非常正确，我没想到这一点。可我们现在该说什么呢，哈维尔舰长？如果变化并非外界环境引起，肯定源自内心；这一定是本性，男人的本性，帮助本威克舰长做到了这一点。”

“不，不，这不是男人的本性。朝三暮四，忘记他们正在爱着，或是曾经爱过的人，我不愿承认这更是男人的本性，而非女人的本性。我认为恰恰相反。我相信身体与精神状态的一致性；因为我们的身体更强壮，所以我们的感情更热烈；能够承受最困难的考验，也能经历狂风暴雨。”

“你们的感情也许更热烈，”安妮答道，“然而同样的一致性能让我断定，我们的感情更温柔。男人比女人更强壮，但并非寿命更长，这正说明了我对他们感情本质的看法。不，如果不是这样，对你们就太苛刻了。你们要同太多艰难困苦和危险做斗争，你们总在辛苦劳作，历经千难万险。你们离开家庭、祖国和朋友。时间、健康或生命都不能说是你们自己的。这实在会太过苛刻，”（声音颤抖着），“要是除了所有这些，还要加上和女人一样的感情。”

“我们对这个问题永远达不成一致。”哈维尔舰长正要说话，一阵轻微的响声使他们注意到屋子里温特沃斯舰长待着的地方，那儿本来一直静悄悄的。这不过是因为他的笔掉下来了，可是安妮发现他比自己想象的更近些，不禁吃了一惊，有些怀疑他是因为听得太用心而把笔弄掉了，在此之前她以为他根本听不见。

“你写完信了吗？”哈维尔舰长说。

“没写完，还有几行。我五分钟就能完成。”

“我一点也不着急。只要你准备好，我就准备好了——我正在理想的锚地，”（向安妮微笑着），“补给充足，什么都不缺——根本不着急等待信号——那么，埃利奥特小姐，”（压低声音），“正如我所说，我想，在这个问题上我们永远无法达成一致。也许，没有哪个男人女人能够达成一致。但请听我说，所有的历史记载都对你们不利——所有的故事、散文和诗歌。要是我有本威克的记忆力，我能马上举出五十个例子来证明我的观点，而且我这辈子只要打开书本，里面总会说到女人的朝三暮四。那些歌词和谚语，都说女人反复无常。但你也许会说，这些都是男人写的。”

“也许我会这么说——是的，是的，请不要引用书中的例子。男人具备种种有利条件来讲述自己的故事。他们接受的教育比女人高得多；笔握在他们的手中。我不认为书本能证明任何事。”

“可我们怎么来证明任何事呢？”

“我们永远无法证明。我们永远无法期待在这个问题上证明任何事情。我们的观点不同，所以无法证明。也许我们从一开始，就对和自己同性别的人有些偏心。基于那样的偏心，我们找出各自小圈子里能证明自己想法的例子。很多的例子（也许正是最能打动我们的那些）只要提起，必然会泄露一些秘密，或是在某种意义上说出一些不该说的话。”

“啊！”哈维尔舰长无比感慨地叫道，“要是我能让你理解，当一个男人朝自己的妻子和孩子看上最后一眼，望着带他们离开的那艘小船，直到它从视线中消失，然后转身说：‘上帝才知道我们何时能够再相见!’此时他是多么痛苦啊。如果我能让你明白，当真的再次见到他们时，他的心里有多激动。也许他离开了一年返回后，不得不停泊在另一个港口，他盘算着多久才能把他们带过来，假装欺骗自己说：‘他们不到某一天就来不了。’但始终期待他们能提前十二个小时到达，最后看见他们提前很多小时到达，仿佛上帝为他们插上了翅膀，他是怎样欣喜若狂呀！如果我能向你解释所有这些，以及男人为了他生命中最宝贵的人能够承受什么，并以此为荣，那该有多好！你知道，我说的都是有心肠的男人!”他激动不已地按住自己的心。

“哦!”安妮急切地叫道，“我希望我能公正地对待你所有的感情，以及像你这样的人经历的感情。我绝不会低估任何同胞热烈忠贞的情感！要是我胆敢认为只有女人才会忠贞不渝，那我活该受人鄙视。不，我相信你们能在婚姻中做出任何高尚美好的事情。我相信你们同样能够全力以赴，为家人宽容隐忍，只要——如果我可以这么说——只要你们有一个目标。我的意思是，只要你们深爱的女人活着，并且为你们而活。我认为我们女人的长处在于（这并不令人羡慕，你无须渴求），即使我们的爱人不在人世，或是失去希望，我们依然会爱得地久天长。”

一时间她再也说不出话来；她百感交集，几乎无法呼吸。

“你真是太好了，”哈维尔舰长叫道，亲热地把手搭在她的胳膊上，“我无法与你争执——当我想起本威克，我就无话可说。”

他们的注意力被吸引到别人身上——克罗夫特太太要走了。

“那么，弗雷德里克，我想我们要分开了，”她说，“我要回家了，你和你的朋友还有事——今晚我们也许都能愉快地在你家的晚会上再次见面，”（转向安妮），“我们昨天收到你姐姐的请帖，我知道弗雷德里克也有一张请帖，但我没看见——弗雷德里克，你是不是和我们一样有空过去?”

温特沃斯舰长在急急忙忙地折起一封信，不是顾不上，就是不愿意好好回答。

“是的，”他说，“的确如此。我们就此分手，不过我和哈维尔很快会追上你；也就是说，哈维尔，要是你准备好了，我半分钟就行。我知道你不会不想离开。我只要半分钟就能陪你一起走。”

克罗夫特太太走了，温特沃斯舰长迅速封好信，的确准备好了，甚至一副仓促不安的神情，似乎迫不及待地想要离开。安妮不知该如何理解。哈维尔舰非常亲切地对她说了声：“再见，上帝保佑你!”可他却一言不发，甚至没有看她一眼！他目不斜视地离开了屋子!

不过，她刚有时间走近他之前写字的桌子，就听到返回的脚步声；门打开了，是他本人。他向众人道歉，说他忘了手套，接着立即穿过屋子走到写字桌。他从凌乱的纸堆下抽出一封信，放在安妮面前，以热切恳求的目光注视着她，然后匆忙拿上手套，再次离开屋子。马斯格罗夫太太甚至没注意他进来了——一切都在瞬间发生!

这一瞬间在安妮心中引起的变化，几乎无法言喻。信封上的收件人简直认不清，写给“安·埃小姐——”，显然是他刚才匆忙折起的那封信。虽然别人以为他只是在给本威克舰长写信，实际上他也在给她写信！信中的内容决定了她的全部命运。什么都有可能，比起悬念，一切都能承受。马斯格罗夫太太在自己的写字桌旁无所事事，安妮相信这能给她足够的保护。她坐进他刚刚坐着的椅子里，正好趴在他刚才伏着写信的地方，目光急不可耐地扫过这些文字：

我再也无法默默倾听。我必须以我力所能及的方式对你说话。你穿透了我的灵魂。我半是痛苦，半怀希望。不要告诉我太晚了，如此珍贵的感情已经一去不复返。八年半以前，你几乎令我心碎。如今我再次向你求婚，怀着一颗更加忠诚于你的心。绝不要说男人比女人更快忘却，他的爱情更早消逝。我只爱过你。我也许不公正，也许意志薄弱、心怀怨恨，但从未用情不专。只有你才让我来到巴斯。我的考虑和安排只是为了你——你难道看不出来？你会不明白我的心意吗？——要是我早些懂得你的感受，我甚至连这十天也不愿等待，因为我想你一定已经明白我的心。我几乎无法落笔。我时刻听见让我为之折服的话。你压低了声音，但即使别人听不见，我也能辨出那个声音说出的话语——多么温柔善良、出类拔萃的人儿！你对我们评价公正，的确如此。你果然相信在男人当中也有真心爱慕和忠贞不渝。请相信最炙热、最执着的爱情属于

弗．温．

我必须离开，因为命运未卜，但我会尽快回到这儿，或是跟你们一起走。一句话，一个眼神，足以决定我是走进你父亲的屋子，还是永不再来。

读了这样一封信，不可能很快恢复。半小时的独处与思考也许能让她平静下来，然而刚过十分钟，她就被打断了，因为她处境下的种种制约，她无法变得镇定。每时每刻反而让她更加激动不安。这是无与伦比的幸福。她无比激动的第一个阶段还没过去，查尔斯、玛丽和亨丽埃塔都走了进来。

她必须倾尽全力，才能装出若无其事的样子，可是过了一会儿，她就再也做不到了。她开始听不进他们说的任何话语，只得推脱身体不适，想独自待着。他们当时能看出她的脸色很不好——感到震惊又关切——但无论如何不能把她单独留下。真是太糟糕了！要是他们愿意离开，留她安安静静地独自待在屋里，就能让她恢复。可是他们全都围住她站着或等着，令她心烦意乱。她无可奈何，便说她想回家。

“务必如此，亲爱的，”马斯格罗夫太太叫道，“直接回家，好好休息，也许还能参加晚会。我希望莎拉能在这儿帮你看病，可我本人一窍不通。查尔斯，摇铃要顶轿子。绝不能让她走路。”

但无论如何不能坐轿子。那将会糟糕透顶！让她错过安安静静地独自走到镇上，向温特沃斯舰长说出那两个字的机会（她几乎确定能遇见他），这无法容忍。她强烈反对要轿子，而马斯格罗夫太太只想着一种病痛，便有些焦虑地安慰她自己，这次并没有摔跤；安妮最近从未摔倒过，头部没到重击；她完全确信安妮没有摔过跤。于是她高高兴兴地和安妮告别，相信晚上能见到她有所好转。

安妮唯恐会有疏忽，便挣扎着说道：

“太太，恐怕你还没完全明白我的意思。请告诉其他几位先生，我们晚上希望见到你们所有人。我担心有些误会，希望你特别告知哈维尔舰长和温特沃斯舰长，我们希望见到他们两位。”

“哦！我亲爱的，这很清楚，我向你保证。哈维尔舰长一心想去。”

“你这么想吗？可我很担心，要是他们不去，我会非常遗憾。你能答应我，在你见到他们时提起此事吗？我敢说你今天上午能见到他们两人。一定要答应我。”

“我当然会，如果你希望如此。查尔斯，要是你在哪儿见到哈维尔舰长，记得转告安妮小姐的话。不过说真的，我亲爱的，你不必感到不安。哈维尔舰长肯定会去，我能保证；我敢说温特沃斯舰长也一样。”

安妮只能到此为止，可是她的心里预感会发生什么不幸，给她完美的幸福泼上一盆冷水。然而，这个想法并不持久。即使他本人没有来到卡姆登，她也能通过哈维尔舰长给他捎一句明确的话。

转眼又有了一件烦心事。善良的查尔斯因为对她的关心，想陪她回家，什么也拦不住他。这简直是残忍。可她不能长时间地不懂感恩，因为他本来约好了去猎枪店，却为她放弃，想要帮助她。她同他一起出发，看上去只有感激之情。

他们走到联盟街，这时背后传来一阵急促的脚步声，一种熟悉的声音，让她能对温特沃斯舰长的出现有所准备。他和他们一起走着，但仿佛不确定应该同行还是超越过去，便沉默不语——只是看着他们。安妮能勉强接受这样的目光，却并不反感。刚才苍白的面孔此时容光焕发，刚刚迟疑的脚步现在坚定起来。他走在她的身旁。不久，查尔斯忽然起了个念头，说道：

“温特沃斯舰长，你走哪条路？只是去盖伊街，还是继续走到镇上？”

“我不清楚。”温特沃斯舰长有些惊讶地答道。

“你会走到贝尔蒙特吗？你会不会走到卡姆登附近？因为如果是，我会毫不犹豫地请你代我扶着安妮小姐，把她送到她父亲那儿去。她今天早上很疲惫，绝不能没人陪伴走那么长的路，而我得去那个家伙的店里。他答应让我看看他打算寄出的一支顶级猎枪；说他不到最后一刻不会包起来，能让我看一看。要是我现在不转回去，我就没机会了。根据他的描述，很像我的那支双管二号枪，你那天在温斯洛普附近打猎用的那支。”

不可能得到反对。在别人眼中，只有最得体的欣然接受，最礼貌的答应顺从；虽然克制了笑意，然而内心却是欣喜若狂，如痴如醉。半分钟后，查尔斯再次回到联盟街的尽头，另外两人一同往前走着：很快他们便交换意见，决定朝相对安静冷清的砾石路那里走。在那儿，他们的交谈会将此刻变成真正的幸福时分，让他们在回忆未来生活的幸福快乐时，对此永志不忘。在那儿，他们再次交换了曾经似乎能保证一切的感情与承诺，可随之而来的却是多年的分离与疏远。在那儿，他们又回到了过去，也许不同于他们最初的想象，更是为他们的重逢而满心欢喜。他们了解了彼此的性情、真心与爱慕，只觉得更加温柔、更加忠贞、更为坚定。他们更能表达真情，也更有理由互诉衷肠。他们缓缓往上走着，全然无视身边的所有人，既看不见闲逛的政客、忙碌的管家、调情的女孩，也看不到保姆和孩子们。他们尽情地回忆确认，尤其是直接带来此时此刻的各种解释，这些经历无比痛楚，却又其乐无穷。他们回顾了上周所有的细微变化，谈到昨天和今天，简直说也说不完。

她没有看错他。对埃利奥特先生的嫉妒成了他的绊脚石，令他困惑，给他折磨。他回到巴斯，第一次遇见她时便感到了嫉妒；停歇一小段时间后，再次燃起的嫉妒心毁掉了那场音乐会；在过去的二十四小时里，这影响了他说过和没说的所有话，做过和没做的所有事。她的神情、话语和行为偶尔会给他鼓励，让他产生更大的希望；最后，当她同哈维尔舰长说话时，他听到了那些柔情和语气，这彻底征服了他的嫉妒心。他抑制不住内心的激动，便抓起一张纸，倾诉了他的情感。

他写下的所有内容，句句是真情，全都是实话。他始终只爱过她一个人。她从未被谁取代过。他甚至相信自己从没见过能与她相比的人。事实上他只得承认——他的忠诚是无意识的，不，是并非有意为之；他打算忘记她，并且相信已经做到了。他以为自己毫不在意，其实只因为愤怒；他对她的优点很不公正，因为他为此受了折磨。如今她的性情在他心中完美无缺，介于坚毅和温柔之间最可爱的状态；然而他必须承认只是在厄波克劳斯时他才学着对她公正，只在莱姆他才开始了解自己。

在莱姆，他不止得到一个教训。埃利奥特先生不经意的爱慕至少激起了他的感情，而发生在码头和哈维尔舰长家的事情明确了她的出色。

关于他后来想追求路易莎·马斯格罗夫的尝试（因为愤怒的骄傲），他声称从未觉得有可能；他从不喜欢，也不可能喜欢路易莎；但直到那一天，直到他后来有时间思考，他才理解了让路易莎无法比拟、完美卓越的那颗心灵，知道这颗心已经完全占据了他的心。在那儿，他学会认清坚持原则和固执己见、鲁莽冒失和沉着冷静之间的区别。在那儿，他看见他已经失去的那位女子令他心生敬意的各个方面。他哀叹自己的骄傲、自己的愚蠢、自己疯狂的怨恨，这让他在重新遇见她时，没能努力再次得到她。

从那时起，他陷入了深深的悔恨。路易莎发生事故后，他刚刚结束了最初几天的恐惧和悔恨，刚刚感觉得到重生，又开始发现自己虽然活了过来，但失去了自由。

"我发现，"他说，"我在哈维尔眼中成了已有婚约的人！哈维尔和他妻子毫不怀疑我们之间的相互爱恋。我感到无比震惊。某种程度上，我能立刻加以反驳；但我开始想到别人也许有着同样的感觉——她自己的家人，不，也许她自己，我不再自由。如果她愿意，我在道义上就属于她。是我过于轻率。我之前没有认真考虑过这个问题。我没有想到，我过分的亲近一定会引起很多严重的后果；我也无权试探能否爱上这两个女孩中的哪一个，即使没有别的恶果，也可能会引起流言蜚语。我已经大错特错，必须自食其果。"

简而言之，他发现自己陷入困境，但为时已晚。正当他满意地发现自己根本不爱路易莎时，他必须让自己对她负责，假如她对他的感情与哈维尔夫妇的想法一致。这让他下定决心离开莱姆，在别处等待她彻底康复。他乐意以任何正当的方式，削弱可能和他有关的感觉与猜测。于是他去了他哥哥家，打算过一段时间回到凯林奇，再见机行事。

“我在爱德华家住了六个星期，”他说，“看到他很幸福。我已经不会再有快乐。我不配得到快乐。他特别问候了你，甚至问你的样子是否改变了，完全没想到在我的眼里，你永远不会改变。”

安妮笑了，未置一词。这话固然有错，但实在令人愉悦，不忍指出。这能让一个女人在她二十八岁那年，相信自己丝毫没有失去年轻时的魅力。然而对比他从前说过的话，这番溢美之辞让安妮感到无与伦比的价值，认为这是他恢复了热烈感情的结果，而非原因。

他留在什罗普郡，为自己的盲目骄傲以及自私的打算带来的错误而悔恨，直到听见路易莎和本威克订婚这令人吃惊却让人幸福的消息，这使他立即得到了自由。

“这样，”他说，“就结束了我最糟糕的状态，因为现在我至少能够追求幸福了。我会竭尽全力，我可以做些什么。然而就这样无能为力地等了那么久，而且只能等待坏消息，真是可怕。在最初的五分钟里我说道：‘我星期三就去巴斯。’于是我来了。难道认为我值得过来，带着一些希望来到这里，是不可饶恕的想法吗？你尚且独身。你也许还保留了一些过去的情意，就像我一样；我碰巧又得到了一个鼓励。我从不怀疑你会被别人爱慕和追求，但我能确定你至少拒绝了一个男人，比我的条件更好。我不禁常常会想：‘这是为了我吗？’”

他们在米尔萨姆街的第一次见面有很多话可谈，不过在音乐会上更多。那个晚上似乎充满了奇妙的时刻。她在八角亭走上前来和他说话：埃利奥特先生出现并把她拉走，还有接下来的一两个时刻，令他再次燃起希望或是感到更加沮丧，他们谈得兴致勃勃。

“看到你，”他叫道，“置身于那些不可能祝福我的人中间；看见你的堂兄就在身边，与你微笑交谈，并惊恐地感到你们多么合适，多么般配！想到这几乎是每个希望影响你的人明确的愿望！即使你本人不情不愿或无动于衷，可想想他会得到多么有力的支持！难道这还不足以把我变得像个傻瓜吗？我怎么能够袖手旁观而不感到痛苦呢？当看到坐在你身后的你的朋友，想到曾经发生的事情，明白她对你的影响，回忆曾经的劝导带来的结果，那些难以忘却、不可磨灭的印象——难道一切不都是对我不利吗？”

“你应该有所区分，”安妮答道，“你现在不该怀疑我；情况大不相同，我的年龄也不同了。如果我曾经错误地接受劝导，记住这样的劝导是为了安全，而非冒险。当我屈服时，我认为那是出于责任，但这儿并不存在责任。要是和一个对我毫不在乎的男人结婚，会带来很多危险，违背所有的责任。”

“也许我应该这么想，”他答道，“但我做不到。我不能从我最近对你性格的了解中得到任何好处。我不能使它发挥作用；它被曾经的感情压倒、埋藏和淹没了，我因为那些感情年复一年地痛苦着。我只能想到你是那个曾经屈服并放弃我的人，你愿意受到任何人的影响，却不愿被我影响。我看到你正和领着你进入许多年痛苦的人在一起。我没理由相信她现在的影响力变小了——还要加上习惯的影响。”

“我原以为，”安妮说，“我对你本人的态度也许让你消除了很多或是全部的担忧。”

“不，不！你的态度也许只是和别的男人订婚带来的轻松。我带着这样的信念离开了你，可是——我打定主意再见见你。早晨时我又振作起来，觉得我还有留在这儿的动力。”

最后安妮又回到家中，屋里的任何人都想象不出她有多幸福。所有的惊讶与悬念，早晨的一切痛苦都随着这次谈话烟消云散，她再次进屋时幸福不已，只得在片刻间夹杂一丝担忧，觉得最终不可能做到。在这种极致的幸福中，一阵严肃又感激的思考最能矫正所有的危险想法。她回到房间时，更加坚定无畏地感恩她的快乐。

夜晚来临，客厅灯火通明，人们相聚一堂。这只是个打牌的晚会，不过是一些从未谋面，或是见面太多的人混在一起——寻常的活动，人数多得无法亲密，又少得变不了花样；可是安妮从未觉得有哪场晚会过得这么快。她因为满心幸福而容光焕发、妩媚动人，备受赞赏的程度超乎她的想象，她对身边的每个人都充满喜悦和宽容的感情。埃利奥特先生也来了；她避开了他，但还能同情他。对于沃利斯夫妇，她能愉快地结识他们。达尔林普尔夫人和卡特雷特小姐——她们很快就会是她不令人讨厌的表亲了。她不在乎克莱太太，也不为她父亲和姐姐在公共场合的任何举止感到脸红。和马斯格罗夫一家在一起时，他们自由自在地开心交谈；同哈维尔舰长，像是兄妹之间的诚恳交流；她试着和拉塞尔夫人说话，却因为一种微妙的心思说得很短；与克罗夫特上将和夫人在一起时，她异常热情，极其关切，又因为同样的心思而加以掩饰——和温特沃斯舰长不时会交流一番，一直想要更多，始终知道他就在那里。

在某一次简短的交流中，两人装作专心致志地欣赏着一盆漂亮的温室植物，她说：

“我一直在思考过去，试着公正地评价对与错，我是指关于我自己；我必须相信我是对的，虽然我因此承受了很多痛苦，我受到一个朋友的指引是完全正确的，你将来会对她比现在喜爱得多。对于我，她就像父母一样。但不要误会我。我不是说她的建议没有错。也许，在这种情况下，建议的对错取决于情形的发展。就我本人而言，我当然永远不会在任何相似的情况下，给出这样的建议。但我的意思是，我听从她的话是对的，要是我没这么做，我也许会因为继续了婚约，而比放弃婚约更加痛苦，因为我会受到良心的折磨。如今，在人类感情允许的范围内，我觉得自己无可指摘。如果我没有弄错，强烈的责任感对女人而言绝不是坏事。”

他看着她，看看拉塞尔夫人，接着又看了看她，似乎在冷静思考后答道：

“我还没原谅她。不过我期待最终能原谅她。我相信很快就能谅解她。但我也在思考过去，有一个问题是，是否存在甚至比那位夫人更大的敌人？是我本人。告诉我，在 1808 年我回到英格兰，带着几千英镑，被分派在拉科尼亚号上，如果我当时给你写信，你会回信吗？你是否愿意，简而言之，在那时恢复与我的婚约呢？”

“我会不会！”她只说了这么多，然而语气足够坚定。

“天哪！”他叫道，“你愿意！并非我没有想到，或不再希望，因为这比别的所有成功更加重要；可是我很骄傲，骄傲得不愿再次询问。我不理解你。我闭上眼睛，不愿理解你或对你公正。想起这件事，我谁都可以原谅，就是不能原谅我自己。本来可以免受六年的分离与痛苦。这对我而言，也是一种新的痛苦。我已经习惯于得意地相信我自己挣得了我享受的一切幸福。我因为光荣的劳作和公正的回报而珍惜我自己。就像在逆境中的大人物那样，”他笑着又说道，“我必须努力让自己接受命运的安排。我必须学会懂得，我比自己应得的更加幸福。”

第十二章

谁会怀疑接下来将发生什么呢？当任何两个年轻人一心想要结婚时，他们一定会坚定不移地实现目标，即使他们贫穷、轻率，几乎不可能最终给对方带来幸福。这也许是反面的道理，但我相信事实如此。如果这样的人都能成功，那么一个温特沃斯舰长和一个安妮·埃利奥特，他们有着成熟的思想、清晰的是非观，还有一份独立财产，怎么可能无法冲破所有的障碍呢？其实，他们也许能冲破更多的障碍，因为虽然少了些礼貌与热情，但他们没遇见什么麻烦——沃尔特爵士没有反对，伊丽莎白只是一脸冷淡、漠不关心。温特沃斯舰长拥有两万五千英镑，还有凭着功劳与战绩赢得的职位，绝不再是无名小卒。如今人们觉得他完全有资格向一位准男爵的女儿求婚。这位准男爵愚蠢挥霍、没有原则、缺少理智，无法维持上帝赐予他的境遇。虽说他理应给他的女儿一万英镑，如今只能给她其中的一小部分。

说实话，虽然沃尔特爵士不喜欢安妮，这件事也没有满足他的虚荣心，没让他真心为此感到高兴，但他绝不认为这门亲事和她不相配。相反，他和温特沃斯舰长见面更多了，白天不断见到他，对他仔细端详，不禁对他的相貌大为喜爱，觉得他仪表堂堂，简直能与她高贵的身份相得益彰。除这些以外，他还有个十分响亮的名字[1]，这让沃尔特爵士最终提起笔，欣然在那卷光荣簿上添加了这桩婚事。

在反对的人当中，只有拉塞尔夫人的感觉会引起真正的担忧。安妮知道，拉塞尔夫人得知她了解并放弃了埃利奥特先生，一定会感到痛苦，她一定在努力真正了解并公正对待温特沃斯舰长。不过这正是拉塞尔夫人现在必须做的事情。她因为两人的外表而受到蒙骗；因为温特沃斯舰长的举止不符合她自己的心意，便过于匆忙地怀疑这表明了一种危险的轻率个性；因为埃利奥特先生的行为完全满足她对得体文雅的要求，总是彬彬有礼、和气殷勤，她又轻易地将此视为富有见识、教养有素的某种结果。对拉塞尔夫人来说，她只得承认自己几乎完全错了，并接受一套新观点和新希望。

有的人思维敏捷、善识人品，有天生的洞察力，简而言之，即使再有经验的人也无法企及。在这一方面，拉塞尔夫人可比不上她的年轻朋友。但她是个非常善良的女人，如果她的第二目标是变得理智并明辨是非，那么她的第一目标是看着安妮幸福地生活。她喜爱安妮胜过喜爱自己的天资。当最初的尴尬过去后，她便像一位母亲那样，毫无困难地喜爱上这个男人，因为他肯定会给自己的另一个孩子带来幸福。

在全家人中，玛丽也许是最快为此事感到心满意足的人。有个

---

① 温特沃斯舰长的英文名为 Wentworth。沃尔特爵士觉得这个名字可能让人联想到由查尔斯一世（1600—1649）加封的斯特拉福德的温特沃斯伯爵家族，所以很响亮。其实在沃尔特爵士时期，这个家族已经消亡。奥斯汀可能以 went（离开） + worth（值得）传递了她的想法。

姐妹结婚总是件光彩事，她也能夸耀自己为这门亲事做了不少贡献，因为她秋天时把安妮留在了家里。因为她自己的姐妹必然要胜过她丈夫的姐妹，所以温特沃斯舰长比本威克舰长和查尔斯·海特都更有钱，这也让她非常愉快——也许当他们再次见面时，看着安妮恢复了优先权[①]，成了一辆精致小马车[②]的女主人，她会有点难过。但她有未来可期，这是她的莫大安慰。安妮没有厄泼克劳斯这样的产业可继承，没有地产，没有家庭名号。只要他们能不让温特沃斯舰长成为准男爵，她就不愿和安妮调换位置。

若是那位大姐也能同样满意自己的境遇，那就好了，因为她的情况不大会有改变。很快她就屈辱地看着埃利奥特先生退出，带走了那份无中生有的希望。从此再也没有条件合适的男人来到她的面前，唤起那份希望。

堂妹安妮订婚的消息让埃利奥特先生大为震惊。这打乱了他美妙的家庭幸福计划；女婿的身份本来能够让他时刻警惕，最有希望让沃尔特爵士保持单身。不过，虽然他受了挫折、沮丧失望，但他依然能为自己的利益和自己的享乐做些什么。不久他离开了巴斯，克莱太太很快也走了。接着便听说她在他伦敦的房子里住了下来，显而易见，他玩了一场双面的把戏，至少，坚决不让他的继承权被一个狡猾的女人毁掉[③]。

---

① 安妮在结婚后，恢复了她作为玛丽姐姐的优先权。

② 英文为“landaulette”，能乘坐两个人的轻便小马车，可以打开顶棚观光透气。安妮嫁给了平民温特沃斯，没有成为世袭产业的女主人。

③ 英文为“save himself from being cut out by one artful woman, at least”，是双关语。第一层意思是不让有心计的克莱太太同沃尔特爵士结婚，将来可能生下儿子并剥夺他的继承权；第二层意思是不因为聪明的安妮看穿他的计谋而无计可施，他通过带走克莱太太保护了自己的继承权。

克莱太太的感情压倒了她的利欲。为了这个年轻人，她牺牲了在沃尔特爵士身上继续谋划的可能性。不过她有感情也有手段，因此究竟谁的狡诈能最终获胜？在阻止她成为沃尔特爵士夫人后，他会不会在连哄带骗和柔情蜜语下最终将她变成威廉爵士夫人，这至今还是一个谜。

沃尔特爵士和伊丽莎白失去他们的同伴，并发现了她对他们的欺骗，感到震惊和屈辱，这一点毋庸置疑。他们当然有了不起的表亲去寻求安慰，但他们已经长时间地感到去奉承和追随别人，却得不到别人的奉承与追随，这种情况只能带来一半的乐趣。

在拉塞尔夫人刚刚打算给温特沃斯舰长应有的喜爱时，安妮就感到满意。她没有别的方面能减少她对幸福的期待，除了想到她无法给他这样理智的男人带来值得他看重的亲戚。在那一点上她感到深深的自卑。她对财富的差别毫不在意，这没让她感到丝毫的悔恨；可是她在他的兄弟姐妹家深得看重，备受欢迎，她却没有家人能好好接待他或恰当地评价他，完全不能给他尊重、和睦与善意相待的氛围，这使她在原本的极度幸福中感到深深的痛苦。她一共只能给他带来两个朋友，拉塞尔夫人和史密斯太太。不过，他很愿意和两人交朋友。虽然拉塞尔夫人曾有过错，但他现在能真心敬重她。虽然他还不愿意说，他相信她当初拆开他们是正确的做法，可他几乎愿意在其他一切问题上说她的好话。至于史密斯太太，出于各种原因，她很快得到了他长久的喜爱。

她最近给了安妮足够的帮助，而他们的婚姻不仅没夺走她的一个朋友，反而带给她两个朋友。在他们安顿下来后，她是第一个来拜访的人。温特沃斯舰长帮她收回了她丈夫在西印度群岛的财产，为她写信，当她的代理人，作为一个勇敢的男人和忠实的朋友，全力以赴地帮她克服了这个案子中所有的小困难，充分回报了她给予他妻子的帮助，或者说曾经打算给她的帮助。

史密斯太太的乐趣没有因为她收入的增加、身体的好转、拥有这样经常做伴的好朋友而受到破坏，因为她并未失去乐观的天性和敏捷的思维。当这些主要好处能继续保持时，她也许会更加蔑视尘世的繁华。她也许能既非常富有、完全健康，又幸福快乐。她的幸福源于她心灵的光芒，她朋友安妮的幸福则来自她的热情善良。安妮温柔体贴，赢得了温特沃斯舰长的无限钟情。唯有他的职业会让安妮的朋友们希望她少一些温柔，担心未来的战争可能给她灿烂的生活蒙上阴影。她以当水手的妻子为荣，但她必须为属于这样的职业付出担惊受怕的代价。如果有可能，比起为国征战，他们对家庭的奉献也许会更加出色。